Besar al detective

Besar al detective

ÉLMER MENDOZA

LITERATURA RANDOM HOUSE

Besar al detective

Primera edición: noviembre de 2015

D. R. © 2015, Élmer Mendoza

Publicado mediante acuerdo de Verónica Flores Agencia Literaria.

D. R. © 2015, derechos de edición mundiales en lengua castellana:
Penguin Random House Grupo Editorial, S. A. de C. V.
Blvd. Miguel de Cervantes Saavedra núm. 301, 1er piso,
colonia Granada, delegación Miguel Hidalgo, C. P. 11520,
México, D. F.

www.megustaleer.com.mx

ISBN: 978-60-7313-817-8

Impreso en México – *Printed in Mexico*

El papel utilizado para la impresión de este libro ha sido fabricado a partir de madera procedente
de bosques y plantaciones gestionadas con los más altos estándares ambientales, garantizando
una explotación de los recursos sostenible con el medio ambiente y beneficiosa para las personas.

Penguin
Random House
Grupo Editorial

Para Leonor

Así se abre la puerta de las versiones.

Luis Jorge Boone,
Por boca de las sombras

La venganza es un plato que se come frío.

Dicho popular

1

Nadie se lo aconsejó. Simplemente decidió que había que reunirse en Tijuana y pidió a Max Garcés que hiciera los arreglos. Sólo a los del norte, Max, necesitamos reforzar algunos puntos y en Tijuana siempre hay un clima acogedor. A Garcés le extrañó pero igual telefoneó a los implicados, pensó que quizá quería ver a su hijo que por esas fechas cumplía once años, o ir de compras en algunas tiendas que le gustaban. La Hiena Wong se opuso de inmediato. Max, Tijuana no es confiable, es un pinche hervidero, mejor en Mexicali, aquí tenemos todo bajo control. Se lo comentaré; por lo pronto, prepárate, ya la conoces. En Tijuana, Frank Monge se tardó en responder: ¿Estás seguro? Para mí que el lugar más apropiado para ella es Culiacán, si recuerdas, su padre jamás se movió más allá de Bachigualato. Son otros tiempos, Frank, ni modo, además es nuestro territorio, o qué, ¿tan jodidos estamos que no podemos encerrar al chamuco unas cuantas horas para tener una reunión tranquila? Aquí es difícil saberlo, mejor manda gente de confianza; como dices tú, tiempos traen tiempos y más vale prevenir que lamentar. Los de San Luis Río Colorado, Nogales y Agua Prieta no hicieron comentarios. Los de San Francisco, Los Ángeles, San Diego y Phoenix, tampoco. Hacía más de un año que había terminado la guerra contra el narco y el negocio marchaba como cuchillo en mantequilla, aunque la reducción de muertos era minúscula.

El Diablo Urquídez, que tenía un hijo pequeño, y el Chóper Tarriba, que salía con la más reciente miss Sinaloa, se hallaban listos para acompañar a su jefa, que apareció con un entallado traje rojo y una mascada negra. Guapísima. Si sus preocupaciones eran muchas no se le notaba. Era media tarde. Una avioneta la esperaba en una pista clandestina por el rumbo de El Salado, en las afueras de la ciudad. Cerca del golfo de Santa Clara, en el mar de Cortés, bajarían en la carretera que cruzaba el Gran desierto de Altar y de allí seguiría por tierra hasta Rosarito, donde disponía de una casa discreta. Sin embargo, alguien tenía otros planes.

Justo en la cima del puente que se alza donde termina la Costerita para tomar la carretera libre a Mazatlán, contiguo al panteón Jardines del Humaya, los estaban esperando. Un bazucazo en el motor de la hummer negra que transportaba a la capisa los detuvo en seco. Incendio expedito. Chirridos. Frenadas. Qué onda, mi Chóper, el Diablo era el conductor. Nada, mi Diablo, hay fiesta y somos los invitados. Llamas en el frente de la camioneta. Disparos por todos lados. Es una emboscada, exclamó Samantha Valdés, adrenalizada al cien. Pásenme un fierro, plebes. El Chóper le acercó un Cuerno, a su vez bajó el cristal blindado y disparó el suyo, ella procedió igual. Señora, espere, sugirió el Diablo. Hay que salir de aquí antes de que nos llegue la lumbre. Al lado, desde una camioneta, que también acribillaron pero que no ardía, Max Garcés envió un bazucazo que voló por los aires un vehículo de los muchos que bloqueaban el paso. Ratatatat. Pum pum. Intenso tiroteo sobre la hummer en llamas. Black black. Pum. Los conductores que no tenían que ver, los que no pudieron huir, se acomodaron en el piso de sus autos transpirando y rezando. El Chóper y el Diablo pusieron pie a tierra sin dejar de disparar, resguardándose tras las portezuelas. La balacera se incrementó de tal manera que pronto los blindajes de los vehículos cedieron. Vamos, señora, gritó el Diablo abriendo la portezuela trasera. Tenemos que borrarnos. Vayan la señora y tú, yo los cubro; el Chóper Tarriba disfrutaba rafagueando el amplio campo enemigo; el Diablo miró adentro y encontró que Samantha Valdés estaba herida y se estaba ahogando en su propia sangre. Ah, cabrón, pálida y temblorosa. Hirieron a la jefa, mi Chóper, desmadejada y religiosa. Voy a sacarla de aquí. El vestido manchado. Muévele que estos están bien cabrones.

La cargó en brazos y corrió con ella mientras la camioneta le servía de escudo. Max, que vio la acción, ordenó fuego graneado y siguió al joven pistolero con su AK vomitando lumbre. Los autos que se detuvieron detrás de ellos se veían desocupados y algunos lo estaban. Fue hasta que bajaron el puente que encontraron uno que era posible sacar de la aglomeración. Apearon al aterrado conductor y se marcharon rápido. La balacera era incesante. La jefa sangraba por nariz y boca, maldecía y no había tiempo que perder. Max consiguió el número de la clínica Virgen Purísima y hacia allá se lanzaron.

Todavía los persiguieron dos camionetas que salieron del panteón. Para su fortuna, el carro que habían tomado era del año y pronto las perdieron. Encontraron dos patrullas de la división de Narcóticos que iban tendidas al lugar de los hechos. Sabían que las balaceras de este tipo les concernían.

Al llegar los esperaba un médico alto y pelirrojo que acompañó a la herida hasta el quirófano. ¿Cómo la ve, doctor? El Diablo lo miró acucioso. Muy grave, no la garantizo. Samantha había perdido mucha sangre, estaba desmayada, el vestido hecho un asco y sin mascada. El Diablo tuvo ganas de amenazarlo pero la premura con que el doctor conducía a la paciente no le dio tiempo. Max fue atendido de una herida leve en un hombro. ¿Cómo se llama el pelirrojo? Doctor Jiménez, es el mejor, manifestó la enfermera que le hacía el trabajo. ¿Y sus hombres? Se aferró a la posibilidad de que hubieran salido poco afectados, cuando los dejó sólo había dos muertos. Desde luego que tres asuntos ocupaban su mente, ¿por qué no envió una vanguardia?, ¿por qué su camioneta no iba delante de la señora?, ¿quién estaba detrás de esto? Más le valía a Samantha Valdés salir con bien; su hijo estaba muy pequeño para ponerse al frente del negocio y les habían enviado un aviso difícil de ignorar.

Al rato todo el cártel tenía la información de que la jefa estaba levemente herida, recibiendo primeros auxilios, conversando tranquilamente con su madre y con el médico que la atendía. Todo muy bien, pero en el fondo Max Garcés comprendía que había cometido un error, y que ahí se vislumbraba un enemigo, que por lo que intentó, nada tenía de pequeño.

Meditaba en la calle, recargado en una ambulancia. Frente a él, circuló despacio una patrulla de la Policía Ministerial con las luces encendidas pero sin sirena. Acarició su pistola pero ellos siguieron de largo como si nada. Más les valía largarse, aún no llegaban a un acuerdo con las nuevas autoridades y eso complicaba las cosas. ¿A quién se le ocurrió esta madre? Lo voy a colgar de los huevos al cabrón. ¿Quién tiene o puede contratar tanta gente como para bloquear un puente? No muchos. En el quirófano, Jiménez sabía que sólo tenía una oportunidad.

En la ciudad de México, en una oficina elegante por cuya ventana se veía un jardín iluminado por el atardecer de abril, un celular y un teléfono fijo sonaron a la vez. Una mano con tres dedos eligió.

2

Dentro del perímetro precintado, el Zurdo Mendieta y Gris Toledo observaron brevemente el cuerpo desmadejado de un hombre joven. Tenía el tiro de gracia y cocido el pecho a balazos. Rictus horrible. Debió caer como una pinche marioneta loca, reflexionó el detective. Afeitado, vestido de azul rey, ropa de marca, camisa ensangrentada. Los técnicos trabajaban en un pequeño espacio del parque Ecológico al lado del Centro de Ciencias de Sinaloa, sobre el zacate, entre árboles jóvenes y a la vera de una pista de curvas caprichosas que los corredores disfrutaban. Eran las siete y treinta y cuatro de la tarde y a principios de mayo la oscuridad es leve. Varias personas de todas las edades caminaban o corrían lo más lejos posible de donde laboraba la policía. ¿Por qué matan a tipos como él?, ¿cuál fue su culpa?, ¿quién se lo echó? No les interesó ocultar su obra, ¿en qué caso un asesino hace eso? Los periodistas tomaron fotos, datos y se marcharon a escribir su nota, menos Daniel Quiroz, a quien le gustaba provocar al Zurdo con agudos cuestionamientos. ¿Crees que esto sea un indicador de que la ciudad está condenada a sufrir violencia en los próximos años? ¿Por qué no consultas mis bolas? Son de cristal y ahí está todo, papá. Dame tu teoría, pues. Cagatinta, soy placa, no soy adivino y menos político. Gris observaba la escena con sumo cuidado, rumiando, haciendo fotos y dictándole a su celular: Martes, veintiocho de abril, hay pequeñas plantas pisoteadas: quizá se resistió o son las huellas del asesino. Estoy seguro de que tienes una idea. Eso sí: por la forma, tantos balazos y eso, estoy entre que fue Al Capone o Escobar Gaviria. Pinche Zurdo, si no fueras mi compa te despedazaba. Y yo te metía preso, te acusaba de estupro y te entregaba a los reclusos más jariosos. Te desprestigiaría machín. Y por si te gustaba, te pondría una habitación especial para que hicieras tus cochinadas. No te la ibas a acabar con la prensa encima, ya sabes cómo nos las gastamos cuando vamos sobre algún funcionario. Interrumpió Ortega con cara de agobio. Zurdo, su cartera contiene una credencial del IFE, se llama Leopoldo Gámez, treinta y seis años, mil ochocientos pesos en billetes de doscientos, un dólar de la suerte, una tarjeta de crédito, una de ahorro y un cachito de lotería; encontramos ocho cascajos, podría ser una Sig Sauer 9 mm. ¿Estás seguro? Tanto como que el comandante es el mejor policía del mundo. Sonrieron. Deja anotar la dirección, el detective sacó una pequeña libreta azul. Esa raza que anda caminando, ¿vería algo? No creo, y si a alguien le tocó seguro se quedará callado, la gente no quiere bronca. Anotó: celular no. Tiene entre dos y tres horas de muerto, expresó Montaño acercándose, el cuerpo aún es dúctil, una bala le atravesó la cabeza y catorce le destrozaron el tórax. O sea que andaba de suerte el bato. Al menos no sufrió. ¿Encontraste ocho cascajos? Quizá le pegaron siete en algún lugar y el resto aquí. No sabía que supieras contar. Queridos amigos, los tengo que dejar, hay un capullito esperándome, en cuanto a éste ya ordené que lo lleven a la Unidad, los muchachos le harán la autopsia y si no tienen inconveniente y aparecen los familiares, en la mañana entregamos el cuerpo. Vas a morir arriba, pinche Montaño. Mientras eso llega pienso disfrutar al máximo, me quedan unos treinta y nueve años de loco placer, después tendré que administrarme; agente Toledo, como siempre fue un gusto saludarla. Igualmente, doctor. Admiro la perfección de su cuerpo, su pelo tan hermoso. Deje de decir tonterías, doctor, y como ya hizo su trabajo, puede largarse por donde vino. El forense se alejó sonriendo, pensando: Vas a caer, palomita, ya verás, y te gustará tanto que te arrepentirás del tiempo perdido. Ortega dio las últimas instrucciones y se marchó, arguyó que necesitaba un abrazo de su mujer. Quiroz hizo unas fotos y se despidió; si encontraba a Pineda, a quien perseguía desde hacía tres horas, cuando ocurrió un tiroteo en el panteón Jardines del Humaya, podría tener la de ocho. Oye, Zurdo, ¿sabes algo sobre una balacera en el puente donde termina la Costerita? Nada. Levantaron el cadáver y tres minutos después sólo quedó el precintado amarillo, un poli que cuidaría que nadie violara la zona y los agentes Terminator y Camello, que observaban sin saber cómo comportarse.

Gris, aquí tienes la dirección, manda a Termi y al Camello que notifiquen a la familia, que lo identifiquen ahora, aunque hasta mañana podrán recoger el cuerpo en el Semefo. ¿Les damos esa tarea? Para que se despabilen esos cabrones; ¿sabes por qué los prefiero al resto? Usted dirá. Por honrados. Es cierto: los consideran tontos pero no se les sabe nada. Aunque, como dicen, quién sabe quién sea más peligroso: un honrado o un corrupto. De los pendejos no hay duda, ¿verdad? Parece que no.

A pocos metros, el Centro de Ciencias resplandecía; al otro extremo, el jardín botánico era una mancha oscura. Gris dio la orden y tomó un taxi a Forum, quería comprar un regalo para el día de las madres y ropa íntima para ella; el Zurdo subió a su Jetta, encendió el estéreo y se escuchó *Have You Ever Seen the Rain?* Versión de Rod Stewart. Bajó el volumen, revisó sus notas, le marcó al comandante Briseño que no respondió y restableció el sonido.

Veinte minutos después llegó a su casa. Mientras contemplaba la reja de su cochera sin moverse, escuchando *Something Stupid* con Nicole Kidman y Robbie Williams, pensó que debía electrificarla, que una mano de pintura no le vendría mal; pero eso le ocurría cada noche cuando le daba flojera bajar a abrir. ¿Por qué matar a un hombre como Gámez, aparentemente correcto?, ¿había una lección que dar a alguien o algo que recordarle? Hay quienes mandan mensajes con cadáveres; también tenemos gente que mata por matar pero, ¿así, con esa saña? Asesinar es protagónico, sin duda, ¿pero a ese grado? Debe haber un engendro detrás de esto. Advirtió que se acercaba un tipo por su izquierda, sacó la Walther P99 de la guantera y se la puso entre las piernas. ¿Qué onda? Recordó a su hermano, la lejana tarde en que se encontraron en su cuarto, cuando Enrique era un jovencito y él un niño. ¿Qué haces, morro? Aquí nomás, escuchando a Los Beatles. Por un pelo y lo pilla con la *Playboy*.

Eh, Zurdo, ¿te acuerdas de mí? Delgado y de baja estatura, gorra de los Tomateros, playera oscura, tenis, jeans holgados. Lo observó con la leve luz de la cochera. La verdad no. Soy Ignacio Daut. El Zurdo lo miró de pies a cabeza sin conectar. Pues sigo sin completarte, qué onda. Cabrón, soy el Piojo, hijo de doña Pina, de la Séptima, pinche calle ya ni se llama así. Mendieta lo contempló y lo recordó perfectamente. Pinche Piojo, estás cabrón, ¿cómo te voy a reconocer? Vienes disfrazado de gente decente. Apagó el carro y se bajó. Es lo que soy ahora, mi Zurdo, cubro mis impuestos, voy a misa los domingos y celebro el día de la Independencia por partida doble:

el cuatro de julio por donde vivo y el dieciséis de septiembre por México lindo y querido. Se abrazaron. Eso quiere decir que los milagros existen. De que existen, existen, mi Zurdo, a poco no. ¿Qué onda? El Foreman Castelo me dio tus señas. ¿Ese maricón? Hace más de un año que no lo wacho. Está bien, es gente decente también, te manda saludos. Órale. Aquí vivías de niño, ¿verdad? Iz barniz, mi Piojo, es mi cantón de toda la vida. ¿Llegas de la chamba? Si le puedo llamar así. Me dijo el Foreman que eras placa, pero ya lo sabía, hace como cuatro años me encontré a tu carnal en Oakland y me contó. Ese Enrique es un pinche chismoso, y tú, ¿qué onda? A Mendieta le ganó la ansiedad, la última vez que vio al Piojo vestía botas de piel de avestruz y una camisa de seda. ¿Podemos platicar? Si no es mucha molestia. Claro que no, quieres aquí en la casa o te invito con el Meño. Esa taquería ya no existe, mi Piojo. Lástima, los de perro eran insuperables. ¿Habría de otros? Francamente, no.

Fueron a los Tacos Sonora. El Zurdo ordenó tres de carne asada, Daut, cuatro, dos vampiros y una quesadilla, además de una jarra de agua de cebada para los dos.

En el camino le contó que tenía tres días en Culiacán, que había vivido diecisiete años en Los Ángeles donde seguía su familia: esposa y dos hijos, varón y mujer. A la gringa, mi Zurdo. Preguntó si sabía por qué había desaparecido del barrio. Mendieta lo tenía presente pero lo negó. Quiso saber si recordaba al Cacarizo Long. El Zurdo sabía que estaba muerto pero dijo que no. ¿Qué clase de poli eres, pinche Zurdo? Uno bien cabrón pero muy desmemoriado. Mendieta sabía además que Daut había matado al Cacarizo porque violó a su hermana de catorce años y que por eso había perdido la tierra. El Piojo le contó varias cosas intrascendentes hasta que llegaron al restaurante.

Me va bien allá, mi Zurdo, tenemos una fábrica de tortillas; mis hijos ya crecieron, no quisieron estudiar así que le entraron al negocio. El Zurdo se acordó de Jason, tenían una semana sin hablarse. Mendieta sabía que lo había buscado para algo y no quiso esperar. ¿Estás de vacaciones? No, regresé a vivir aquí, y solo; mi familia se quedó en Los Ángeles. No entiendo, si estás tan bien, ¿por qué te viniste, cabrón?, ¿acaso no te echabas tus güilos con Pamela Anderson? Daut sonrió, terminó de masticar. Pronto voy a morir, mi Zurdo. Qué novedad, pensó el detective, esperó un momento y preguntó. ¿Qué padeces? Nada, estoy muy sano. ¿Entonces? Me van a dar cran, y prefiero que sea aquí, en mi tierra. Ah, cabrón, ¿y se puede saber quién? La gente del Cacarizo, han madurado y por buena fuente sé que desde el año pasado están cobrando facturas; quizá sepas que yo le di pabajo al bato antes de largarme pal otro lado. Pasó un minuto. No comprendo por qué debía yo saber lo que te espera. Bueno, siempre me caíste bien y quería contártelo. ¿Quién lo hará? Quizá su hijo, ya cumplió diecinueve y es igual de chino que su pinche padre. ¿Vive aquí? No, pero vendrá a buscarme. Te le estás poniendo de pechito, ¿verdad? No, sólo quiero que sepa que no le tengo miedo y que va a matar a un hombre. Órale. Pensó que llegado el caso se lo comentaría a Pineda, que era el jefe de Narcóticos, aunque estaba seguro de que de nada serviría. Si puedes, defiéndete. Mi Zurdo, gracias por la autorización, no esperaba menos de ti. Sonrieron. ¿Dejó varios hijos? Sólo ése, las demás son morritas y ellas, mientras no se casen no pintan en este enredo, ¿te echas otros dos? Estoy bien, gracias. Daut pagó, le pidió al Zurdo que lo dejara en el templo de la Santa Cruz, quería caminar, y quedaron de verse otro día. Mendieta no terminaba de entender por qué le había confiado lo del chino Long, que había sido gente cruel y sin escrúpulos, y la amenaza del hijo. Tenían diecisiete años sin verse y sólo quería conversar, ¿sería posible? Cambió el cedé: *Brown Eyed Girls* con Van Morrison. Quizá sí, a veces uno necesita sacar sus trapos al tendedero para no enloquecer.

En su casa abrió rápidamente la cochera: con una cena era suficiente. Le marcó a Jason. Respondió somnoliento. Soy Edgar, ¿cómo estás? Papá, qué tal; bien, estuve haciendo un trabajo toda la tarde y me quedé dormido. Los ángeles también duermen, eh. Me hace falta un viaje a Culiacán para cargar la pila. En vacaciones de verano le caes, tengo ganas de verte; ¿arreglaste lo del maestro que te molestaba? ¿El señor Salinger? Renunció y se mudó a Boston. No dejes que te afecte y tampoco dejes cabos sueltos; si vas a ser poli aprende eso de una vez. Estoy entrenando de nuevo para correr la milla, en dos meses estaré a punto para una competencia entre academias de policías. Pobres cabrones, van a morder el polvo machín. También estoy escuchando tu música, nada mal, eh. Los buenos gustos ayudan a tener buena vida, mijo. Algunos menos cool pero agradables. A pesar de los años resisten críticas tan severas como la tuya. Bob Dylan es otra cosa. Canta feo, pero es jefe indiscutible. Charlaron de cantantes hasta despedirse. El Zurdo quedó con una sensación reconfortante: tenía a Jason y esa emoción no la cambiaba por nada. Pinche muchacho, es más cabrón que bonito, pensó marcarle a la madre, Susana Luján, mas desistió con un ligero temblor. Pinche vieja, no vuelvo a caer en sus garras ni aunque me vuelvan a parir, año y medio antes se habían comprometido y el Zurdo se enamoró de nuevo, pero ella se esfumó sin explicar nada. Bebió su whisky de una y se sirvió otro. Pues sí, ni modo que qué: hay heridas que nunca se curan. Se recostó en la cama, encendió la tele, pasaban *Notting Hill*, con Hugh Grant y Julia Roberts, corría la escena de la librería, cuando ella le dice que no es más que una chica pidiéndole a un chico que la ame. Qué belleza, se clavó. Pasaron dos minutos de comerciales y justo al final, cuando Grant entra a la rueda de prensa, sonó el celular con el Séptimo de caballería. No, por favor. Respondió porque era Gris Toledo. Habla rápido o calla para siempre. Jefe, Leopoldo Gámez era adivino. ¿Y? Según los muchachos, su madre y un hermano lo reconocieron y les dijeron eso, ella soltó que fue víctima de un narquillo que apodan el Gavilán. Le llamaré a Pineda por la mañana, ahora debe andar muy ocupado con la balacera del sur, ¿escuchaste algo? Dicen que estuvo macabra. Quizá fueron más los vivos que los muertos; bueno, relájate que te veo algo tensa. Buenas noches, jefe, que sueñe con los angelitos. En la tele pasaban los créditos. Se levantó, se lavó los dientes, se bebió otro whisky doble y se fue a la cama. Empezó *Back to the Future*, pero se quedó dormido.

3

El doctor Jiménez descansaba desmadejado en un reposet. Nueve horas le llevó operar a Samantha Valdés y aún no confiaba en su éxito. Así se lo informó a Minerva, la madre de la capisa que no se había despegado de la clínica. Afuera la gente de Max Garcés vigilaba sin discreción. Coparon la sala de espera, bebían refrescos en la tienda de enfrente, fumaban y dejaron dos hummers estacionadas en doble fila afectando la circulación.

Víctor Osuna, un abogado contratado por Samantha para legalizar unos terrenos, apareció en la sala a la mañana siguiente. Se veía preocupado. Fue directo con Max. Señor Garcés, buenos días, ¿cómo sigue la jefa? Todavía no nace el cabrón que acabe con Samantha Valdés. Qué bueno, anoche fue noticia en la tele y hoy en la prensa. Pues sí, es persona importante, ¿qué se te ofrece? Max no terminaba de confiar en Osuna, que usaba trajes a cuadros, camisas de colores chillantes y corbatas anaranjadas. ¿Podemos hablar en privado? El gatillero se puso de pie y se apartaron en una esquina. Hay un rumor, señor Garcés: que el Ejército tomará el hospital. ¿Quién te dijo? Uno de mis colegas que está muy ligado a ellos. Bien, no te vayas hasta que te autorice. Osuna tomó asiento, Garcés se movió de sitio y marcó en su celular. Escuchó atento, dio las gracias y cortó. Entró al privado del cirujano que seguía con los ojos cerrados. Doctor, Jiménez se incorporó perezosamente. Tenemos un problema, en media hora el Ejército tomará el hospital. ¿Seguro? Lo acabo de confirmar. Bueno, ellos no pueden entrar hasta acá; permanecerán afuera, en la calle y en el techo, no es la primera vez que pasa. No puedo dejar a la señora desprotegida. De ella me encargo yo. Sí, usted en lo suyo pero, como comprenderá, no debo abandonarla. Designe dos hombres, vístalos de blanco y que no muestren sus armas; la vida del hospital debe seguir como si nada. ¿Cómo va ella? Sigue en estado crítico y no estamos convencidos de que la vaya a librar, confiemos en Dios; ahora su madre la acompaña. ¿Ni la más mínima esperanza? Nada. El guarura sintió un estilete en el corazón. Si muere no me lo perdonaré jamás, Dios mío, ¿por qué me hiciste tan pendejo?; ¿serían los de la letra? Ahora de todo les echamos la culpa; a lo mejor fue un grupo nuevo de ésos que nunca faltan y que les gusta ser espectaculares; en cuanto dé con ellos no se la van a acabar los cabrones.

Veinte minutos después la calle quedó vacía. En la oficina del doctor, el Diablo Urquídez y el Chóper Tarriba, vestidos de enfermeros con ropa que había conseguido el licenciado, mal disimulaban sus pistolas y dos Kalashnikov que escondían en cajas de cartón alargadas. Lo que más sentían era que no podrían fumar continuamente.

Poco más tarde un pelotón sitió el lugar. Clausuraron salidas de emergencia, se posicionaron de la calle, el techo y el estacionamiento contiguo. El teniente Bonilla notificó el acto al director del hospital, doctor Avilés, que llamó a Jiménez para que todo quedara claro. La mujer se hallaba bajo arresto y en cuanto estuviera en condiciones sería trasladada a un hospital militar en la ciudad de México. Jiménez comentó el caso, que le había extirpado medio pulmón y que aún no volvía de la anestesia; anunció que en caso de recuperación, ésta sería muy lenta y que cualquier brusquedad podría ser fatal. Bonilla manifestó que por ellos no corría prisa y que si se moría de una vez la nación saldría ganando.

El hospital entró en tensión. Personal y pacientes se sentían acechados. Los soldados acusaban bastante nerviosismo y únicamente las enfermeras guapas los animaban a reflexionar en que sólo hacían un trabajo, y que esas bellezas de blanco nada tenían que ver con el personaje que vigilaban: el sanguinario jefe del cártel del Pacífico: un tal Valdés. Pronto registraron la presencia de dos enfermeros que se metían a un cubo de vegetación al lado de una escalera a fumar como chacuacos. Esos güeyes no necesitan de un balazo para morir, se los va a chingar el cáncer, concluyó el sargento Bazúa, que más adelante morirá en condiciones de las que ya se enterarán. El Chóper lo percibió pero no quiso ponerle atención, sólo alertó al Diablo que cuando fuera a fumar no volteara hacia arriba. Hay un cabrón que está más feo que escupirle la cara a Dios que no nos quita los ojos de encima.

Los gatilleros se mantuvieron tranquilos. El Diablo llamó a su casa y su mujer le propuso llevarle desayuno. El Chóper sólo bromeó con su chica y no se atrevió a mencionar el lugar donde se encontraba; capaz que se presentaba y con eso bastaba para tener al pelotón como moscas en la miel. El doctor Jiménez durmió hasta que Paty, la enfermera de turno, lo despertó con la noticia de que la paciente no volvía en sí y de que su mamá se estaba poniendo nerviosa. El médico fue a terapia intensiva y, en efecto, Samantha continuaba dormida, pero las gráficas de los instrumentos se veían normales. A veces su corazón se detiene, reveló la enfermera. Diez o quince segundos y se activa de nuevo. Por favor no la deje sola, eso significa que sigue en estado comatoso. Ay, doctor, qué golpe tan cruel, farfulló Minerva. Confíe en Dios, señora, y vamos a esperar; si le parece, descanse un poco, Paty va a estar pendiente. Ni lo diga, yo de aquí no me muevo hasta que despierte, entonces le avisaré a mi nieto. Muy bien, y si se ponen a platicar no dejen de vigilar los aparatos. Jiménez se retiró considerando: Por supuesto que se va a salvar, sólo espero que cuando se le notifique que está detenida no tenga un retroceso.

Al atardecer el capitán Bonilla entró en la habitación contigua a la de la enferma, donde se hallaban los sicarios, sin llamar a la puerta. Jiménez, que dormitaba en el reposet, despertó y de un salto se le plantó enfrente: Capitán, usted no puede entrar aquí. Claro que puedo, hay una peligrosa delincuente que hemos detenido y necesito conocer su estado. Pues no, la calle y el techo son suyos, no puede usted venir a alterarme los pacientes, esto es un hospital, lo empujó suave pero firme. Así que haga el favor de salir. No me empuje. Lo que hay sobre la paciente es lo que le informé esta mañana en presencia del director. Lo puedo acusar de proteger a una peligrosa delincuente. Y yo a usted de violar los derechos humanos de una moribunda. Los pistoleros ni se inmutaron, mantuvieron las manos a la vista del militar y continuaron, uno estudiando un reporte clínico y el otro haciendo bolas de algodón. Usted se va a arrepentir, el doctor no respondió y tampoco dejó de hacer fuerza hasta que echó al intruso. Ya arreglaremos esto, doctorcito, escuchó, luego aseguró la puerta. El Diablo se puso de pie: Entra ese hijo de la chingada otra vez aquí y le doy en su madre. Tú no le vas a disparar a nadie, no olviden que estamos en un hospital y que lo más importante son los pacientes, incluida la que tenemos enseguida y que nadie desea que muera, y según entiendo, menos ustedes; así que enfríense y esperemos a que la señora evolucione hasta aliviarse. Tranquilo, mi Diablo, hay más tiempo que vida para darle a ese compa su merecido. Voy a fumar. No, quizá nos quiere descubrir de una vez y nos está acechando desde la azotea. Es razonable, opinó Jiménez. Será mejor que te aguantes. Ahora sí que me la pusieron cabrona. No la haga de pedo, mi Diablo, usted aguanta un piano.

En efecto: varios metros arriba, tres efectivos, junto con Bonilla, esperaban agazapados que alguno de ellos apareciera en el breve jardín convertido en fumadero.

Dentro de su camioneta, Max Garcés sostenía su versión telefónica cada vez con menos convicción: todos los jefes que lo llamaron tenían interpretaciones muy parecidas a la verdadera. Que nadie se aloque, la jefa está en un reconocimiento médico, lo digo yo y punto.

Sí, hay días en que estás dispuesto a cambiar todo por una pinche troca y largarte, no digan que no.

4

El Tizón era grueso, chaparro, bigote espeso, su rostro moreno transpiraba constantemente sin afectar su fiereza. Vestía riguroso traje negro. Marcó en un celular que no era el que descansaba al lado del teléfono fijo. Esos aparatos sólo funcionaban para recibir llamadas de asuntos concluidos o contratar sujetos para casos especiales. Era el enlace favorito de los poderosos y su carrera tomó vuelo cuando asesinó a sangre fría a un periodista que investigaba el caso de las muertas de Juárez. Ese mismo año cumplió correctamente otros veintisiete encargos y demostró que era infalible.

Señor Secretario, le llamo sólo para confirmarle que no se preocupe, todo está bajo control.

¿Todo bajo control, dices? Chingada madre, ¿cómo te atreves a hablarme así, Tizón? La pinche vieja está viva y los del grupo me están pegando en los huevos, ¿qué esperas para resolverlo? Más vale que te apliques como Dios manda, ¿entendiste? Y no más pendejadas; un error y te chingo los dedos que te quedan.

Tranquilo, señor, mi hombre ya está en Culiacán y esa mujer lo sabrá pronto.

La queremos muerta, ¿te queda claro?

Clarísimo.

Y que sea rápido, si la atrapan los gringos antes, va a cantar, y no quiero pensar cómo se pondría el jefe mayor.

Eso no pasará.

¿Ya sabes qué hacer con el pendejo que falló?

Exactamente lo que se hace con los pendejos que fallan.

Pues que se note, quiero bulla.

El Secretario cortó. El Tizón dejó entrever su rabia espesa.

Pinche vejete, se cree la gran cagada, como si no supiera que el poder va y viene. ¿Ya no se acuerda que de embajador en Japón pasó directo al banco del olvido? Hasta ahora que lo rehabilitaron.

Se miró las manos, los ocho dedos gordos, feos.

El único todopoderoso es el dinero, y mientras este culero me lo dé puedo soportarlo, que si no, sería otro político muerto. Sé a quién se la debe y cuánto estarían dispuestos a pagar por su pellejo; y qué bueno que tiene tantos años, si no, en lugar de querer cortar mis dedos, me amenazaría de muerte, como los de ahora.

Se distrajo en el estupendo jardín que bajo el sol primaveral era una mancha de colores. Se extasió con los tulipanes amarillos que eran su adoración. Luego acercó la mano con tres dedos al par de teléfonos. Hay oficios en los que un minuto es determinante. Tomó el fijo y marcó.

5

Muy temprano llamó a Gris, le pidió que acudiera al Semefo, que antes de entregar el cuerpo de Leopoldo Gámez llevara los familiares a la jefatura; luego condujo hasta el parque Ecológico que estaba atestado de corredores y caminantes. El poli que hizo la guardia bebía café de supermercado sin hacer gestos. Se saludaron. ¿Alguna novedad? Nada, jefe, fue una noche tranquila. Pues sí, debes haber dormido machín. Fíjese que no, padezco insomnio, tengo veintidós años de servicio y siempre me comisionan estos jales, no me conocía usted porque andaba con el comandante Pineda, pero yo a usted sí; también me encargo de poner la cinta amarilla, fui entrenado por Pablo Faraón González de Ciudad Juárez. ¿Tiene idea de lo que pasó? Para mí que fue por puro gusto: lo vio bien alimentado, con ropa de marca y dijo: hoy les toca a los cremas y ñaca, a cómo te tiente, y luego se lo trajo, porque no creo que se lo haya escabechado aquí, hay mucha gente, ¿se imagina el pedón? El Zurdo examinó el sitio sin descubrir nada especial. Recordó que habían encontrado ocho cascajos: ¿Le dispararían ocho veces después de muerto? Le dieron el tiro de gracia, ¿aquí o en otro lado? A ver: Gámez estaba muy tranquilo y salió a pasear por el malecón pensando en qué regalarle a su mamá el diez de mayo; no, vive lejos y el malecón Diego Valadés tampoco es colindante, más bien asistió a una conferencia al Centro de Ciencias, algo sobre los agujeros negros, y cuando salió lo asesinaron; el o la que disparó se le puso enfrente. Hola, ¿qué tanto hace que no te matan? Y ñaca, le metió siete tiros en el pecho y una vez en el parque los otros siete y uno en la cabeza. ¿Por qué? Cayó fulminado, ¿sólo para aligerar el corazón de quince tiros, como dice César Güemes? Podría ser obra de un narco o algo muy pasional. Quizás el Gavilán que señaló la madre. Luego con un cómplice lo metieron al parque. ¿Qué asesino haría eso a plena luz del día? Uno muy cabrón, ¿qué habrá de otros? Quizá lo quiso traer vivo, se resistió y se lo echó antes de tiempo. Es una persona desesperada, quizás alguien a quien adivinó mal su suerte. Es extraño. Si lo hubiera dejado en despoblado lo entiendo, pero aquí, donde viene tanta gente, sobre todo en la tarde, ¿para quién es el mensaje? Quizá lo citaron acá para platicar y lo bajaron: más fácil; ¿y si el guardia tuviera razón? Era día de los finolis y le tocó perder. Recibieron el aviso de un caminante que no quiso identificarse. Si lo asesinaron en otro sitio, ¿por qué traerlo hasta acá? Pinches matones, cada día se ponen más perros. Digo que lo trajeron porque nadie escuchó disparos, ni siquiera los ocho, ¿sembraron los casquillos? Puede ser, o usaron silenciador. En ese momento la gente se movía con vigor, vestían de vivos y variados colores. ¿Por qué hay tanta gente que corre? No somos un pueblo de atletas famosos. Observó la maleza que no había sido hollada, ¿o sí? Se acercó, la vio normal. ¿Por qué le dejaron su credencial de elector?, ¿es un desafío?, ¿para quién? Miró al policía: ¿Cómo te llamas? Tecolote, jefe, Teco para los amigos. Órale, dile a tu relevo que cuide que nadie pisotee el lugar; anoche, ¿vino alguien? Nadie, es más, nunca me ha tocado eso de que el asesino vuelve al lugar del crimen; quizás ocurra en las películas, o cuando no había tanto muerto. Tiene lógica, pensó Mendieta. ¿Es éste el lugar del crimen?

Decidió recorrer el perímetro del parque Ecológico buscando algún auto abandonado, pero nada encontró; ¿usaba taxis? Un culichi no toma taxi para ir a correr, en caso de que hubiera ido a correr; tampoco estaba vestido para eso. Un amigo le dio raite. El mismo que le dio cran frente al Centro de Ciencias y luego lo dejó donde lo encontramos. Enfiló rumbo al café Miró situado al lado del parque. Definitivamente, cada difunto es un universo de diversas caras, con sus pinches misterios, como si uno no tuviera qué hacer. Mientras avanzaba por el bulevar Las Américas que separa el parque de la Universidad Autónoma de Sinaloa, seguía el ritmo de *You've Got Your Troubles* con The Fortunes. Le marcó a Ortega pero no respondió. Pinche cabrón, ¿qué se cree, por qué no contesta? Entró en el café con la imagen de Leopoldo Gámez en la mente. Hey, Rudy, ¿cómo te has portado? Como se debe, ¿y tú? Como me dejan. ¿Quieres tu machaca con huevo? Y café, por favor, que no le pongan sal por aquello del enemigo silencioso, ah, y sólo media orden. ¿Podrías desayunar con un amigo? ¿Por qué no? Enrique Záizar era muy carismático, de la edad del Zurdo, y bebía café cortado. Así que usted es detective. ¿Y usted? Abogado. No me diga, ¿y trabaja en eso? Bueno, de vez en cuando, soy maestro de derecho romano, que es mi verdadera pasión. Ah, ¿no eran muy locos los romanos? Cómo cree, era un pueblo admirable, todo lo pensaban en grande: sus arquitectos, sus militares, sus políticos y, desde luego, sus poetas, nada veían de otra manera; escuche a Horacio: "Muchas veces Júpiter ofendido hiere de un golpe al culpable y al inocente, y es muy raro que la pena, con su pie claudicante, no consiga alcanzar al perverso que huye de ella acelerado".

Pa la madre con este bato, pensó. Usted que desempeña ese trabajo sabe bien cuánta razón tenía el gran lírico, aunque no pocas veces el villano se salga con la suya. Veo que ya entraron en materia, expresó Rudy colocando el desayuno del Zurdo. Como ven, las mejores cosas de la vida son las inevitables, agregó y se sentó con el par, que pasaron de Horacio a los corridos, a la importancia de respetar las leyes y al muerto que ocupaba un cuarto de página en la sección policiaca de *El Debate* de Culiacán. Záizar ordenó el tercer café. Anoche Quiroz, el reportero de *Vigilantes Nocturnos*, hizo una descripción precisa del lugar de los hechos; ese joven va a terminar de novelista. ¿Usted cree? Me da esa impresión. Bueno, nosotros dejamos un agente con leche y pan por si aparecía el asesino, pero no se presentó. No le agradó el menú. Ese periodista lo mencionó a usted, se nota que lo aprecia. El Zurdo tuvo ganas de comentar algo pero no lo hizo. ¿Avanza la investigación? Es un caso curioso, encontramos ocho casquillos pero tenía catorce orificios en el pecho y uno en la cabeza; quizá llevaron el cadáver al parque Ecológico. Interesante. Rudy, el tipo vivía cerca, es posible que viniera por aquí a tomar café o una cerveza. El restaurantero observó la foto. Puede ser, voy a enseñarla a las muchachas, ellas siempre ven más que yo. Caballería, sonó el celular. Mendieta respondió. Jefe, ¿a qué hora viene? Tengo aquí al hermano de Gámez y está desesperado. Dale un Tafil y que se calme. Ya firmó en el Semefo y la funeraria se llevó el cuerpo. Nos vemos en veinte minutos. Entendido, ¿se acuerda de la balacera que me mencionó anoche? Cuenta. No hay parte aún, el rumor es que intentaron matar o secuestrar a Samantha Valdés. Secuestrar no, Gris, a esa gente no se le secuestra. Entonces matar; dicen que ingresó muy grave en el hospital Virgen Purísima. Dios la haya agarrado confesada. Es su amiga, ¿no? No precisamente, vivimos en la misma ciudad y con la misma gente, y hemos tenido coincidencias significativas, pero nomás. Pues ya está enterado por si la quiere visitar. Agente Toledo, deja de estar suponiendo cosas que ni a ti ni a mí nos convienen: nosotros no tenemos amigos narcos ni trabajamos en Narcóticos, ¿te queda claro? Perdón, jefe, lo espero después del interrogatorio al hermano de Gámez, necesito decirle algo. Colgó. ¿De esto qué opina, detective? Záizar le mostró la primera página con la foto de los restos de la hummer de Samantha Valdés. Se soltaron los demonios, licenciado. Sonrieron, el Zurdo se despidió; en su carro: Marianne Faithfull: *As Tears Go By*.

Antes de interrogar al hermano de Gámez pasó a la oficina del comandante Briseño, que lo recibió de mal humor. Puras pendejadas, Mendieta, siempre lo mismo y jamás resolvemos los problemas que nos acosan, ¿no lees los diarios? Sólo a Daniel Quiroz. Pues es el peor, siempre está echando pestes, a ese cabrón nada le gusta. Pero comandante, ustedes eran grandes amigos, ¿qué pasó? Deberías ver cómo nos trata, de incompetentes no nos baja. Mándele un regalo y verá cómo se calma. ¿Lo llevarías tú? ¿Por qué no? Porque también te ataca. Es para pegarle a usted, ya ve cómo son los periodistas. Le dio un sobre amarillo. Y espero que se harte con eso, hay suficiente para que se largue de vacaciones un par de semanas; ¿y qué hay del muerto del Ecológico? Era adivino. ¿De los que salen en la tele? No creo, tenemos a un hermano en la sala de interrogatorios y ahora mismo vamos a ver qué dice. No lo dejes en manos del Gori, no quiero de nuevo a Derechos Humanos sobre nosotros. Lo acabaron con una nueve milímetros, que como usted sabe, es un calibre de rencor, catorce balazos en el pecho y uno en la cabeza. Esta sociedad no nos merece, Edgar, servimos en una época donde todos se han vuelto locos y dejado al descubierto sus peores instintos;

de cualquier manera trata de que todo salga bien, hay nuevo delegado de la PGR y debemos hacer buenas migas con él; al menos saber hacia dónde tira. ¿Pineda lo sabe? Por supuesto, por cierto ahora anda muy ocupado con una balacera donde estuvo implicada Samantha Valdés, alguien que de seguro te suena. Más o menos. Bueno, a trabajar y mantenme informado. ¿Qué sabe del Gavilán? Es un narco menor, gente sin cártel, peligroso, pendenciero, algo deschavetado. La madre de Leopoldo Gámez cree que es el asesino de su hijo. ¿Quieres que te diga lo que debes hacer o tienes una idea? Abandonó el despacho arrepentido de su pregunta.

¿Debo buscar a Samantha Valdés? Pinche vieja, que se pudra. Búscala para algo que valga la pena, no para pelear, propuso su cuerpo que amaba el placer como a sí mismo y no olvidaba la sensual silueta de la capisa. Nadie ha pedido tu opinión. Sí pero, ¿quién es el que sufre con tu apocamiento? Cuando quiera saber lo que piensas te consultaré, pinche cuerpo, de momento, cierra el pico, que es lo que mejor te queda. No me amenaces, Zurdo Mendieta, porque te enterarías de quién soy realmente. Sé lo que eres y deja de estar chingando. Silencio.

Entró en la oficina y Angelita, que escribía aceleradamente en su computadora, le pasó el teléfono. Tiene llamada, jefe. Mendieta, expresó el detective, escuchó que colgaban. ¿Quién era? No se quiso identificar. ¿Hombre, mujer o cosa? Cosa, porque no me di cuenta de si era macho o hembra ¿Los de Telcel dejaron de llamar? Sí, ahora los que no paran son los de Banamex, que si cuándo les paga lo de su tarjeta. Qué cabrones tan delicados; bueno, estaré con Gris.

Alfonso Gámez, ingeniero civil, gerente de obra en Concretos de Sinaloa, cuarenta años, casado, tres hijos. Mi hermano fue empleado en la Secretaría de Salud, era enfermero, pero renunció hace seis años para dedicarse a la adivinación; le iba mucho mejor; era un emprendedor nato. ¿Salía en la tele? No llegó a tanto. ¿Dónde atendía? En cafés o en los mismos carros de los interesados. Creí que tendría un domicilio. Pues ya ve que no. Lo mataron con lujo de crueldad, ¿qué relación tenía con los narcos? Mi madre cree que el Gavilán tuvo que ver. ¿Y usted? Realmente no sé, hace cuatro años me contó que la mayoría de sus clientes eran mañosos, mujeres de la vida alegre y algunas decentes. Es curioso cómo la gente quiere saber lo que le espera, intervino Gris. Mi hermano vivía de eso, según dicen era muy acertado, y al parecer no le faltaban aventuras de todo tipo. ¿Por qué su madre piensa que fue el Gavilán? Ayer me dijo que lo amenazó varias veces, incluso le mandó decir con ella que si no le daba la cara se iba a arrepentir. ¿Conoce usted al Gavilán? Hasta ayer supe de él cuando mi mamá lo mencionó. ¿Leopoldo le contó si temía algo o a alguien? Nunca, siempre lo vi muy seguro, pero no hablábamos mucho, teníamos dos meses sin vernos, él llevaba una vida muy dinámica y yo en mi trabajo todo el día. ¿Era casado? Casi ocho años de divorciado, sin hijos. ¿Sabe dónde vive la ex mujer? No, sólo sé que se fue a la ciudad de México después de la separación; oigan detectives, me gustaría terminar con esto, en un rato nos entregarán el cuerpo en la funeraria y mi mamá no lo va a resistir. Dime el nombre y la dirección de tus otros hermanos. No tengo, éramos sólo nosotros dos. ¿Le conociste alguna mujer a la que viera con más frecuencia? Un día me presentó a Irene Dueñas, me parece que es la propietaria de But Ik, esa tienda donde venden ropa de moda; lo vi un tanto entusiasmado. Gris metió la información en su celular y dijo: Está en plaza Cinépolis y es la que marca la pauta en ropa femenina. ¿Peleaban mucho su hermano y usted? Un poco, mi mamá se preocupaba por su vida y discutíamos por eso, pero nunca pasamos de ahí. ¿Quién hereda? Quizá mi mamá, vivía con ella; todavía tenemos que ver eso. Una última pregunta, ¿quién era el mejor amigo de su hermano? Ni idea, nunca supe que tuviera alguno.

Era un interrogatorio completamente aburrido y dejaron que se fuera sin más. Oiga, jefe, eso de mujer de la vida alegre me encabrita, ¿acaso las otras somos de la vida triste? Qué tristes van a ser, luego no hay quien les dé el ancho. Ya en su pequeño despacho el Zurdo le marcó a Pineda, seguro él sabía lo que había que saber del Gavilán, pero no respondió.

6

En la acera frente al hospital Virgen Purísima, el Piojo Daut comía lentamente con un tenedor de plástico fruta picada con limón, sal y chile molido que llevaba en un vaso transparente. Observaba el movimiento y masticaba un trozo de jícama: el Trocas Obregón, jefe de los agentes policiacos, llamando por celular, los soldados espantándose las moscas, el capitán Bonilla leyendo el periódico, los pacientes que llegaban y se sorprendían por el sitio, los médicos acostumbrados. Distinguió a Max Garcés subir a una camioneta y fumar mecánicamente. Por su aspecto supo que era importante y adivinó su oficio. Su paso por la delincuencia fue buena escuela para detectar malandrines. Por la acera del hospital vio venir a dos hombres vestidos de blanco, uno joven, delgado y de baja estatura; dejó de masticar, se acomodó la gorra sobre la frente y permaneció inmóvil con el vaso en la mano. Eran la Hiena Wong, ligeramente más alto y de botas vaqueras, recién llegado de Mexicali, y un chino que no podía ser otro que el hijo del Cacarizo Long. Órale, par de cabrones, quién los viera. Sabía de Wong pero jamás tuvo problemas con él. Un sicario temible. Se encontraron con Max, se saludaron con un gesto y entraron en el hospital. Pasaron diez minutos de calma. Este morro creció, ahora está listo para matar o morir, ¿se animará? Creo que sí, mataron al Tembeleque gachamente en Tijuana y a la Indira en Sacramento, gente que hizo perder mucho dinero al Cacarizo; aunque no sé si fue él o la Hiena, para mí fue la voz de alarma. El Piojo se puso de pie y se alejó rumbo a la calle Sepúlveda que lleva al mercado negro de dólares. Se veía tranquilo, con una leve sonrisa. Tomó un trozo de papaya, masticó rápido y tiró el vaso medio lleno en un bote de basura.

Traspasó un grupo de policías federales sabiendo claramente lo que debía hacer.

7

Algunos pensaban que la guerra contra el narco había llegado a su fin, pero los muertos seguían apareciendo. Ese mediodía, el Zurdo y Gris fueron al Quijote a echarse unas heladas; la Cococha los recibió: Qué bueno que vinieron, les tengo un reclamo de la comunidad gay y una información. Antes de que empieces con tus quejas tráenos dos medias y lo que tengas de botana. Ay no, Gris, cómo soportas a este barbaján, no tiene clase, pero no creas que es por su familia, conocí muy bien a sus padres que eran ejemplares, éste no les saca en nada y menos al hermano que era un caballero, y escúchame, Edgar: no estamos conformes con lo que dicen de la violencia, es falso que ha bajado; mijito, vengan aquí, vayan a las cantinas, aquí se escucha de todo, en los antros muchos plebes entran armados con tamañas pistolotas y no hay quien les llame la atención, se llevan a las muchachas a la fuerza y nadie mueve un dedo; que los muertos no salgan en los periódicos no quiere decir que no existan. Cococha, trae las cervezas y no estés chingando, me agrada que seas un homosexual orgánico pero no nos mates de sed. Pues ya te digo y no te burles que te puede ir muy mal. No le hagas caso, Cococha, es sólo que estamos en un mal día. No le doy sus cintarazos nomás porque tiene más de cuarenta, que si no. Por favor, Cococha, si no tienes cerveza trae agua, lo que sea, pero alguna cosa para que no se diga luego que no hicimos algo por vivir.

Les sirvió dos Pacíficos y un plato de camarón con pulpo. Antes que nada, jefe, permítame decirle, bebió. Hace un mes que lo traigo atorado, el Zurdo, confuso, miró a su compañera que se puso seria: Me voy a casar. Eso no es novedad. La semana que entra. Ah, caray, ¿voy a ser tío? Aún no, pero es que, mire, si no lo hacemos así quién sabe cuándo nos casemos; no es que yo tenga prisa, pero el Rodo sí, además lo acaban de ascender a jefe de licencias, va a dejar las calles y creemos que es tiempo de empezar nuestra familia. ¿Es lo que querías decirme ayer? Exacto, y necesito un permiso. ¿Y desde cuándo pretendes irte? Desde ya, debo organizar todo y no es poca cosa; una amiga me va a auxiliar pero no es suficiente, hay que estar allí. Te ves un poco flaca. Todas las que se casan pierden peso, ¿no lo sabía? Nunca me he casado. Bueno, no pierda las esperanzas, ¿quiere ser mi padrino? Si no hay remedio.

Dijeron salud. Gris se relajó, dio la noticia a la Cococha que quiso brindar con ellos, de paso recriminó a Mendieta por no haber dado ese paso.

Jefe, ¿sabe algo de su amiga hospitalizada? No, y ya te dije que no somos amigos. Pues es que siempre está ahí, como parte de nuestra vida y al tanto de lo que hacemos. Los delincuentes son nuestra contraparte, por ellos existimos, y aunque nos repatee el hígado, siempre saben en qué andamos. ¿Por qué la relaciono más con usted que con Pineda? Porque te gusta jorobar, y aunque ha estado implicada en nuestros últimos casos, su relación directa es con Pineda, que por cierto anda muy ocupado, según sé, no da pie con bola en el caso del puente de la Costerita, con todo y los once muertos y las camionetas incendiadas.

Les sirvieron la cuarta tanda de cervezas y un par de meros a las brasas con una salsa bandera recién armada. Voy a tomar dos semanas, espero que no me sustituya, no vaya a ser que quien llegue le guste más que yo. Eres insustituible, Gris, y no pienses en eso, te vas a encargar de tu boda y va a salir muy bien. Y el dinero que voy a ahorrar, viera qué caro cobran las que organizan fiestas. Bueno, ahora está tranquilo, no te preocupes; que Angelita redacte el permiso, te lo firmo y te vas. Eso ya está, sacó una hoja doblada y membretada de su bolso que el Zurdo firmó entre risas. ¿Desde hoy? Qué adelantada me saliste, por eso la sociedad no cree en nosotros. Ay, jefe, es que entre organizar la pachanga, el vestido que no me terminan y buscar lugar para la luna de miel, apenas me va a alcanzar, y no se le olvide, de este viernes al otro usted es el padrino. ¿De tacuche y todo? Ni más ni menos. Se escucha el séptimo de caballería del celular del Zurdo. Es Robles.

Jefe Mendieta, tenemos un acribillado en el estacionamiento de Cinépolis, la gente de Ortega y el forense van para allá. Listo, Robles. Corta. Gris, nuestros compañeros me invitan a actividades propias de mi sexo, así que vete a lo tuyo y nos vemos en la boda. No me vaya a dejar plantada, recuerde que es mi padrino. No lo olvidaré, igual me echas un cable si algo se ofrece. Dejó el importe de la comida incluyendo una generosa propina y salieron. Gris tomó un taxi. En el Jetta: The Kinks: *All Day and All of the Night*.

Un hombre de unos cuarenta años, vestido con ropa sencilla y rapado, se encontraba tendido junto a un pilar del estacionamiento techado de plaza Cinépolis, más cerca del casino que del cine o del café de la esquina. Tenía un bolso de mujer aferrado con la mano derecha. Uno de los técnicos lo recibió. Encontramos el cascajo y es un calibre veintidós, tiene un balazo en la cabeza, no le encontramos identificación y ahora vamos a desprenderle esta cosa. El Zurdo se puso guantes de cirujano y ayudó al experto, le aflojaron los dedos y le sacaron el bolso negro. Lo abrió, observó una ingente cantidad de objetos, sacó un monedero con dinero y tarjetas. La credencial de elector indicaba que era propiedad de Margarita Bournet, con domicilio en Jardines del Valle en el norte de la ciudad. La foto era de una mujer blanca, pelo corto, de mediana edad. Un pasante le informó que tenía alrededor de cuatro horas muerto por el tiro en la cabeza. Imaginó la situación: el tipo le arrebató el bolso a la señora, ella sacó su pistola de alguna parte y le metió un tiro en la cabeza, se asustó y desapareció sin recuperar su prenda. Afortunadamente sabemos dónde vive. Traigan al encargado del estacionamiento. El Camello regresó con un hombre gordo, con gorra de los Venados de Mazatlán. Le decían el Bagre: La verdad no vi ni escuché nada. Claro, eres ciego y sordo. Los vehículos entran y salen, hacen mucho ruido. ¿Tienes cámara para grabar ese movimiento? Cómo cree, de chingadera tenemos esa pluma para que recojan su boleto. ¿Qué ropa usaba la que salió corriendo? Ni me fijé, la gente entra y sale también, unos van al cine y otros al casino, la mayoría camina rápido cuando llegan, y despacio cuando se van despelucados. ¿Cuándo viste el cadáver? Hace como dos horas, cuando una señora me lo señaló y llamó por un celular a ustedes. ¿No llamaste tú? Iba a hacerlo, pero la doña se me adelantó. ¿Cuánto tiempo marcaste? Cómo cree, nunca he estado preso. Mendieta se divertía con la sonrisa franca del Bagre y le pareció que no tenía vela en ese entierro.

Ordenó a Terminator y al Camello que detuvieran a la mujer de la credencial y la llevaran a la jefatura. Hora y media después recibió una llamada de los agentes: Estamos en camino, señor, con la sujeto a buen resguardo.

En la jefatura buscó a Ortega. Oye, cabrón, antes de que te largues a tragar cerveza con papas fritas viendo la tele en tu casa, necesito un paro. No chingues, pinche Zurdo, estamos muy bien, si extrañas los cadáveres en la prensa no es mi pedo, aprovechemos que no están exigentes, además hoy vamos contra la selección de Honduras. No seas pinche masoquista, siempre que juega la Selección vienes al día siguiente echando pestes. Ahora vamos a ganar tres goles a cero. Ya, ¿recuerdas el muerto de ayer? Más o menos. Hace cuatro horas se escabecharon otro en Cinépolis. Pobres cabrones, no les tocó ver el partido. No mames, qué partido ni qué la chingada. Deja ver el informe y mañana te digo qué onda. Al de ayer, según su madre, se lo echó un narco apodado el Gavilán, pásame lo que tengas de él. ¿Qué es lo que quieres, pinche Zurdo? Que busques en tu base de datos, o que pidas a uno de tus esclavos que lo haga; de Leopoldo Gámez las fotos pueden servir, necesito saber quién era realmente; oye, ¿qué vas a hacer el próximo viernes? Ir a la boda de Gris. ¿Lo sabías? Mi vieja ya me vacunó para el vestido, ¿tú no? Voy a ser padrino. Ya valimos madre, voy a decirle a mi mujer que vaya como sea. No seas pinche mamón, oye, échame una mano con eso, luego me avisas qué onda. Qué enfadoso eres, dichosa Gris que descansará unos días de ti, y si lo quieres saber: odio los pinches archivos, maldita la hora en que se les ocurrió pasármelos. Que gane la Selección.

Angelita lo recibió con dos recados: uno del comandante que lo esperaba en su oficina, otro de Edith Santos. ¿Y ésa quién es? Amiga de Gris, le está ayudando en lo de su boda. ¿Sabes de la boda? Desde hace dos meses, no olvide que redacté el permiso; jefe, no se enoje con Gris, lo que pasa es que no se animaba a decirle. Ya veo, todos sabían menos yo.

Briseño se hallaba de un humor de perros. A sus órdenes, jefe. ¿Cómo preparas los ravioles? Señor, nunca cocino, no se me da. Pero algo debes saber, vives solo y un hombre que vive solo es capaz al menos de guisarse un par de huevos. No es mi caso, además, podría ser que si entro en la cocina Ger me mate, ¿le puedo ayudar en algo? No consigo hacer entender a mi vieja que los que comimos hace rato no estuvieron a la altura, les faltaban al menos un minuto de cocción y la salsa estaba demasiado delgada, además ese relleno de calabaza no me convence. Uta, eso es grave. No permito que te burles, cabrón, ¿qué te crees? Un tarado que no sabe freír un par de huevos no tiene derecho a opinar de nada. Perdón, jefe, no quise. Calla e infórmame, acabas de tener otro cadáver, ¿no? En Cinépolis, tenía un bolso de mujer empuñado y la dueña está por llegar. Debe ser un ladrón. El otro era adivino. Silencio. El Zurdo trataba de deducir adónde quería llegar el comandante, siempre más interesado en política y culinaria que en asuntos policiacos. ¿Cuál es tu teoría? Pudiera haber un patrón. Lo sabía, no tienes la menor idea; vas a investigar estos casos hasta solucionarlos, el licenciado Manlio Zurita, el nuevo delegado de la PGR en el estado, me ha felicitado y no quiero que lo eches a perder, incluso sugirió que uno de sus expertos nos auxilie en caso necesario, ¿cómo la ves? Casi te resuelvo el caso. Gracias, jefe, no esperaba menos de usted, pero al menos lo de Gámez está fuera de mi competencia, según su madre fue víctima del Gavilán, ese narco del que usted me pasó información tan valiosa. Es completamente de tu competencia, te servirá como distracción mientras regresa Gris. ¿Irá a la fiesta? A la fiesta y a misa, mi mujer está más alborotada que si fuera la madre, incluso descubrieron que tienen una amiga en común que sabe de organización de bodas y le va a echar la mano por nuestra cuenta. Ándese paseando, me la han hecho como al marido cornudo, ya verá esa Gris cuando regrese. Te paso el teléfono del experto, reúnete con él y trata de aprenderle algo; y ahora, voy a dejarle en claro a mi vieja lo riesgoso que es contradecir a un hombre que tiene razón. El Zurdo abandonó el despacho desencantado, su experiencia con asesores era lamentable.

En su oficina, Angelita hablaba por teléfono. Ya regresó, la voy a comunicar, a Mendieta, tapando la bocina. Jefe, la señora Edith Santos, ¿paso la llamada a su extensión? El Zurdo la tomó allí mismo: ¿Dígame? Buenas tardes, señor Mendieta, ¿cómo está? Bien pero qué le hace, ¿y usted? Vuelta loca, gracias por preguntar; sé que será el padrino de Gris y me gustaría saber si tiene usted traje negro. Qué pena: sólo tengo blancos. Entonces, si no hay inconveniente, me encantaría mostrarle algunos, ¿podría verlo ahora? ¿En este momento? Disculpe, sé que es una hombre muy ocupado, pero estoy en Liverpool y no sabe cuánto le agradecería que viniera para que se midiera algunos modelos en negro, la boda es en una semana y no podemos perder tiempo. ¿Es tan complicado? No, señor Mendieta, es para que no se vuelva complicado. Pues si no hay remedio. Perfecto, me encanta la gente que coopera, lo espero en la sección de caballeros, le voy a tener listos los modelos para que usted escoja y se los pruebe, será rápido.

En la sala de interrogatorios lo esperaba una mujer madura. Antes de entrar escuchó el informe de sus subordinados: Dice que esta mañana le robaron el bolso y que ella no lo mató. Que se lo crea su abuela, agregó el Camello. Esa vieja tiene una cara de asesina que no puede con ella. ¿Opuso resistencia? Sí, nos tiraba patadas y derechazos, pero su hija, que espera en la otra sala, la convenció de que viniera, que nada le podía pasar. Se nota que es de armas tomar.

Soy el detective Mendieta, ¿cómo está? Muy asustada, en mi vida había pisado una estación de policía, pero yo no maté a nadie, aunque ganas no me faltaron con ese desgraciado abusón que me atacó; estoy endeudada en la Coppel, esta mañana como a las once, llevaba la mensualidad cuando ese pelón me arrebató el bolso y corrió; grité pero nadie acudió. ¿Dónde fue? En la sucursal de la plaza Fiesta, realmente había poca gente. ¿Hizo la denuncia? No, sólo le dije al policía de la Coppel; mire, soy de familia decente, mi esposo fue presidente municipal pero nadie lo quiere porque nunca tomó lo que no era suyo; además, en mi vida he manejado un arma. ¿Qué calibre le gusta para una pistola? Qué voy a saber yo de eso, le estoy diciendo que nunca he disparado, se irritó. ¿No me entiende? No se preocupe, le hacemos una prueba y ahí se sabe qué tantas veces le jaló. Pues de una vez; qué tiempos, Dios mío, ahora nadie cree en la gente decente, debe uno estar demostrándolo a cada rato. El Zurdo abandonó la sala un momento, pidió a los agentes que fueran al lugar del despojo y preguntaran al policía de guardia, quizá continuara de turno.

¿Qué aspecto tenía el ladrón? Rapado, ya le dije, como de cincuenta años, moreno; un tipo feo. ¿Es éste? Le mostró una foto del cadáver en el celular. Le da un aire, no estoy segura, es que con el susto no lo vi bien, pero estaba pelón; ay, detective, no me la complique, a mí puede acusarme de muchas cosas, pero no de asesinato. ¿Como de qué? De permitir que mi marido tome más de la cuenta, fume hasta volverse ronco, irme a un crucero y dejarlo con una de sus hermanas, de consentir exageradamente a mis nietas. ¿Por qué no denunció el robo? No se ofenda, detective, pero no confío en la policía, sé de muchos casos en que ha salido contraproducente. ¿Es éste su bolso? Otra foto. Sí, ¿me lo devolverán? Poco después llamó el Camello. Jefe, el vigilante identificó a la señora en la foto de mi celular positivamente. Buen trabajo, regresa acá, ¿cuántas veces vio antes al salteador? En mi vida lo había visto, ¿cómo cree? Cuido mucho mis amistades. Muy bien, puede ir a casa. Gracias, detective, jamás imaginé que hubiera un policía educado, y mire qué sorpresa. Gracias, en unos días le devolvemos el bolso, tenemos que ver las huellas diferentes a las suyas.

Recordó que tenía una cita.

Lo aguardaba una mujer no muy agraciada, de unos cuarenta años, pero con un cuerpo escultural, que sonreía con fineza. Uta, qué suerte tienen los que no se bañan, comentó el cuerpo que reaccionó ante la visión de Edith Santos que vestía un modelo entallado. Tú cálmate, pidió el Zurdo, a quien las mujeres atractivas ponían un poco nervioso. Ésta no nos concierne para nada. Ya sé que está fea, pero tiene esas nalguitas que, ay mamá, están para volvernos locos. Que te calmes, te digo.

Señor Mendieta, qué gusto.

Lo mismo digo, Edith.

Igual yo, el cuerpo del Zurdo era muy lanzado.

No lo imaginé tan joven.

Edgar, ese perro quiere hueso.

Gracias, nunca pensé que Gris tuviera amigas tan guapas.

¿Nos tuteamos?

Por mí, encantado.

Vieron seis trajes. Estaba impresionado, jamás se figuró en una situación similar; era de los que entraba en una tienda, buscaba la ropa negra, le decía al vendedor su talla, cuántas prendas deseaba y jamás se preocupó por que le quedaran a la medida. Se los probó todos y no supo elegir.

Edith, creo que dependeré de tu buen gusto.

Me lo advirtió Gris: el jefe se deja asesorar. Mira, éste es el que mejor te luce, ¿cómo lo sentiste?

Pues ése.

Zurdo, llévala al Sanborns, cuando menos, ¿viste sus tetas? Están para que nos acabe de criar, invítale una cerveza.

No estés chingando, pinche cuerpo. Es una mujer decente y no vamos a meter la pata.

Claro que no, meteremos otra cosa, la cerveza es sólo para tantear el aire.

Veré a Gris a las ocho y media y aún es temprano, ¿tienes tiempo para un café?

Su voz era aterciopelada, sus labios reveladores y el pelo hasta los hombros.

¿Ya ves, cabrón? Esta chava sabe lo que quiere.

Se instalaron en un boot en Sanborns y pidieron Tecates roja y light. Ella vivía de organizar bodas, tenía tres divorcios y esperaba volverse a casar lo más pronto posible.

Aunque sufro horrible, creo que penar por amor fortalece y se entiende mejor la vida; al final no es verosímil que dos personas que se han querido se hagan tanto daño, ¿o sí? Pero pasa y como te digo, da fuerzas para lo que venga.

Es como querer a los enemigos.

Claro, al menos yo los aprecio.

Zurdo, con esta morra tienes que ser rápido, tírale la onda, acuérdate que ya tengo rato en la banca.

Tienes bonita cara.

Soy fea, lo sé, sin embargo, algo tengo que los hombres se vuelven a mirarme.

Yo te lo puedo aclarar, chiquitita.

Bebían la segunda cerveza y el cuerpo se hallaba inquieto.

¿Quieres cenar algo aquí o en otro lugar?

Me encantaría, pero debo ver a Gris, que al fin se libró de ti; mañana preparamos todo y el domingo instalamos una parte; ¿podrías el lunes?

Es mi día favorito.

Pasa por mí a las ocho, vivo en Las Quintas.

Le dio su domicilio.

Oye, deveras eres hermosa; pareces personaje de bolero.

¿De veras? Tú eres mejor de lo que pensaba.

Rumbo a casa, escuchando a The Grass Roots: *Midnight Confessions*, sintió que el corazón vibraba acelerado. El cuerpo feliz. Se oyó su celular pero ni siquiera vio quién llamaba.

8

Me dicen el Duende y recién me contrataron para eliminar a Samantha Valdés. El hombre que me conectó sabe que no fallo. La fuerza de Valdés a varios les quita el sueño y desde ahora a mí también; seré parte de sus coincidencias y espero que con eso sea suficiente. Me entró un mensaje de face, dejen ver de quién. Mmm, les decía, seré una de sus coincidencias naturales. Acaba de sufrir un atentado pero se salvó, un comando no pudo con ella. Uno de sus hombres la traicionó y señaló el movimiento donde la esperaron; ¿qué pasará cuando se entere, montará en cólera o se irá a la playa? Coincidencias, les digo, no se trata de otra cosa y yo estaré en una de ellas para cerrar mi trato. Esa mujer estorba a muchos. Un detective del DF está aquí, ¿qué busca?, ¿qué clase de coincidencia se está fraguando? Samantha Valdés vendrá a mis manos muy pronto, si muere en esa clínica perderé la mitad de mis honorarios, si no cumplo no sé qué pasará: los que ordenaron el atentado son los mismos que ahora me pagan por subsanar el error de que esté con vida; cambio de estrategia y soy el rey de los esquivos; voy a cumplir mi arreglo y punto. Estoy en esta ciudad horrible donde sólo escucho presunciones: que las mujeres son las más bellas de México, que en agricultura son vanguardia, que tienen una orquesta sinfónica de primer nivel. Necedades. Si eso fuera cierto se notara en la arquitectura de la ciudad, tuvieran menos injerencia los bandidos que seguro invierten millonadas y lo que logran es hacerla más grotesca. También se notara por sus librerías, en la catedral, en la limpieza. Bueno, quizás el jardín botánico sea una joya y no creo que los narcos tengan que ver ahí. Ya estudié el círculo de Samantha y, salvo dos pistoleros suicidas con cara de idiotas, no hay nada; el tipo que dirige su seguridad es un gordo que sólo sabe disparar al igual que los sicarios que lo acompañan. Será fácil cumplir mi cometido; ese hospital es vulnerable aunque esté tomado por el Ejército y la PGR. Lo haré rápido porque este hotel es una vergüenza, demasiada iluminación para mi gusto y hay bastante algarabía, ¿será posible que no piensen en la privacidad de los huéspedes? Es a lo que se expone uno en este oficio, pero lo haré bien, o dejo de llamarme el Duende.

La mañana del domingo la mano con tres dedos del Tizón dio vuelta a una página de periódico. En un cuarto de plana se hallaba impresa la estampa de un acribillado. Vemos su gesto de satisfacción. Al lado de los teléfonos, descansaba la misma foto, la original, encima de otras. La cabeza decía: "Cae peligroso asesino vinculado al cártel del Golfo".

En el jardín los tulipanes resplandecían.

9

A las siete de la mañana entró en el hospital. ¿Qué putas hago aquí? Andas de chismoso, pinche Zurdo, ¿para qué te haces? Ni que fueras el padre Jeringas que recorre los sanatorios mojando enfermos con agua bendita que les lanza con una hipodérmica desechable. Quizá le agradezco que me ayudó a pagar la educación de mi hijo. Sí, pero le entregaste un detenido, y no fue la primera vez. Iba a preguntar por Samantha Valdés pero Max Garcés, que vestía una inofensiva indumentaria de afanador, se le plantó enfrente. Afuera los soldados observaban soñolientos. Los federales igual, sólo el Trocas Obregón, alto, de recia personalidad, hablaba por celular. Qué onda, Max, ¿cambiaste de giro? Ahora soy un hombre sencillo, Zurdo Mendieta, viniste por ella, ¿verdad? Cómo crees, vine por un primo. Antier volvió en sí, pero tiene flojera de hablar; el médico considera que, aunque no está seguro, ya pasó lo peor. Entonces ya la hizo, siempre dicen eso para no comprometerse. Es lo que deseamos. ¿Pueden mear sin que los vean? Más o menitos, pero eso no nos quita el sueño, ahora lo importante es que ella la libre. ¿Está detenida? Eso juran los guachos. ¿Quién es el que habla por celular? El Trocas Obregón, recién llegado de Sonora. Mmm, ¿y qué onda con ella?

Cuando se alivie ya veremos, por ahora lo dejamos así. Dale mis saludos, dile que en cuanto se ponga al cien la invito al cine. Se lo diré. Pero ya que estoy aquí, quiero hacerte una pregunta. No das paso sin huarache, ¿verdad, cabrón? Sonrieron. Mataron un adivino, le metieron catorce tiros en el pecho, al parecer con la misma pistola. Sé quién es, vi su foto en *El Debate*, era un morro muy salido, así que si se lo chingaron se la tenía merecida. La madre cree que fue el Gavilán. Ese cabrón está bien tumbado del burro y es de los que se anima a todo. ¿Es del grupo? No, anda por la libre, trafica goma de opio, la baja de la sierra; se le respeta porque no se mete con nadie y porque no es nuestro giro, aunque en el futuro quién sabe, los gringos están volviendo a la heroína. ¿Sabes dónde lo puedo encontrar? Es un cabrón muy violento, mejor déjaselo a Pineda; quizá hasta tenga tratos con él. Dos médicos pasaron conversando, les dieron los buenos días. Así que cualquiera pudo matar al adivino. Sobra quién, hay cosas que la raza no soporta y una es saber que les fue mal cuando les dijeron que les iría bien. Pero qué culpa tenía el pobre pendejo. Tendrías que preguntarle al Gavilán o a quien lo haya bajado, si es que no fue él. Oye, si vivieras en otro lado, ¿regresarías a Culiacán para que te dieran piso? No estoy loco. Eso parece. A chambear, Zurdo Mendieta, no te queda de otra. Espero que no tengas que ver en el asunto. A mí que me esculquen, y a la señora también; por otros, no respondo. ¿Quién fue? Pronto lo sabré, para cuando ella hable de corrido o se alivie. Okey, Max, ahí nos wachamos, pórtate bien. Y si me porto mal te invito. Ya vas.

Volvió a casa. Ger barría la cochera, en cuanto lo vio se metió a calentar agua para nescafé. El Zurdo estacionó el carro en la calle y entró. ¿Cómo amaneció, Zurdo? Como huesito, ¿y tú? Jodida, pero contenta, ya sabe, ¿va a desayunar?

Con café es suficiente. ¿Otra vez, cuántas veces quiere que le diga que usted debe alimentarse correctamente? De acuerdo, cocina algo rápido. Nada, aquí usted desayuna como la gente, traje unos tamales de elote que se va chupar los dedos. Está bien. Por cierto, hay que pagar la luz, el agua y el teléfono, dejé los recibos en la mesa de centro y ni los peló. ¿Cuánto es? Dos mil pesos. ¡Qué! Pero eso es un robo. ¿Y a mí qué me dice? Dígaselo a los bandidos que nos gobiernan, según muy del lado del pueblo y vea cómo es pura piña. Qué bárbaro, vas a ir ahora mismo a la Profeco y les vas a decir cuántas son cinco. Me parece perfecto, pero sólo aceptan denuncias del interesado, y aquí el interesado es usted, ahora mismo le voy a freír los tamales con unas rajas y unos frijolitos, se los refina y se va volado a pelearse con los de esa Procuraduría que, según mi experiencia, sólo sirve para dos cosas: para nada y para nada. Pinches abusones. El Zurdo fue por su pistola al Jetta, la desarmó, la aceitó, la dejó sobre la mesa de centro donde manchó los recibos. Ger le sirvió. Zurdo, no vaya a cometer una barbaridad, aunque lo merecen no vale la pena ensuciarse las manos con esas sabandijas, luego se fue a trajinar por la casa bailando *Oh Denny's* de Botellita de Jerez. Mendieta la contempló divertido.

Antes de salir le marcó al experto de la PGR. ¿Podríamos vernos en las oficinas de la PGR? No estoy loco. Mendieta guardó silencio. Creí que trabajabas allí. Trabajo para ellos pero no allí. Órale, ¿te parece en mi oficina en la PM? Menos, ¿no hay un puto café donde nos podamos reunir?

En el Miró el Zurdo pidió un americano y el otro una coca normal y encendió un cigarrillo. A ver si no me sale puto, pensaron los dos. Soy Héctor Belascoarán Shayne, se presentó. Era no muy alto, no muy grueso y tuerto, de mirada profunda con algo de canalla. Edgar Mendieta, dijo el Zurdo, pero no se dieron la mano. Rudy los saludó, trajo las bebidas, dejó la carta y se marchó. Una mesera vino con la advertencia de que el señor no podía fumar pero no le hicieron caso. En una esquina el licenciado Záizar leía el periódico. ¿Conocías Culiacán? No creo que haya mucho que conocerle, Belascoarán pensó en su DF querido. Órale, bueno, mi comandante dice que tu jefe le ha propuesto que nos coordinemos, ¿te ha comentado algo? Nada, ¿sabes para qué? Quizá para investigar el asesinato de Madero. Chingón, bebieron. ¿Tu jefe también es chilango? Belascoarán sonrió. Y eso qué, terminó su coca y pidió otra. El Zurdo pensó en Gámez y en Samantha. Sería una coincidencia o una prueba de cómo se organiza el gobierno. Estas pinches cocas no están mal. Mendieta bebió café y puso atención a una señora que caminaba al lado imaginando que era Edith Santos. El visitante encendió un nuevo cigarrillo. Generalmente pienso que vinimos a este mundo a valer madre, te molestas por lo que te cobran de luz o agua y no te das cuenta de que te vas pudriendo en vida. Lo mejor que pudrirse de una, ¿no te parece? La mayor parte del día me vale madre. Callaron unos segundos. Se volvieron para ver otra señora de pantalón ajustado que pasó presumiendo su felicidad. Su mesa se hallaba en la ruta hacia el baño de mujeres. Sonrieron aprobando su coquetería. Con estas mujeres cualquiera se vuelve un inútil, Belascoarán bebió el resto de su coca y escanció la ceniza en la lata. Como veinticinco por ciento de los mexicanos hemos nacido en el DF, tu coincidencia es irrelevante, colega, en cambio yo tengo una que está creciendo como la chingada: este gobierno va a ir con todo contra Samantha Valdés, y tú estás registrado como gente de ella. Mendieta quedó pasmado. No mames, nada tengo que ver con esa mujer. Estás marcado, colega, así que ponte las pilas y déjate de especulaciones pendejas. Es una pinche calumnia. Esa palabra no existe en la PGR. ¿Cómo es que eres su asesor? No te incumbe, y ponte trucha si no te va a cargar la chingada. El Zurdo miró su único ojo y supo que no mentía; ¿en qué bronca se había metido? Tendría que investigarlo. Oye, ¿es cierto que los asesores de la PGR son putos? Nomás los culichis.

Quedaron en verse. Cada quien se fue por su lado. Mendieta abordó su nave, encendió el estéreo donde The Association interpretaba *Never My Love*, y se fue despacio a plaza Cinépolis; era el momento de conversar con Irene Dueñas, la novia del adivino. Reconoció que esa situación lo iba a sacar del aburrimiento y que su colega, Héctor Belascoarán Shayne, era más cabrón que bonito.

De rostro fino, cuidadosamente maquillada, pelo a los hombros con rayos y cuerpo juvenil. Lo menos cuarenta y cinco años, pensó el Zurdo, que prefería no predecir la edad de las mujeres porque siempre se equivocaba. Lo hizo pasar a un despacho lleno de cajas hasta el borde de ropa de mujer y maniquíes por vestir: uno era notable. Equipo de cómputo sobre el escritorio de cristal, más dos celulares de última generación. Lo enterramos el sábado, expresó y se limpió los ojos húmedos. Es horrible, señor Mendieta, imposible de creer, un hombre tan lleno de proyectos. Perder un ser querido saca cosas de nosotros, señora Dueñas, y quizá nos indispone, sin embargo, debo hacerle algunas preguntas, unas cuantas, de rutina. Nada ni nadie lo va a revivir, señor, y eso es lo peor de todo. Sí, pero tenemos que poner al culpable tras las rejas, ¿externó alguna preocupación especial o le contó que le temiera a alguien? Nunca, era un hombre valiente, conocía los peligros en que lo ponía su oficio. ¿Usted lo consultó alguna vez? Cuando lo conocí, después me decía cosas sin que le preguntara, era muy acertado. Tuvo un ataque de llanto. El detective esperó a que se calmara, observó el lugar, el maniquí que le llamó la atención. ¿Mencionó algún enemigo en especial? Un tal Wence lo traía preocupado, creo que es un narco, al parecer no le gustó lo que le adivinó y lo amenazó. ¿Alguien más? No recuerdo, quizás ése era el único. Mendieta centró su interés en el maniquí que exhibía nalgas paradas y redondas. Ella sonrío ligeramente. A él también le gustaba, era su favorito; está aquí porque la ropa que exhibimos con él se vende de inmediato. ¿Leopoldo era consultado por mujeres? Más de las que podía atender, pero desde que entré en su vida no tuvo más interés por ellas que el profesional. Con una belleza como usted no creo que se fijara en nadie. Me alegra que además de policía sea un hombre sensible. Estás bien buena, mamá, así cualquiera, manifestó el cuerpo que era un observador acucioso. ¿Cuánto ganaba Gámez al mes? Nunca me dijo, pero suficiente para no preocuparse por el dinero; a propósito, él hacía un donativo importante al zoológico de la ciudad para la alimentación de los animales, consideraba que nunca tendrían suficiente, que muy pocas personas se interesaban por ayudar; desde luego, seguiré su ejemplo. ¿Por qué no tenía consultorio? Decía que era más efectivo su trabajo en la intimidad de los que lo buscaban; a mí me atendió en, lloró de nuevo, se limpió las lágrimas con un klínex. En el Ecológico, caminando; pero le gustaban los cafés y los restaurantes. Silencio. ¿Le contó si alguna vez lo consultó Samantha Valdés? Tenían cita la próxima semana. ¿Era la primera vez? Sí, y estaba muy emocionado, hay ciertas clientas de mi negocio que me dan credibilidad, en el caso de un adivino pasaba exactamente lo mismo. ¿Conoce a la madre de Leopoldo? Claro. Ella piensa que fue víctima del Gavilán. Se tardó un segundo en responder. No sé, al único que me confesó que le temía era al Wence; creo que era amigo del Gavilán desde niño.

¿El Gavilán vive en la ciudad? Lo ignoro, incluso no lo conocí. Señora Dueñas, disculpe las molestias, le deseo una pronta recuperación. Atrape al culpable, señor Mendieta, la sociedad se lo va a agradecer. Se lo prometo, ¿era antigua su relación? Los seis meses más felices de mi vida. ¿E iban con frecuencia al Ecológico? No, sólo esa vez.

Marcó de nuevo a Pineda. Zurdo mal hecho, qué milagro. La ironía del jefe de Narcóticos le caía como patada de mula. ¿Tienes un minuto? Los que quieras. ¿Qué onda con Leopoldo Gámez? Era adivino, muy relacionado con narcos y estafadores. También con las chicas del talón. ¿Por qué te encargaron el caso? Está más cerca de Narcóticos que de Homicidios. Así de cabrón soy. No me digas; pues te aviso, voy a hablar con el comandante para que nos lo pase, nosotros no aceptamos extraños. Pues te la vas a pelar, estoy investigando el caso y está lleno de narcos, hasta pudiera resultar involucrado un comandante y conseguiré que se aclare. Estás jodido, Zurdo, te quiero lejos de eso, y más te vale respetar mi jerarquía. Yo no reconozco más jerarquía que la de mis huevos. Chingada madre, colgó evidentemente enrabiado. El Zurdo sonrió sardónico.

Por la noche llevó a Edith al Apostolis del club Chapultepec, un restaurante de menú breve, con vistas apaciguadoras, que ella eligió. Tocaban música suave, la cerveza estaba fría y la carta de vinos, tentadora. Les sirvieron tequila y whisky como aperitivos. El cuerpo al acecho.

Este lugar es de mis favoritos.

Olía a mujer, algo de Yves Saint Laurent, quizá *Manifesto*.

No lo conocía.

Ya me dijo Gris que no salen del Quijote, me encantaría que me llevaras un día.

Te llevaremos, mi amor, pero antes tienes que hacer méritos.

Dijeron salud. El Zurdo se hallaba desconcertado, ¿qué onda?, ¿se trataba de empezar otra vez? Qué hueva, luego se me viene el mundo encima. No quiso complicarse, dejó todo en manos del cuerpo que se regocijó y no esperó para iniciar el contacto por debajo de la mesa. Estaban frente a frente. Sin razón aparente Mendieta se pasó a la silla de al lado.

Para estar más juntos.

¿Estás ansioso? Gris nunca comentó que fueras así.

Perdón, ¿quieres que regrese a la otra silla?

Me gustan los hombres decididos, los que no reconocen el abismo hasta que están cayendo; pero sugiero que si vamos a tener acción, antes cenemos tranquilos, como si no fuera a pasar nada, ¿te parece?

Pinche vieja, seguro iba para monja.

Discúlpame, a veces doy cada traspié.

Luego conminó al cuerpo: ¿Ves, hijo de la chingada? Ya me hiciste quedar en ridículo, todo por tu pinche calentura. No le hagas caso, Zurdo, te está tanteando, te apuesto a que es bien jariosa. Pues deja que lleve la fiesta en paz, nada de impertinencias. No me ofendas, pinche cabrón, si te pones picudo te dejo unos días sin cagar para que sepas lo que es amar a Dios en tierra de indios. Mendieta sabía lo grave de esa amenaza y se calmó. Está bien, pero deja que yo me encargue.

¿Cómo es que no te has casado?

Por tonto.

No creas que no me lo pregunto; quizá para no divorciarme.

No me digas.

Es que se cayó de la cama cuando era chiquito.

Bueno, un día tuve la esperanza pero ella salió huyendo y jamás la volví a ver.

No me lo explico, tienes muy bonito modo; qué se me hace que te lo estás inventando.

Quítate los calzoncitos y verás cómo te dice la verdad. Ya, por favor, pinche cuerpo.

Al principio me hubiera gustado inventarlo, ahora me da igual; simplemente no se hizo y ya.

Oye, te pasó como en la película de Julia Roberts y Richard Gere.

Runaway Bride, la vi en la tele hace como un mes.

Cenaron con apetito, ella pescado calabrese con aroma a albahaca y limón, él filete de res al burro negro, sugerencias de Ileana, la propietaria, y fue César, su esposo, quien les propuso un exquisito vino mexicano; luego un solo postre para no engordar; en el café ella preguntó:

¿En tu casa o en la mía?

Ay, papá, retiro lo dicho, es la chica más inteligente que hemos conocido.

Mendieta sonrió, ella le dio un beso suave para que se animara.

En el Jetta escucharon a Cher con Rod Steward: *Bewitched, Bothered & Bewildered*, Edith siguió al dueto con buena voz: *After one whole quart of brandy*. Ándese paseando, exclamó el cuerpo alborozado. Si ahora canta imagínate lo que hará mañana.

Su departamento, ubicado cerca del malecón Niños Héroes, despedía un suave aroma a doradas manzanas del sol, alumbraba una lámpara de pantalla en una esquina, paredes vacías con huellas de cuadros descolgados y el Zurdo no vio más, sólo su boca entreabierta y el noema voz besina. Y luego sombras verdes y todo fue hidromuria, salvaje ambonio, sustalo exasperante; las arnillas se espejunaban, se iban apeltronando, reduplimiendo, en un volcán transpatiado de besos parizantes; y era la esterfurosa convulcante de las mátricas, la jadehollante embocapluvia del orgumio, el vortichelo de manicias que los atrapaba, yustapostaba y paramovía. Aahh. Sofá de piel oscura. Pronto ella navegaba en la cresta del murelio, se tordulaba los hurgalios y sembraba cafiastes alazanes comprimiendo con gozo el panecibrio. Aahh. Profundo pínice. Aggg. Ordopenada cerraba los ojos y volvía a volcarse, aahh, aahh, hasta que, aggg, su cara se empapaba y era brasa, rosa negra, plumaire. Cuatro veces. Luego se afereció y fue el varón asombrado enterándose de tres de sus secretos y de los cuatrocientos mil nombres del placer. Aggg.

Así estuvieron dieciocho minutos hasta que el Zurdo se perdió a sí mismo y reconoció que el femenino es el único reinado que no tendrá fin. Quedaron quietos, perlinos y márulos, hasta sufrir las estrecheces del sofá donde apenas cabían dos personas sentadas.

Esto es lo que salva a la civilización. No digan que no.

10

Sentado en la banqueta, el Piojo Daut esperó al Zurdo frente a su casa. Fumó, mascó chicle y recordó la vida en la Col Pop. Todos los sábados hacían fiesta en alguna casa pero él nunca se atrevió a bailar. No era que no simpatizara con las chicas, ocurría que se trababa y no había poder humano que lo ayudara a superar ese escollo. El estéreo tocaba una de los Bee Gees o de Dave MacLean, una especial para pegar el cuerpo y el cachete y él se quedaba en una esquina, observando, dominado por aquel temblor en las sienes que lo arrinconaba. Pocos años después, cuando era un jefecillo al servicio del cártel de Tierra Blanca, jamás encontró justificación para esos momentos, sobre todo cuando se convirtió en un tipo frío y avezado: de los que siempre sobrevivían. Esa frialdad fue clave cuando tuvo que adelantarle la hora al Cacarizo Long, que se había aprovechado de su hermana Blanca, que ahora vivía feliz en Anaheim y distribuía parte de su producción de tortillas. A Long le gustaba cenar en el restaurante Oriental; allí lo encontró una noche muy dueño de sí mismo, confiado en el peso de su nombre, y le metió seis tiros en el pecho. La mujer que lo acompañaba alzó las manos y bajó los ojos indicando que no era de su incumbencia y él la respetó. Qué tiempos aquellos. La ciudad también había cambiado, sobre todo las reglas de convivencia: ahora era más peligrosa e inesperada. Recordó que Mendieta tampoco era afortunado en esos lances; una sola vez lo vio bailar con una de las hijas de doña María una rola llamada *Je t'aime moi non plus* y el bato parecía estatua asustada. Era un misterio ese pinche Zurdo, y mira nomás en lo que vino a parar; aunque ya vi que está bien relacionado, que lo respetan lo suficiente y puede vivir como le dé la gana. Cuando eran jóvenes, supo que el detective sobrevivió de milagro a un atentado, que su carro había volado por los cielos y que le decían el Gato; ahora no trataría ese tema con él; los tropiezos sólo tiene derecho a recordarlos el que los sufrió, pues sí, ni modo que qué. Lo esperaba porque se la iba a jugar y quería avisarle. Total, para que después no le viniera el remordimiento por andarlo azuzando; bueno, algo le había dicho el adivino muerto. También tenía antojo de unos tacos. Pinche Meño.

Se retiró justo cuando el Zurdo advertía las dimensiones del sofá.

11

El mismo lunes temprano, una sesentona se presentó a reclamar el cuerpo de Octavio Machado Torres: así se llamaba el muerto de Cinépolis. Había visto su foto en el periódico y fue por él. A todas las preguntas respondió no sé y le entregaron el cadáver. Aceptó que era su hijo, que no sabía de él y que nunca tuvo un oficio estable. Desconocía sus amistades, era soltero y tampoco estaba enterada de que fuera ladrón. Mendieta interrogó a una mujer de mirada glauca que no lloraba ni alteraba la voz; pensaba que si hubiera sido delincuente le habría gustado una madre así: fría y definitiva. Tenía un año sin verlo, expresó. Ahora lo quiero enterrar. El Zurdo, que no esperaba atrapar al culpable, le facilitó los trámites y en un par de horas la señora dispuso del cuerpo. Debe haber sido otro malandrín que no le pudo arrebatar el bolso.

El martes Mendieta se presentó en la jefatura a la hora de costumbre. Preguntó por el comandante, su secretaria le informó que llegaría hasta las once. Buscó a Ortega pero andaba con Pineda en el caso de tres acribillados en San Pedro, a quince kilómetros de Culiacán. En su oficina, Angelita hablaba con Gris por teléfono. Se la comunicó. ¿Cómo está, jefe? Bien, pero qué le hace, ¿se te ofrece algo? Llamaron de Liverpool, que puede pasar por su traje. ¿Te dijeron a ti? No, a Edith, pero sigue con los arreglos del salón de fiestas y olvidó su celular; está encantada con usted, ¿qué le regaló o qué? Es una chica muy agradable. Es especial, sólo tiene un defecto, ¿ya me relevaron? Ya, nos llegó una joven de la Academia que fue reina del carnaval de Guamúchil. No me diga, Angelita me decía que no. Para no preocuparte y tiene razón, sólo debes pensar en la boda, ¿cómo está el Rodo? Me tiene sorprendida, anda más nervioso que yo, ¿y cómo va nuestro caso? Promete un buen, Pineda lo quiere y ya casi consigo que se lo asignen. Jefe, no se meta mucho, no vayamos a salir raspados, y cuide mi puesto, no sea malo. ¿Te parece que ponga a la nueva a limpiar baños? Suena perfecto; bueno, hasta pronto; es padrino el viernes, no lo olvide. No pasará, nos vemos. Click. Angelita, si no me recuerda que soy padrino en esa boda, habrá una jubilada prematura en esta oficina.

Empezaba a recordar la dulzura de Edith cuando le pasaron una llamada. Era Belascoarán. ¿Qué hay? Poca cosa, colega, voy a retachar al DF, aquí ya no hago falta, si se te ofrece algo, sabrás dar conmigo. ¿Entre veintiséis millones de habitantes? Estás cabrón. Si encontraron el tesoro de Cuauhtémoc, ¿por qué no habrías de hallarme? Estoy en el directorio telefónico. Qué, ¿no te gustaron las cocas de acá? Está muy pinche el agua con que las hacen, mejor regreso a mi covacha. Órale, ¿alguna sugerencia para preparar mejor los ravioles que le pueda servir a mi jefe? Que le pregunte a Zurita; lo que sí, quizá se enturbie un poco tu vida, colega, cuídate de un güey al que le dicen el Tizón. ¿Quién? Un cabrón que te va a buscar o te va mandar alguien para que te quiebre, esto es más factible. ¿Por qué? Ya te dije, te consideran cercano a Valdés, pero te vas a divertir, te lo aseguro. Cosa fácil, querrás decir. Como en algunas vidas, no habrá final feliz. Órale, seré un desvanecido difunto. Y luego un amoroso fantasma, click.

Estamos menstruando o qué, es cierto que nada nos está saliendo maravillosamente pero no es para tanto; ¿por qué se marcha Belascoarán?, ¿quién es el Tizón?, ¿a quién va a mandar?, ¿por qué mi jefe tiene tanto interés en el delegado de la PGR? Tal vez el cabrón regresó a morir a su tierra como el Piojo; eso quiere decir que no es verdad que para morir cualquier lugar es bueno, preguntemos a los elefantes. Pinches elefantes, ¿no? Están bien tumbados del burro. La madre de Machado no quiso demandar, dijo que su hijo ya estaba juzgado por Dios; pues sí, viéndola así todos estamos juzgados por Dios y no tenemos salvación porque el bato ve todo; algo así dijo Záizar, el amigo del Rudy, aunque se refería a otro dios. Angelita apareció en la puerta. Jefe, lo llama el comandante. Antes de ir telefoneó a sus agentes: Termi, tú que eres el más flaco, ponte algo deportivo y clávate en el parque Ecológico, necesito que estés allí hasta que se haga de noche, registra todo lo que veas y oigas, pásame al Camello; Camello, vas a arranarte en el estacionamiento de Cinépolis, a ver si de los tahúres sale algo, no faltará quien te dé información por una lana para seguir apostando, sobre todo las señoras; acércate al encargado y sopéalo, algo más debe saber. Cualquier cosa me llaman.

¿Cómo va el caso de los muertos? Hasta este momento no hay nada, salvo que Gámez está enterrado y el otro ya lo entregamos a la madre. No me digas. Incluso el experto de la ciudad de México se regresa, parece que no le emociona la ciudad. ¿Me buscaste? ¿Se arregló lo de los ravioles? Qué se va a arreglar, mi mujer es sorda y ciega cuando debería ser muda, sin embargo ayer cocinó un bistek ranchero que no tiene madre, ¿y tú? Por cierto, cuidado con Edith Santos, es una devoradora, se ha divorciado tres veces y no sólo ha dejado a los maridos en la ruina, sino que están flacos y ojerosos de lo que la extrañan. ¿Qué más sabe? Sólo eso, es amiga de mi mujer y le comentó que eras un hombre fascinante, por eso la advertencia; Edgar, hay muchas viejas, y aunque no sepan cocinar te aseguro que valen la pena; por cierto, nos enviarán a alguien de la Academia para que releve a Gris y se vaya entrenando. Si se lo dice capaz que no se casa, me acaba de preguntar sobre eso. Lo sé, no te preocupes; la próxima semana la tendremos aquí. Interrogué a la señora Dueñas de la tienda But Ik, y dijo que Gámez le temía al Wence. Créele, ese maldito pistolero es un animal; búscalo y no te descuides, ni Pineda ha podido con él. Abandonó la oficina desconcertado.

Angelita le informó que lo buscaba Ortega. En su despacho. ¿Dónde te metes, pinche Zurdo? ¿Amaneciste de malas? Viagra, cabrón, el viagra es la solución para la gente de tu edad, no hagas caso a los que te digan que provoca infartos y estreñimiento, es pura antipropaganda. Cállate, pinche Zurdo, tú qué sabes, coges una vez al año y te dejan bien jodido; sin embargo, en ocasiones pienso que debes vivir de poca madre sin esas obligaciones pendejas que impone el matrimonio. Yo al revés, pienso que ustedes viven mejor con su familia, cogiendo a diario y comiendo caliente. Bueno, tiene lo suyo, pero a veces te pones de caguengue por cualquier pendejada. No me asustes. Tienes tu hijo, todo es que consideres disfrutarlo; por cierto, no ha vuelto, ¿verdad? Está en la universidad. No importa, dile que en vacaciones se deje venir. Lo haré; oye, ¿qué onda con lo que te encargué? Para eso te busqué, tenemos poco sobre el Gavilán, como que no está quemado y nunca ha marcado. No seas puto, no puede ser, todo mundo sabe de él menos nosotros, ah, por cierto, ¿quién ganó?

No preguntes pendejadas, pinche Zurdo, estamos en el trabajo. Sonrisa irónica. Con voz suave Mendieta expresó: El único que parece no tener broncas es Montaño. ¿En qué pinta el doc en esto? En asuntos de mujeres nunca se queja. Pues cómo, se la pasa arriba del guayabo. Se echa una diaria el desgraciado. Es un cabrón con suerte, con dinero y con influencias, ¿quieres más? Voy a escarbar, cabrón, aunque pienso que estás más loco que la cabra que descubrió el café. Gracias. Te busco al rato, voy a ver qué encuentro, pero no tenemos gran cosa, ya te dije. Gámez era adivino, tenía broncas con el Gavilán, según su madre, y con el Wence, según su novia. Del Wence tenemos todo. Pues órale, quizás al lado esté el Gavilán. En cuanto sepa Pineda se va a encabronar. Ya sabe el puto. ¿Y? Pues que brinque. Extrañas a Gris, ¿verdad, cabrón? Pa qué te digo que no si sí.

Esa tarde visitó el estacionamiento de Cinépolis. El Camello dormía plácidamente en su carro. La gente entraba en el casino con cierta ansiedad o en el cine como si nada. Quizá ni se enteraron de lo que allí había ocurrido. Mendieta se recargó en el Jetta y caviló. ¿Por qué matar a un ladrón de bolsos y dejar el bolso?, ¿quién usa calibre veintidós en estos tiempos? El tipo era un malviviente que encontró a otro malviviente y pelearon por el bolso. No, no fue eso, hubo un tiro y el encargado no lo oyó, ¿será posible? Tal vez vio el pleito. Carecía de elementos para reflexionar. Y tenía esa madre de mirada glacial; debe haber sido tremendo. Abrió la portezuela y sacó al Camello del carro. Eh, quién, jefe jefe, y lo lanzó al piso. Ponte a vigilar, cabrón, si no quieres un mes en la bartola, además de la semana que tienes bien ganada. Perdón, jefe, perdón, es que. Ve allá y déjate de tarugadas, cabrón güevón.

Encontró a Terminator enfundado en un pants azul y una playera roja que decía *Aeropostale* en el frente. Conversaba con una muchacha espigada muy cerca del lugar de los hechos. Ella se despidió cuando el Zurdo se hallaba a unos metros. ¿Alguna novedad? De Leopoldo Gámez, nada, pero encontré a Queta Basilio, una compañera de la secundaria que es atleta, que vio el cuerpo tirado, pero nada más. ¿Puedo hablar con ella? Se acaba de ir. ¿Es la que hace ejercicio al lado del vivero? La misma. Ve allá, dile que quiero saludarla y la entretienes mientras llego. ¿Va a correr? Sí, pero en otra vida, apúrale, no nos vaya a dejar.

Qué emoción, nunca había hablado con dos policías el mismo día, ¿usted también es comandante? No soy tan valiente como el señor, que por cierto me comentó que usted andaba por aquí cuando mataron a un individuo en esa zona, ¿dónde se encontraba cuando vio caer el cuerpo? No lo vi caer, lo descubrí tumbado, creí que se había tropezado pero me di cuenta de que estaba lleno de sangre y desmadejado. ¿Para dónde corrió el asesino? Soy enfermera, con toda esa sangre en el pecho no podía estar vivo, y no vi correr a nadie. Se veía ágil y fuerte. ¿Qué hizo? Me fui, nadie desea que la relacionen con un muerto, en ningún sentido. No se crea, la policía es cada vez más respetuosa, ¿cuántas personas se acercaron a ver el cadáver? Ninguna, todo mundo pasaba de largo y después todos le sacaban la vuelta. Pero avisó a la policía. No me tocó ese paso. ¿Vio la foto en el periódico? Sí, pobre hombre, y tan joven. ¿Lo había visto antes? Era adivino. No, cómo cree. Digo, corriendo en la pista, conversando con una señora guapa. Si lo vi no lo recuerdo, andamos tantos aquí. Bueno, déjele su teléfono al comandante por si algún día necesitamos algo de usted. Ya se lo di, Terminator sonrió, el Zurdo se retiró entre la gente que se ejercitaba.

En el Jetta, escuchando *I'll Never Find Another You*, con The Seekers, pensaba en Edith, ¿la busco, no la busco? Qué cosa es conocer a alguien, hace unos días no la hacía en el mundo y ahora está aquí influyendo en lo que podría suceder en las siguientes horas, y ni siquiera es bonita. Con la idea de controlar la tentación apagó el celular y se fue a casa, comió un poco de lo que Ger le dejó, refrescó su garganta con tres whiskies, empezó a leer *Una de dos*, de Daniel Sada, y se quedó dormido.

En ese momento, en el Lucerna, el Duende levantaba el teléfono que tenía dos minutos sonando.

12

Maté a un indeseable en un estacionamiento, ¿quieren saber por qué? Se los contaré, pero no se lo digan a nadie, y menos a ese policía cara podrida que llegó a investigar, según él muy propio, muy capacitado; un idiota, nunca escudriñó los alrededores desde donde yo observaba sentado en el estribo de una Cheyenne. Fue una coincidencia. Me ofrecieron el caso de Samantha Valdés, ya lo saben. Trabajaba en eso: quién era su gente, su poder real, su sistema de vida, a qué hora salía al pan; comprobé una lista de colaboradores que me proporcionaron en el DF. Ya me habían depositado el anticipo, así que debía actuar rápido. No puedo estar quieto, soy hiperactivo y hay días que debo acabar con alguien nomás para mantener la mano caliente. Me gusta el cine y fui a Cinépolis. La coincidencia. Ustedes quieren saber quién me llamó, ¿cierto? Quién la quiere bajo tierra, pero no se los diré; no lo sé y si lo supiera tampoco lo soltaría; un tipo bastante mal encarado, un intermediario al que sólo he visto una vez en mi vida, me contactó y aquí me tienen, sombra de la víctima. Me interné en ese estacionamiento en busca de algún afortunado a quien quitar de este mundo. Una vieja flaca peleaba con un pelón por un bolso. Qué patético. Un cuadro inesperado. Le disparé a él sin pensarlo. Ella huyó cuando escuchó el disparo y lo vio caer. Una veintidós rompe el esquema. Nadie pensaría en un gatillero profesional eliminando gentuza con ese calibre. Quizá debí darle a la flaca también, pero con él fue suficiente: un día el mundo será gobernado por las mujeres y son tan especiales que le cobrarían a los nietos de mis tataranietos. Soy el Duende, y un duende se aparece en cualquier sitio y a cualquier hora. Por face me han señalado que es el momento de ir por Samantha Valdés, que no espere más y me alegro. No soporto otro día en esta horrible ciudad. Tal vez despache a alguien de sus confianzas: ya veré; o a ese policía que ha vivido seguramente de más.

13

Samantha Valdés se hallaba lúcida. Los cuidados del médico y su fuerte constitución física se confabulaban en su rápida recuperación. El doctor Jiménez se sentía satisfecho, sin embargo, le preocupaba la cada vez más nutrida presencia del Ejército y de la Policía Federal que mantenían nervioso al personal y a los pacientes, incluida la capisa del cártel del Pacífico, enterada ya de su destino en cuanto la dieran de alta. Los militares se metían incluso al quirófano sin importarles que allí se estuviera trabajando. Otra inconveniencia era que los guardaespaldas de la mujer también habían invadido el espacio, los dos del principio se habían multiplicado y con ellos la tensión.

Esa mañana, Max hizo de su conocimiento una noticia que no llegaría a los medios: Frank Monge estaba detenido y según la Hiena Wong había pactado con el gobierno; incluso, aseguró que el plan era la detención de Valdés a toda costa y que, llegado el momento, el tijuanense declararía como testigo protegido. Más claro ni el agua: unos la querían muerta y otros tras las rejas. Samantha se volvió a la ventana y permaneció en silencio. Si bien no confiaba completamente en Monge, no se lo esperaba; entonces comprendió por qué su padre no se movía de su mansión en Lomas de San Miguel y todo lo arreglaba por teléfono o los obligaba a visitarlo. Entendió que había conductas que no le convenía modificar pero que debía esperar. Como dicen, la venganza es un plato que se come frío. La noche anterior, Jiménez le comunicó que se encontraba detenida y que no estaba sola. Esbozó una mueca que parecía sonrisa pero no hizo comentarios. En este momento percibió el plan para hundirla; aunque el perpetrador del atentado en que casi pierde la vida estaba muerto, según sus agentes, no le parecía normal; un militar en activo no es acribillado en la calle y le toman fotos desplomándose; a menos que a sus jefes les convenga y quieran matar dos pájaros de un tiro. Qué cabrones, ese mensaje no es sólo para mí, ¿quiénes son?, ¿con quién piensan sustituirme? Pronto lo sabré; se la van a pelar, se los juro por Malverde, san Judas Tadeo y la virgen de Guadalupe, que no se rajan. Sus hombres se hallaban dispuestos a morir antes de que se entregase pero ése era otro cantar. De momento tenía dos opciones; una: permanecer en su habitación hasta que le fuera posible escabullirse; dos: escaparse de inmediato, la que a pesar de su estado crítico era la que más la seducía. Dejó que Silvia le tomara la presión en silencio.

Entonces Monge no salió en la tele. Ni en los periódicos, señora. ¿Ha llamado su mujer? A mí no. ¿Cómo lo tomó cuando le dijiste lo de la reunión? Dijo que era peligroso, que antes mandara gente de confianza. Desgraciado, hay que ver quién está detrás del capitán Oropeza que acribillaron en el DF; que no me vengan con que es el presidente, que al parecer el único asesor que le funciona es el de imagen, debe tener el mejor maquillista del mundo; hay que estar seguros de a quién le vamos a dar en su madre, no quiero que se generalice y amanezcan muertos por todas partes, esos cabrones no se van a olvidar de que este país también es mío y de que si ellos quieren más muertos, yo no. Entendido, señora. Pensó un minuto. Por lo pronto, todo mundo quieto, como si no hubiera pasado nada; además de huevos debemos tener cabeza; al menos mientras salgo de aquí; pero que nuestros agentes desquiten el sueldo, quiero saber cómo se mueven los que me quieren aplastar.

Entró Carmen, la enfermera de relevo. Buenos días, señora, se ve mucho mejor que ayer, la felicito. Gracias, mijita; checó los niveles, puso un líquido amarillo en el suero y abandonó la habitación. ¿Estas chicas son confiables? El doctor dice que sí; llegó Minerva, le brillaban los ojos, había dormido cuatro horas y se sentía como nueva. Max salió. Dice el doctor Jiménez que volviste a nacer pero que debes echarle ganas, que sigue lo más difícil. Lo haré, mamá, me esforzaré lo suficiente, ya lo verás, ¿cómo está mi niño? Bien, le dijimos anoche, primero quería venir a verte pero al saber que sólo era un chequeo de rutina consintió en seguir en la escuela. Es un hombrecito. Se parece tanto a su abuelo; hija, sería bueno que comiéramos algo, mira lo que traje. Aunque no tengo apetito, comeré, pero no eso, mamá, el doctor indicó sólo líquidos. Qué lástima, tendré que comerme este omelet de granos de elote triturados con queso de cabra, sola y mi alma. No me tientes, bien sabes que me hace daño. Es verdad, perdón; por cierto, comentó el Diablo que el otro día vino el policía a preguntar por tu salud. ¿Qué policía? El que te echó la mano una vez. Ah, algo me dijo Max pero no le entendí. Quizá sea un buen hombre. No estoy segura, no hay policía que no sea un hijo de la chingada, y ése tiene su historia. Bueno, quizá deberías darle el beneficio de la duda; Pineda nunca me ha gustado, como decía tu padre: es un pillo de siete suelas. Entró otra enfermera. Señora, ¿cómo amaneció? Con ganas de que mejor me hubiera muerto, hizo un gesto de dolor. Ánimo, recalcó la joven. Nada de eso, todo saldrá bien, está usted en manos de uno de los mejores cirujanos, no sólo del país sino del mundo; sigamos sus instrucciones al pie de la letra y ya verá cómo pronto se recupera totalmente. Por mí no quedará. La enfermera salió, ella meditó sobre el autor intelectual del atentado. No puede ser mañoso, eran demasiados en el puente, y un militar ahí, al mando; ¿será posible que me tengan tanta tirria? Bien dicen que la ambición ciega; Si Monge se entregó y ejecutaron a Oropeza quiere decir que la orden de matarme viene de arriba, ¿qué tan arriba? Ya lo averiguaré, y no se la van a acabar esos cabrones; ay, tengo que recuperarme a como dé lugar.

Afuera, se daba el cambio de guardia.

14

El miércoles por la noche, en la oficina de Ortega, un chico de pelo largo al que apodaban Stevejobs, mostró a Mendieta sus hallazgos: Leopoldo Gámez era enfermero y adivino, no tenía vinculación directa con los narcos, quizá cuidó algún capo malherido o a sus parientes en el Virgen Purísima, donde trabajaba de noche, pero nada más. Estaba limpio. Octavio Machado Torres era ladronzuelo de poca monta, tiempo atrás había purgado dos años en Aguaruto pero como ocurre siempre: no escarmentó. El Gavilán traficaba heroína, era de bajo perfil e independiente; vivía en la colonia Libertad y era temperamental y rijoso. Siendo muy joven, empezó con el Cacarizo Long, un narco muerto hacía diecisiete años. Nunca había estado preso. El Wence es mandadero en el cártel del Pacífico, vive en Lomas Soleadas y como gatillero es uno de los más letales. Tan peligroso que ni Pineda se mete con él, nunca ha estado preso. Una pinche ficha.

Stevejobs dio la información y se retiró.

¿Cómo la ves? Te dije que no teníamos mayor cosa. Porque eres pendejo. Qué, ¿no te sirvió? Claro que sí, no sabía que Gámez fue enfermero en el Virgen Purísima. Entonces cállate el hocico, ¿crees que sólo trabajamos para ti? Pues claro, no se te olvide que yo firmo los cheques de tus quincenas. Chinga a tu madre, pinche Zurdo. No exageres, pinche Ortega, qué culpa tengo yo de que la Selección pierda; sólo quiero ver cómo corre el agua. Deja de chingar y dedícate a lo tuyo. Mendieta sonrió afirmando pero no dijo más. Yo que tú se lo pasaba a Pineda. El comandante no quiere, no entiendo por qué. Porque no le tiene fe y piensa que si lo haces tú esto puede relacionarlo bien con el nuevo delegado de la PGR; al jefe le gusta la grilla, pero cuida su puesto. Entonces no te sorprenda si próximamente lo vemos de procurador. Y tú como su secretario particular. Chale.

Ortega le encargó que apagara el equipo y se largó.

Encontró que en el informe de Gámez no aparecían el padre ni el hermano, ¿en la PGR sabrán algo? Según Belascoarán, les vale madre. Quizás el comandante no quiere que se resuelva y tampoco quiere hacer ruido. Era culichi y lo demás coincidía con la declaración del hermano.

Buscaré primero al Gavilán.

¿Vale la pena que me preocupe por estos muertos? No creo, a lo mejor los enterraron juntos para que platiquen. Quizá debería esperar un poco; Pineda hablará con el comandante y le dará el caso; ¿para qué veo al Gavilán? Yo con los narcos, ni a las canicas, son bien cabrones, nomás te ven, te quieren comprar y si no aceptas te matan; y ahora hasta ese Tizón me está buscando, según el chilango. ¿Qué onda con Samantha? Dicen que la esperaron en el puente frente a Jardines del Humaya, que era un comando muy bien pertrechado y que de chingadera se salvó. Apuesto a que la Hiena Wong ya le dice la Gata.

Le marcó a Jason pero no respondió. Luego a Enrique y tampoco. Par de cabrones, a lo mejor se fueron a comer con el gobernador de California y están brindando por la paz del mundo.

Como Angelita no se encontraba en la oficina descolgó el teléfono, que no paraba de sonar. Mendieta; escuchó un largo beso tronado. ¿Quién es? Colgaron. ¿Qué onda? Sé que reparten abrazos pero, ¿besos? Mmmm, ¿será Edith? Adoro lo que venga de su boca.

Fue fácil encontrar la casa de Rodrigo Méndez, más conocido como el Gavilán. Le abrió un sicario joven que parsimoniosamente fue a consultar si podían atenderlo. Lo hizo esperar doce minutos para decirle que su jefe no lo iba a recibir porque no le daba la gana. El Zurdo, que andaba de malas, le puso la Walther en la frente. Llévame con él y no te apendejes, cabrón. El mozalbete no se inmutó y caminó hacia la casa. Cruzaron un jardín apenas cuidado. El Gavilán veía una película de Pedro Infante. Eh, qué pedo, pinche poli, suelta al morro o te quiebro. El Zurdo procedió. No dudo de que aquí haya huevos, Gavilán, pero en la PM también, y vengo a que me saques de una duda. ¿Y no puedes esperar a que se acabe la pinche peli? Es Pedro Infante, cabrón, no es cualquier pendejo. Era una sala café. No tengo tu pinche tiempo, con paisajes en las paredes. Ya sé qué me quieres preguntar, aunque últimamente me caía bien gordo el Polo, no lo hubiera matado. No vine a preguntarte eso, ¿crees que el Wence se lo chingó? A ese cabrón le sobran huevos para lo que sea y está muy bien respaldado; pero igual no, el pinche Polo andaba muy alzado, hasta le bajó un culito al Wence. ¿Se puede saber quién? No seas chismoso, pinche poli. Sonrieron. Le metieron catorce balazos en el pecho. ¿Tan poquitos? Yo le hubiera sorrajado el doble al hijo de la chingada, era bien culero, te doraba la píldora machín y después resultaba puro pinche salivero. ¿Pues qué te hizo? Es onda mía y ya déjame ver la peli, ya cumplí; y la próxima vez que le enseñes tu fusca al morro, así sea de lejos, te chingo. Qué pinche delicado me saliste, ¿acaso no te dicen el Gavilán?, ¿qué no fuiste gente del Cacarizo Long? No hables de mi compa Cacarizo, cabrón, ése era hombre, no pedazo, eres un pinche poli y él los odiaba. Era un culero, los polis ni nos metíamos con él. Tú no sabes ni madres, cabrón, y largo, el Gavilán desenfundó, lo mismo que el joven sicario. Ya sé por qué no mataste al Polo, culero. Tú no sabes ni madres, pinche poli, y no sabes porque yo no me lo chingué. No lo mataste porque te faltan huevos, y eso le estás enseñando a este morro que cualquier día va a amanecer con el culo pa'rriba por tu culpa. Huevos me sobran, pendejo, el Gavilán disparó a la cabeza del Zurdo, que sintió el aire y se paralizó. Si no te largas, el próximo va a tu frente, pinche zoquete. Gulp. Oye, ¿y Pineda, ya le dieron gas? Cómo crees, por cierto te mandó saludos, y que pronto te hará una visita. Que venga el güey, yo no como de su mano. Nomás te digo. Ándale pues, y deja de buscar, cuando matan a un cabrón que lo merece, no hay culpable.

Al alejarse de la casa, escuchando *Always*, con Bon Jovi, decidió buscar a Edith.

El cuerpo reaccionó en esa parte que no necesito mencionar.

Tocó en el departamento de la chica pero nadie respondió. Llamó a su celular y lo mismo. Sintió la cruel desilusión de los que intentan dar una sorpresa y nadie lo advierte. ¿Se iría con alguno de sus ex? Qué pendejada estoy pensando. Y si se fue, ¿qué?, ¿acaso tiene compromiso conmigo? Pues sí, leve pero existe. ¿Tendrá razón el comandante? Dijo que era tremenda, que sus ex maridos estaban bien jodidos por su culpa. Marcó a Gris. Qué onda, ¿ya se alivianó el Rodo? Cómo cree, cada día está peor; y usted, ¿cómo anda? Ahí la llevo, ¿dónde va a ser la fiesta? En el salón Jazmín, por el malecón, toda la tarde estuve allí con Edith, está quedando espectacular. Tal y como lo mereces, ¿ella continúa contigo? No, debe hallarse en su casa, dijo que iba para allá. No quiso saber más. Días antes, tanto Gris como el comandante comentaron que tenía un defecto pero él no le veía ninguno: era una mujer perfecta. Un poco desencantado enfiló rumbo a la clínica en busca de Max; esperaba que el Wence no fuera de sus consentidos.

El Wence estaba borracho, bebiendo con dos amigos, cuando el Diablo llegó y le notificó que el Zurdo Mendieta quería verlo. Pa' qué. Se hallaban en su casa, una edificación de dos plantas con jardín al frente. Él te lo dirá. No me interesa. A ti no pero a él sí. Los tres vestían jeans, camisas cuadradas y tenis. ¿Y tú cómo sabes? Si no tuviera interés no te buscaría, lógico. Pues dile que vaya y chingue a su madre, y tú con él, que ya me acordé que son muy compas. Hey, hey, cálmate puto, no quieras jugar conmigo; si sabes quién es habla con él y ya. No me da mi pinche gana. Pues el bato está afuera. ¿En serio? Sonriente se puso de pie.

El Zurdo esperaba recargado en el Jetta, escuchando *Sweet Home Alabama* con Lynyrd Skynrd. Fumaba, meditaba, ¿por qué Gámez nunca necesitó un lugar fijo para su trabajo?, ¿temería algo? Pues sí, que llegara un cliente al que no le resultó el vaticinio y se lo escabechara, ¿era Irene Dueñas chica del Wence? Una hora antes Max Garcés le concedió: es tuyo, bato, pero tienes que ir por él, nadie se meterá, si el Diablo quiere, que te haga el paro, pero como cosa suya. Pensaba en Edith, en que era subyugante y el ardor con que habían celebrado que se conocían fue inolvidable. No desdeñó las palabras de Briseño, de la desgastante dependencia que provocó en los hombres que la desposaron, pero tampoco le preocupaba. Lo que era verdad, a pesar de que ella le aclaró que no podría verlo hasta después de la boda de Gris, es que la iba a buscar de nuevo esa noche. Estaba aprendiendo a no temer a las caricias que pierden. Me vale madre, esta noche se hace. Blak blak blak, escuchó y se lanzó al piso. Qué onda.

De la cochera salieron disparos que le pasaron cerca. ¿Qué rollo, acaso me convertí en blanco móvil? Escuchó risas. En el jardín esperaban dos camionetas estacionadas, una sobre el césped. El Zurdo se resguardó tras esta última, a unos diez metros del acceso a la casa, pistola en mano, esperó. Protegido por la puerta blindada de su hummer, el Wence puso al Diablo a la vista, con las manos en alto, amenazado por los otros parranderos. ¿Querías verme, Zurdo Mendieta? Pues aquí estoy, risas. Si no te largas voy a agujerarle la choya a tu compita. No le hagas caso, Zurdo, me vale madre, gritó el Diablo. Este güey me la pela. Sólo dime por qué mataste al Polo. El Wence volvió a reír. Se me salió el tiro. Qué tiro tan cabrón, ¿no? Se multiplicó machín. Mendieta se movió hacia la cabina que según él estaba blindada pero no: el Wence disparó cinco veces, el parabrisas cayó y perforó el guardafango. ¿No te gustó lo que te dijo de tu futuro? Otro disparo, una llanta desinflada. Me bajó a una vieja, una puta a la que le puse una boutique y que se dejó seducir por el pendejo. Uno de los amigos descargó su pistola sobre el chasís y el Zurdo se guareció tras la llanta trasera. ¿Hablas de Irene? Mendieta trataba de ver a su enemigo. El güey debía morir lo mismo que tú, pinche poli; el Wence dio dos pasos al frente disparando a lo loco. Chíngate, pinche poli; el Zurdo se incorporó lo necesario y le acertó tres plomazos en la barriga. El narco se hincó, luego se derrumbó despacio, los amigos se desconcertaron, momento que aprovechó el Diablo para arrebatarle la pistola al más cercano, recetarle un tiro en la frente y lo mismo al otro. El Wence dejó de moverse cuando corrió la misma suerte de sus compinches. Viene, mi Zurdo, este arroz ya se coció. Los vecinos, escondidos en el último rincón, esperaban. En esos momentos creían en Supermán, el Hombre Araña y la intervención divina.

¿Qué hacemos? Ponle la pistola al que se la quitaste después de que le limpies tus huellas. El viejo truco. Y vieras cómo funciona. Aún tiene afinado el ojo, eh, mi Zurdo. Lo bueno es que el bato era muy ancho. Sonrieron. Según comentarios, el Wence le dio piso a Gámez en el estacionamiento del Centro de Ciencias, sus amigos aquí presentes lo llevaron al parque Ecológico donde lo remató. Qué cabrones tan organizados.

Una hora después el lugar se hallaba precintado, los técnicos trabajando y el equipo de Montaño aplicado. Cuando la ambulancia recogió los cuerpos el Zurdo le llamó a Edith. ¿Cómo estás? Cansadísima, acabo de llegar del salón; Gris está encantada. Ando con ganas de verte. Sí, se manifestó el cuerpo. Mejor después, estoy muerta. Se despidieron. Mendieta quedó desconcertado. Ya, cabrón, ni que estuvieras tan carita. Estaba seguro de que ella no se encontraba en su casa cuando la buscó y confiaba en Gris, que le dijo que desde temprano habían dejado el salón. ¿Qué onda?, ¿qué juego empiezo a perder?, ¿por qué miente?

Se clavó en *Heart of Gold* con Neil Young y dejó que la tristeza avanzara.

15

Gris Toledo resplandecía hermosa en su ceremonia nupcial que se llevó a cabo en La Lomita, abarrotada por los vecinos de su barrio en la Col Five, como se conocía la colonia Cinco de Mayo. El Rodo lucía elegante y su piel blanca perdió el color durante las preguntas de rigor. La mayoría de la gente del comandante Omar Briseño se hallaba presente, lo mismo una docena de agentes del Departamento de Tránsito donde el Rodo prestaba sus servicios. Ramilletes de flores blancas adornaban los reclinatorios. Mendieta, de traje negro, afeitado y con pelo ligeramente recortado, estaba irreconocible; así se lo hicieron notar sus compañeros que antes de la misa amenazaron con bañarlo con cerveza para que anduviera como siempre. La aparición de Briseño lo salvó. Incluso se había puesto la fragancia Mont Blanc Presence que Edith le regaló por la tarde. ¿Cómo que no usas perfume, Edgar? No lo puedo creer. El Zurdo no quiso explicar que lo hacía para no afectar su facultad de oler aromas apenas perceptibles, tan útil en algunos procesos de investigación. Lo único que no cambió fueron sus botas Toscana, que bien boleadas no se veían tan grotescas. Lo que sí, estuvo nervioso hasta que Gris ofreció el ramo al Altísimo y el organista practicó la marcha nupcial.

Varias veces recordó al doctor Parra, que tenía casi un año sin ver: Debe andar borracho en algún congreso para salvar a la humanidad. En cuanto salió se desprendió el moño y se dispuso a enfrentar a sus compañeros, que entretenidos con sus parejas, lo dejaron en paz. A la fiesta, Edith se fue con la esposa del comandante y los demás siguieron a los novios hasta el salón donde la Banda Limón tocaría, además de sus éxitos, las canciones típicas de las bodas. Veinte minutos después, Montaño y el Zurdo eran los únicos en el atrio. ¿Irás a la fiesta, doctor? Eso quisiera, Zurdo, pero estoy haciendo tiempo para ir a recoger a una chiquita que no tarda en salir del hospital Ángeles; oye, vi que la señora de rojo se despidió muy amorosa de ti; es bastante atractiva. Es una soprano que me está echando los perros. Pues atórale, no olvides que en la cama todas las mujeres son lindas, si me hubieras avisado te prestaría mi casita pero ahora ni manera. No te apures, el lugar será lo de menos. Tienes razón, bueno, te veo mañana y más vale que amanezcas feliz. ¿Está lejos tu nido? De aquí no; le pasó una tarjeta con la dirección. Avísame con tiempo y con mucho gusto te lo presto. Una pregunta: ¿no te conflictúa que cada día sea una chica diferente? No demasiado, al final son casi iguales, hablamos de lo mismo y todas se llaman Karen. ¿Quieren pasar el rato? Realmente no, quieren ser felices y confiesan no saber cómo conseguirlo. Sin embargo debe haber una clave, algo que anima a las mujeres a buscar a ciertos hombres. Unas quieren amor, otras un orgasmo, muchas sólo vivir el momento, quizás esos hombres ayudan a que eso suceda sin comprometerse ni comprometerlas; bueno, te veo luego; oye, qué hermosa se veía Toledo. Parecía reina, a poco no. Que te diviertas.

El Zurdo se encaminó al Jetta. ¿Vas muy apurado, Zurdo Mendieta? Se volvió, de la sombra surgió Max Garcés seguido por la Hiena Wong. Dos tres, ¿qué onda? No pareces tú vestido así. Sí, cabrón, a los que nacimos para tamal del cielo nos caen las hojas. A usted le decían el Gato, mi poli, un apodo que podemos sostener después de tantos años; ya nos contó el Diablo lo bien que resolvió lo del Wence. Como te dije, no hay bronca con eso, además se lo chingaron sus compas, agregó Max con una sonrisa. Algo va a pasar, pensó rápidamente el Zurdo. O algo está pasando, estos cabrones no presagian nada bueno. ¿Mexicali sigue siendo frontera? No se ha movido un pelo, mi poli, y cada día está más bonito. La jefa quiere pedirte un favor, Zurdo Mendieta. No chinguen, soy padrino de esta madre, debo estar en la pachanga. Vas por ti mismo ahora o te llevamos. ¿No puede ser más tarde? Zurdo, somos gente decente, esperamos a que terminara la ceremonia, no nos pidas más; además la señora está delicada. Diría que va a ser rápido y no duele, mi Gato. El detective comprendió que no tenía opción. Se quitó el saco, lo colocó en el asiento de atrás y se subió al Jetta. Max ocupó el asiento del copiloto. La Hiena Wong los seguiría en una Tundra negra. El Zurdo encendió el carro, sonó Badfinger, *Day After Day*, una rolita que le gustaba por el sonido de las guitarras. ¿De plano era una víctima o se estaba volviendo viejo? Qué hueva.

Qué bueno que ya salió de ésa. Más o menos, falta lo mejor. ¿Y yo qué pinches pitos toco en su vida? ¿Podrías poner otro cedé? ¿No te gusta la música? Sí, pero a ésa no le entiendo; yo pura norteña. Órale, la apagó. Oye, ¿sabes qué onda? Ni idea, ya ves cómo es, a lo mejor quiere que la lleves al cine, eso le mandaste decir, ¿no? ¿Ya supo que está rodeada de sardos? Está enterada y lo sufre; después de que fuiste llegaron más feos, y cómo chingan. No sabía. La situación está muy tensa y la señora se alivia lentamente. Lo bueno es que cada día mejora. Cuando pueda moverse se la van a llevar al

DF, ya se lo anunciaron al doctor. ¿Y qué pasa contigo, no estás fichado? Lo estoy, pero la jefa es noticia y un buen trofeo para la política, yo soy un pinche cero a la izquierda. Espero que ya sepas de quién cuidarte. Por el momento de todos. Aunque supieras no me lo dirías, ¿verdad? Es correcto, ¿y cómo va lo del Gavilán? ¿Qué Gavilán? Rieron. Atrás la Hiena Wong les ponía cola.

Hospital. Garcés se puso un uniforme de médico y se metió por urgencias. Obregón tenía su celular en la oreja y Bonilla conversaba con una enfermera. Mendieta lo siguió cinco minutos despúes. Gracias a los buenos oficios del Diablo llegó hasta la capisa sin mayores obstáculos. Pálida, cubierta con una sábana y en terapia intensiva. Los aparatos que medían sus niveles funcionaban perfectamente. Gracias por venir, Zurdo Mendieta, siéntate, por favor. Había una silla al lado. Minerva salió sin emitir palabra y Max Garcés se escabulló igualmente. Mandé por ti para pedirte un favor, su voz era suave, bajo volumen. Es tu estilo. Quién te manda ganarte mi respeto, y si antes te di fama de pendejo ahora te la estoy dando de cabrón, ¡cómo ves! Gracias por la flor, mañana vuelvo por la maceta. Sonrió levemente sin dejar de mirarlo. Juro que cuando me interese por un hombre te buscaré, pero te pones guapo, como ahora; por cierto, dale mis parabienes a tu asistente: casarse es más importante de lo que uno supone. Mendieta movió la cabeza afirmando, divertido. No estoy bien y me agoto rápidamente, así que iré al grano: en veintidós horas me voy de aquí, minutos más minutos menos; quiero que quites a los policías quince minutos, de los soldados nosotros nos encargamos. Los polis son feos, si no tengo que ver con Narcóticos de aquí, menos con ellos. Lo sé, justo por eso puedes hacerlo sin despertar sospechas; está al mando el Trocas Obregón, un sonorense que no despreciará cincuenta mil pesos.

Se me hace muy poco, los federales se cotizan alto. Sí, llegan a Sinaloa y creen que llegaron al paraíso los cabrones, pero tú lo sacarás del error. Silencio. ¿No podrías pedir un favor sencillo? No existen, Zurdo Mendieta, lo fácil lo hacen mis hombres; ya me cansé. ¿Segura que podrás evadirte así? Debo hacerlo, si no iré a parar al Campo Militar número uno en el DF y de allí quién sabe si me vuelvas a ver. Bueno, mañana a las ocho me los llevo a las nieves. A las siete y media, si no es mucha molestia, en esa bolsa negra está el dinero. Silencio en que nada se oye. ¿Quién es el Tizón? La capisa abrió los ojos y se volvió hacia él. Es un cabrón al que pagaron para matarme, pero no lo conozco; sabemos que tuvo que ver con el atentado y que envió un asesino al que apodan el Duende que ya debe estar en Culiacán. Su misión es acabar contigo y con tus allegados, entre los que me encuentro, según me informaron. Pausa. Deberías sentirte orgulloso de estar en esa lista, ¿cómo te enteraste? Por un colega chilango. Pues abre bien los ojos porque es verdad, y ahora vete a cumplir con tus obligaciones con Toledo; es una buena muchacha, toma ese sobre del buró, el que está bajo la bolsa, y llévaselo. ¿De parte tuya? Pues claro, desconfía de un regalo sin remitente.

Afuera encontró a Max y a la Hiena. Los contempló unos segundos, vio entrar al Trocas Obregón, un agente blanco, de uno noventa de estatura, muy bien plantado, hablando por celular. Hasta mañana, murmuró; Max no tuvo claro si les decía a ellos o a los federales.

Llegó a las diez a la fiesta que estaba en su apogeo. Edith Santos lo encontró, vestido rojo ajustado, y lo condujo a la mesa donde departía con el comandante Briseño y su mujer, además de una pareja que resultó ser el nuevo delegado de la PGR, licenciado Manlio Zurita y su esposa. El sobrepeso de ambos era notable. En ese momento los novios, que recorrían las mesas, se hicieron presentes. Exultantes. Aquí te mandan, murmuró el Zurdo en el oído de su compañera y le entregó el sobre; ella preguntó con un gesto de quién es, el Zurdo le dio un abrazo y le susurró el nombre, luego Gris comentó en voz alta. Espero que siga mi ejemplo, jefe Mendieta, el detective sonrió desparpajado pero nada más. Bromearon, contaron el chiste de arriba el novio, arriba la novia y brindaron. La cena consistió en sopa fría, una receta de la esposa de Briseño que todos elogiaron, sobre todo los Zurita; puré de papa y filetes de cerdo al tequila, un invento del comandante que además tenía salsa de rosas. Bebieron cerveza y whisky. Luego bailaron.

No imaginé que tuvieras tan buen ritmo.

Estuve dos años con el grupo Delfos, hasta que dos bailarinas me quisieron violar.

No me digas, primera noticia de que es posible que una mujer viole a un varón.

Entre más hermosa sea la abusadora resulta más violenta la agresión.

Eso de Delfos, ¿cuándo fue?

Cuando el ciclón; tú bailas increíble.

Bueno sí, me acoplo y disfruto; mira, Edgar, no es que pretenda meterme en tu vida, pero quiero que sepas que me preocupé un poco porque no llegabas; no sé, imaginé lo peor.

No estabas nada errada, lo peor es parte de mi vida.

El deber es primero.

La mujer pegó su cuerpo al de su compañero.

¿Y si nos vamos? El pene quiere acción.

Dile que espere.

Pues apúrate, ya ves cómo es de exhibicionista.

A un lado bailaban Ortega y su esposa. El jefe de los técnicos le guiñó un ojo con complicidad. Muy cerca el comandante Briseño lo hacía despacio con su mujer, se notaba que se querían. Los Zurita bailaban suelto, que es como se estila en el DF, y se esforzaban con mucha gracia.

Mendieta no quiso contarle a Edith que la había buscado en su casa a la hora que ella decía estar allí. Sin duda mentía. Tampoco pensó en el defecto que según Gris y el comandante la señalaba. Dejó que su memoria se llenara con los besos tronados del teléfono. Sólo tenía ojos para una cosa y los tenía cerrados.

En una mesa cercana a la puerta el Camello le comentó a Terminator: Dicen que el jefe Mendieta se quebró al Wence y a sus compinches. He oído que donde pone la bala pone el ojo, mi Came, tenían las miradas vidriosas y hablaban pausadamente. Pa mí que tiene pacto con el demonio; el Wence era bien sanguinario y presumía una puntería de miedo. Pues aquí se la peló. Además goza de gran pegue con las viejas, ¿ya vio el forrito que trae? Y así continuaron hasta que se quedaron dormidos sobre la mesa.

No vieron a un hombre delgado, de uno setenta de estatura, armado con una Beretta, que observó la fiesta y al Zurdo durante dos minutos, y como dos guardias se dirigían a encontrarlo, se retiró por donde había llegado.

16

El Duende irrumpió en su habitación del hotel Lucerna, colocó la pistola en su maleta junto a la veintidós, abrió un celular que se encontraba sobre el escritorio y observó detenidamente seis fotos tomadas en espacios de la clínica Virgen Purísima, dos de Max Garcés disfrazado, y cuatro del equipo de seguridad donde sobresalían el Diablo y el Chóper Tarriba. Examinó tres del Zurdo Mendieta: una fuera de la iglesia con Max y dos en el Jetta. Luego entró al Facebook. Vio un amigo con el rostro de muñeco y una palabra: urge.

Se sirvió una cerveza del minibar y encendió la tele. Tenis: Nadal contra Federer. Vio unos cuantos lances y la apagó. Se fajó la Beretta y decidió regresar a la boda. Si quería cumplir, debía tomar ventaja; eliminar a Samantha Valdés presentaba ciertas dificultades, así que empezaría por el policía. No tenía orden de acabar con él, pero estaba en la lista, además odiaba a los polis y Mendieta era un buen ejemplar para exteriorizar su resentimiento, mantener la mano caliente y empezar a dar buenas cuentas. Como no era cualquier pieza, no eligió la veintidós.

Tomó un taxi hasta el teatro Pablo de Villavicencio que anunciaba en una gran manta: "Temporada SAS-ISIC, Javier

Camarena, el triunfador del MET, en Culiacán". Lo que les digo, malditos presumidos; creen que lo mejor les pasa a ellos. Caminó hasta el salón de fiestas ubicado a una cuadra por el malecón Niños Héroes. Sabía que a esa hora debían estar todos borrachos y no tendría dificultades para meterle plomo al detective. Aquí estoy para complementar tu coincidencia, pensó mientras trasponía la puerta del lugar donde la banda tocaba *El sauce y la palma*, los invitados levantaban polvo con la impetuosa danza y ningún guardia le estorbó la entrada.

Buscó a Mendieta y a Edith entre los bailarines: nada. Tampoco se veían entre los sentados. Reconoció a Zurita que conversaba con Briseño. Recorrió el lugar lentamente, atento, sólo para comprobar que el indiciado se había eclipsado. Es comprensible, con esa chica tan bien formada hasta yo; sin embargo, nadie se ha librado de la muerte, y menos si soy el mensajero.

Vislumbró al par de borrachos dormidos sobre la mesa a la entrada y sintió asco. Resistió un ingente deseo de ultimarlos y se largó. Es horrible reconocerlo, pero un alto porcentaje de los humanos son un desperdicio.

Viendo los mismos tenistas, decidió que lo de Samantha lo haría después de las siete de ese sábado, para tener al oscurecer como socio. Faltaban diecisiete horas.

17

El Piojo Daut apareció al atardecer por la clínica Virgen Purísima. Estaba seguro de que esa porción del día le traía buena suerte. Creía que su instinto se volvía más fino y calculador. Años atrás, cuando era un temible gatillero, siempre hacía los trabajos a esa hora en que su crueldad era una convicción. Con una gorra de los Tomateros, ropa holgada de cholo y un poco de alcohol en el ánimo, esperaba al joven Long que apareció a eso de las siete de la tarde, acompañado por la Hiena Wong, que desde luego era su maestro y protector. Par de cabrones. La Hiena era muy eficaz en lo suyo, tenía algún pacto con Satanás y no temía a la muerte. Lo siento, concluyó. Voy a tener que chingarme a los dos, y a esta hora que es casi la misma en que le di cran a tu padre, pinche violador de mierda. Como si lo hubiera escuchado, el joven se volvió hacia donde vigilaba; era muy delgado y de baja estatura, con un rostro tan limpio que insinuaba ternura, algo que Daut captó de inmediato.

Vio que llegaban tres jóvenes por la acera en la que esperaba sentado en la defensa de una camioneta, aledaña a un auto blanco, comiendo papas fritas con chamoy. Por la de la clínica arribaron dos hombres por cada lado, todos vestidos con camisas desfajadas de diversos colores. Estos cabrones traen fierros, reflexionó el Piojo. A mí no me la pegan, algo cranean. En la puerta de la clínica el Trocas Obregón hablaba por celular y conversaba con dos subalternos que sonreían divertidos. Alejados unos veinte metros de la puerta del hospital, el ex pistolero descubrió dos individuos cautelosos con mochilas que se ubicaron lo mismo que él entre dos vehículos. No manches, aquí van a volar pelos, esos enmochilados portan cuernos; ah, cabrón, el Zurdo Mendieta, ¿qué hace este cabrón aquí? Lo vio dejar el estacionamiento frente a la clínica, cruzar la calle y pasar al lado del jefe de los feos sin saludar. Órale, ésos no se conocen, ¿qué onda, es una estrategia? Caviló un momento. Creo que no voy a poder hacer el jale hoy, y si va a haber desmadre no es mi pedo, así que ahí nos vidrios, cocodrilo, si te he visto no me acuerdo; pinche Zurdo, ¿en qué andará? Son las siete pasadas, voy a quedarme unos minutos a ver si lo wacho salir, a lo mejor va para su cantón y me da raite. Observó a un hombre maduro que tonteaba cerca de la entrada del estacionamiento. Este güey está muy flaco, y además chaparro: no creo que sea poli o narco; algo busca el cabrón, se le nota en la cara de taimado. Creo que el adivino tuvo razón cuando me dijo que iba a estar en un caos, que cuidara mi vida, que dependía de eso.

¿A poco el Zurdo es muy amigo de la Hiena Wong? Quizá debería aprovecharlo para llegar al morro y desparpajarle su linda cara; pero tranquilo, aquí va a pasar algo y está cabrón no querer saber qué.

18

Los sábados por la tarde algo pasa en el mundo. El relax es suave, las mejillas recuperan su tersura y las mujeres más hermosas deciden que ése, ¿por qué no?, ha de ser su día favorito.

Fue justo la fecha que eligió Samantha Valdés para evadirse del hospital. A la hora convenida: 19:30, el Trocas Obregón recibió una llamada donde le indicaban que, por instrucciones del comandante Zurita, se concentrara urgentemente con todo su personal en las oficinas de la PGR. El Zurdo, ataviado con una playera negra que decía Policía Federal en el frente bajo la camisa desabrochada y una gorra negra con el mismo letrero, colgó el teléfono de Urgencias, en el instante en que Obregón preguntaba con quién hablo. Aunque desconcertado, el federal ordenó a su gente que se trasladara a las oficinas centrales. Resistió cuanto pudo la tentación de marcar a Zurita para ver si era posible rectificar la orden o al menos dejar una guardia. La Hiena Wong y el grupo se prepararon. Mendieta se abrochó la camisa y no perdió de vista a Obregón, igual Garcés que esperaba que se fueran para sacar a la capisa. El Zurdo lo vio guardar su celular y descansó. Puso la gorra en la cabeza de un anciano que esperaba atención y salió a la calle, Obregón explicó al teniente Bonilla que en un momento regresaba; luego dos camionetas atiborradas de agentes se alejaron. Esa mañana el Zurdo planeó buscarlo para negociar pero no encontró el dinero en el asiento trasero del Jetta, se había esfumado con todo y bolsa y era incapaz de explicarlo. Cuando abandonaron la fiesta lo vio donde lo había dejado y ni portezuelas ni ventanillas fueron forzadas. Pinches ladrones, cada vez son más sagaces. Se tocó la nariz como en la película *The Sting*, para indicar a Garcés que su parte estaba concluida. Recordó a Edith, había quedado de pasar por ella para cenar tapas en el Miró y se fue a buscar su carro al estacionamiento frente a la clínica. Vio a los soldados tranquilos, algunos adormilados, y a varios jóvenes inquietos, que supuso serían del cártel, resguardando la entrada, entre ellos un chino joven que no se despegaba de la Hiena Wong. ¿Por qué me presté a esto?, se cuestionó. ¿Qué tengo realmente con ella que no me pude negar?, ¿es por el asunto del Wence o estoy cayendo en sus garras? Si se entera Pineda ya me chingué; lo mismo Gris, ¿cómo le explico en caso necesario? La verdad es que se estaba saliendo de cauce; una cosa era una colaboración incidental y otra auxiliar en un operativo que podría traer fatales consecuencias para todos. Tenía que ponerse las pilas. Bueno, tampoco me chupo el dedo. ¿Dónde perdí el dinero? No lo bajé cuando llegamos a casa de Edith, ¿o sí? Más bien acomodé la bolsa en el piso del carro; ella dijo que no lo había visto. Le llamó la atención un hombre correoso, de uno setenta de estatura, que caminaba tranquilo por la acera del estacionamiento. Pinches ladrones, se las dan de caritas. No advirtió al Piojo, que en su refugio permanecía inmóvil, atento a lo que lo rodeaba. ¿Qué le diría a la capisa, que por andar de caliente le habían robado los cincuenta mil de Obregón? Está cañón; pero ahora se fugará y ni se va a enterar de mi bronca. En las que me ando metiendo por pendejo.

En cuanto los policías se marcharon, la capisa que ya se había desconectado y ajuarado con un traje de doctora, salió con pasos cortos, acompañada de Garcés y a unos metros por el Diablo y el Chóper vestidos de civil. La Hiena Wong se adelantó con tres hombres, entre ellos el joven Long. Minerva se había marchado temprano para preparar una habitación en su casa. Caminó lentamente, cruzó la calle y subió a un compacto blindado que la esperaba delante de una camioneta del Ejército, que conduciría Garcés. Mendieta abandonó el estacionamiento y ellos, sin pretenderlo, se colocaron detrás para circular por la calle, seguidos por una hummer con el Chóper y el Diablo listos para cualquier eventualidad. En ese momento tres camionetas de la Policía Federal bloquearon la calle por ambos lados. Valiendo madre. Por el retrovisor, Mendieta vio al Trocas Obregón trotar de la esquina hacia la clínica con un cuerno de chivo listo para disparar, varios agentes lo seguían con la misma actitud. Pinche cabrón, consiguió comunicarse. En la otra bocacalle, de dos vehículos bajaron una docena de efectivos con las armas preparadas. Los soldados, encabezados por Bonilla, entraron en alerta máxima. Todo esto en treinta y cuatro segundos. En el segundo treinta y ocho, el Chóper Tarriba empezó la fiesta con un bazucazo que destrozó una de las camionetas que bloqueaba el paso hacia donde circulaba Mendieta e hirió a varios agentes. Como todos traían los dedos calientes esa balacera no la paraba ni Dios padre. Ratatatat. Pum. Blak blak blak blak. Pum. Ratt. Narcos, polis y sardos llegaron a sus quince minutos de fama y lo estaban disfrutando. Rattt. Personal médico, enfermos, el chico del estacionamiento, el Piojo, el Duende y algunos transeúntes se lanzaron al suelo. Bang bang bang. Pum. Ratt. Blak blak blak. Policías y narcos, también, pero sin dejar de disparar. La Hiena Wong, desde un arbotante, demostraba su puntería y su temeridad; el joven Long, bastante asustado, lo secundaba sin acertar a nada. Los soldados, desde sus carros blindados, repartían metralla como demonios a diestra y siniestra. El Chóper envió otro bazucazo; esta vez una camioneta verde olivo se sacudió con energía.

Samantha, pálida, se sentía fatal, se recostó en el asiento y esperó lo que Dios quisiera. Ese maldito poli la había traicionado, si no, ¿por qué volvieron los federales tan pronto? Jamás debió confiar en él. Un pendejo jamás deja de ser un pendejo. Me engañó, me jugó el dedo en la boca. Merece que lo mate, que lo decapite por traidor. Regrésame a la clínica, pidió a Garcés. No quiero morir aquí como un perro, el sicario no sabía qué hacer, si los atrapaban los militares irían directo al DF, con los federales la cosa no sería mejor. Quién quita y logremos pasar si esperamos un poco. Los carros detenidos. El Zurdo abrió la portezuela del copiloto del Jetta e hizo señas a Max para que subieran. Vamos a sacarla, señora, expresó el guarura pasando con dificultad por encima de ella que viajaba en el asiento contiguo; salió del auto, la cargó y caminó agachado hasta que la depositó en el asiento trasero del carro del Zurdo, mientras la tracatera continuaba a todo vapor y algunos proyectiles horadaban la carrocería del Jetta que ya tenía resquebrajado el cristal posterior. Pum, el Chóper Tarriba, que advirtió el movimiento, envió otro bazucazo a la camioneta a la que le acertó primero. Gracias a la Hiena Wong que no dejaba de disparar, la balacera se había cargado al otro extremo, incluso los policías que descendieron frente a ellos no estaban a la vista. Unos se resguardaban tras los autos estacionados en la calle y otros se habían incorporado al combate en la puerta del hospital. La Hiena y dos de sus hombres ahora utilizaban de pertrecho un auto ardiendo.

El Duende, que había identificado a Samantha, comprendió que tenía una oportunidad invaluable y corrió encorvado hasta el Jetta con la Beretta en la diestra. Apuntó a la capisa ante el asombro de Max que se hallaba sin arma en la mano, pero se desplomó disparando como loco; los tiros dieron en el chasís y uno en la cabeza del sargento Bazúa que se desplomó tras una camioneta blindada en la puerta del nosocomio. El Zurdo reconoció a Ignacio Daut con su pistola a la vista que le hizo una seña y se escabulló del combate. Pinche Piojo, acabas de ganarte el derecho a otros años de vida. Enseguida trepó a la banqueta, rebasó al auto que tenía enfrente que estaba abandonado y como pudo se aventuró por un hueco entre la camioneta siniestrada que bloqueaba la calle y la casa de la esquina y consiguió salir, aunque con el carro totalmente abollado. ¿Qué pasó, por qué regresó ese cabrón? Perdí el dinero y no hablé antes con él. ¿Qué? Lo que oyes, hace unos minutos le telefoneé haciéndome pasar por el asistente de su jefe pero no funcionó. Qué cabrón me saliste, pinche Zurdo Mendieta, por poco y valemos madre, ¿cómo está eso de que perdiste los cincuenta mil? Anoche no dormí en mi casa; esta mañana me encontré con que el dinero había volado de mi carro. Bueno, luego vemos eso, ahora hay que salir de aquí; el que mató al agresor no era de mi gente pero tú lo conoces, te vi sonreír. Luego te cuento.

En cuanto pudieron, el Diablo y el Chóper se lanzaron tras ellos, al tiempo que sus compinches disparaban sin cesar a soldados y policías. Mientras lo intentaban, Tarriba saciaba sus peores instintos vaciando cargadores de su AK-47 a todo lo que se moviera. En la esquina arrollaron lo que quedaba de la camioneta de la Federal y fueron en pos del Jetta, que avanzaba tranquilo rumbo al bulevar Madero. Habían visto el movimiento y eran los encargados de proteger a la capisa.

El Jetta iba despacio, encontraron cuatro patrullas antes de recorrer trescientos metros. Caballería, sonó el celular de

Mendieta, era Edith pero no respondió. Samantha se había desvanecido. Llamaron al doctor. ¿Qué hicieron? Están locos de remate, con la vida no se juega. Los doctores no, pero nosotros sí: lo hacemos casi a diario; voy a mandar por usted, prepárese, la señora está inconsciente, ¿dónde está? En mi casa, pero salgo ahora para el hospital a ver a mis pacientes; señor, si pasa algo fatal no me vayan a venir con que es mi culpa, jamás debieron moverla. No lo haremos pero lo necesitamos, en cuanto termine con nosotros sigue su plan, ¿qué le parece? Iré al hospital y si se puede después con ustedes. De momento, ¿qué hacemos? Acuéstenla, necesita reposo, ¿se llevaron los medicamentos que tenía en la habitación? Los tengo. Dele a oler el que está en la caja verde; va a despertar, entonces que tome una pastilla de la caja morada y otra de la azul, ¿entendió? Sí, ya estoy con la verde. Pónganla donde permanezca quieta; tengo que cortar, hasta luego. Al rato le llamo, doctor, gracias. Colgaron.

Se dirigieron al que fuera departamento de Mariana Kelly por el bulevar Valadés. Mendieta se desanimó; en el estacionamiento del edificio: Zurdo, sube a la señora, voy a decirle a los plebes que continúen por si nos siguieron. El detective, que deseaba escindirse de inmediato, se vio forzado a tomar en brazos a la jefa del cártel del Pacífico y la encontró laxa, más liviana de lo que podría imaginar; ella, sin abrir los ojos, en el elevador le reclamó, con voz apenas audible. No te entiendo, Zurdo Mendieta, primero me traicionas y después me sacas del infierno, ¿qué pretendes? Fue divertido, ¿no? Cabrón, ¿no has visto cómo estoy? Dicen que yerba mala nunca muere. Falso, a todos nos va a llevar la chingada. Samantha Valdés, no sé por qué te apoyé en esta madre, tengo claro que no quiero tener tratos contigo, que jamás seré de tu gente, que me cae de a madres lo que haces. No exageres, Zurdo Mendieta, ni tu vida ni la mía son lineales, nos movemos al son que nos tocan, a poco no. Aunque no me guste, reconozco que de vez en cuando bailamos la misma pieza. Yo diría que siempre, aunque no sea en el mismo patio; chingada madre, estoy bien jodida. La vas a librar, y si estuve allí no fue para que te chingaran, que te quede claro. Pues lo pensé. Lo que sí, perdí el dinero que me diste para el Trocas. ¿Tú? Tal vez me lo robaron mientras estaba en la boda de Gris. No tienes remedio, por más que me esfuerzo en pensar que eres un chingón, me contradices a la primera, sonrió. Max apareció jadeante en la escalera, abrió y entraron en el departamento que se conservaba igual que cuando el Zurdo pasó una noche allí. El detective bloqueó un recuerdo dulce, un desengaño y se mordió un huevo. Acostaron a la señora que estaba sumamente afectada por el trajín. Llamé al doctor y no respondió; tenemos que esperar. Buena suerte, Max, debo ir a realizar actividades propias de mi sexo. Zurdo Mendieta, susurró la capisa. Gracias, y más vale que sea como dices. Cuando te alivies desayunamos en el Miró, cocinan unos huevos con machaca que no tienen madre. No respondió, la cubrieron y salieron a la sala. Mendieta hacía esfuerzos para no recordar, pero hay cosas que no se van del cerebro ni con la muerte. Quería marcharse de raudo y no volver jamás. ¿Qué hacía allí después de lo ocurrido?, ¿está uno más ligado a sus enemigos de lo que parece? Qué hueva. Tenía que ir con Edith, quien seguramente lo estaría esperando, ¿es de las que se desesperan y empiezan a llamar a todo mundo? Mejor que le siguiera mandando besos tronados que eran dulces y memorables. Garcés lo distrajo. ¿Quién se chingó al que intentó quebrar a la señora? El Piojo Daut. No lo completo. Fue el que le dio cran al Cacarizo Long; perdió la tierra pero ahora que se enteró de que el hijo está cobrando facturas regresó a Culichi para morir aquí, digo, si no podemos arreglar el pedo. ¿Qué hacía en la clínica? Imagina. Okey, hay que tratarlo con la Hiena Wong antes de que algo pase. Te lo encargo, veré qué onda con el Piojo, y el agresor, ¿sabes quién es? Ni idea, nos informaron de la ciudad de México que vendría un bato sobre la señora; tal vez era ése. ¿Sería el Tizón? A lo mejor, quién sabe. Encendieron cigarrillos.

Un claxon dice más que mil palabras.

Zurdo, necesito un nuevo favor, pero éste es de hombres. No chingues, ¿y lo que acabo de hacer qué, es de maricas? No estuvo mal, pero a ver, dime qué piensas: quiero que detengas al doctor Jiménez y lo traigas. No mames, Mendieta abrió la boca, de inmediato supo de qué se trataba; intentó evaluar la situación pero le fue imposible. Pinche Max, te doy la mano y me tomas el pie. Si no lo haces, la señora se nos muere, ya la viste, no deja de sudar y sé que le falta rato para alejarse del estado crítico; si fueras centavero te haría una oferta, pero sé que no es lo tuyo, y no dudo que realmente perdiste lo que te dimos, así que te lo pido de favor, incluso te puedo entregar a varios de mis hombres, como al Wence, para que tu jefe la haga de héroe por un día con los periodistas. Chale, Max, estás bien tumbado del burro. Lo sé, Zurdo Mendieta, pero si lo piensas, no tengo opción, y por si no estás enterado, Jiménez es el único especialista en Sinaloa en esa onda de reparar pulmones. Pero, ¿sabes lo que me estás pidiendo? Tienes allí al Ejército y a la Federal, nada más y nada menos, y después de una fuga, ¿sabes cómo están? Un pinche tigre enjaulado es triste frente a esos cabrones, seguro ya lo están interrogando, ¿imaginas el papel de un ministerial del estado? Se reirían de mí. Te tengo fe, Zurdo Mendieta, una fe pendeja si quieres, pero te la tengo. Claro, llego, me identifico, esposo al doctor, lo saco de donde esté, a la vista de todos, lo traigo aquí y luego se lo llevo al Gori Hortigosa para que confiese Quién mató a Palomino Molero. Buen plan, a poco no; vamos, si no, la señora se nos va, y ya sabrás el desmadre que se nos vendría encima, ¿imaginas a las pandillas tratando de quitarnos de en medio? Lo obligó a salir. No olvides que los interrogatorios de los sardos pueden durar días, te apuesto a que ya están en eso, no olvides que era su médico, el detective fumó con avidez. ¿Ese Tizón es del DF? Es correcto, quizá la orden contra nosotros viene de allá. O sea, de arriba, como dicen. Es lo que creemos. Del pinche Popocatépetl. Más bien del Nevado de Toluca. Por las escaleras subían el Diablo y el Chóper, tranquilos, como si vinieran de echarse un trago. ¿Nos llevamos a estos cabrones? Ni se te ocurra; morros, esperen aquí, uno de ustedes quédese en el cuarto con la señora, si despierta díganle que fuimos por el doctor. Qué bien luce, mi Zurdo. No mejor que tú, mi Diablo. ¿Ha visto a mi suegro? No, me saludas al pinche panzón. Junto al maltratado Jetta esperaba la Hiena Wong. ¿Qué onda? Vamos por el doctor. Voy con ustedes. Síguenos en la Tundra, vamos a la clínica y no vaya a ser que se ponga a peso; espéranos a una cuadra, por la Carranza; no lleves gente. Caballería, el Zurdo vio Jason en la pantalla, se apartó y respondió: Mijo, ¿cómo estás? Pero la llamada se cortó.

En cuanto se alejaron en un Volvo blanco, la Hiena marcó a los suyos para que se concentraran en el lugar señalado, sacó un sobre pequeño, con dos dedos tomó un poco de polvo y lo esnifó.

Sus ojos brillaron como si no fuera humano.

19

El Ejército no permitió que la policía recogiera los cadáveres de la clínica. Apartaron tres suyos, y el resto los echaron en un camión, incluyendo al Duende, despojado de su celular por un agente malicioso, que pronto fue cubierto por otros tres con camisas cuadradas. Rápidamente los llevaron con rumbo desconocido. La prensa realizó algunas tomas apresuradas que en las siguientes horas llenaron las pantallas del territorio nacional. Catorce muertos y seis heridos leves. Tanto Bonilla como Obregón hicieron declaraciones sin mencionar la evasión de Samantha Valdés.

Una hora después, en la habitación del Duende sonó el teléfono hasta el cansancio.

En la ciudad de México el Tizón dejó el receptor fijo en su lugar y se desentendió del segundo celular que vibró durante un minuto. Lo apagó. Su rostro transpiró más de la cuenta. En la tele pasaban la noticia de la balacera en Culiacán, en la clínica Virgen Purísima, y presintió el fracaso estrepitoso del Duende. No imaginó cómo había caído su compinche porque los asesinos no imaginan. Luego, durante horas no respondió teléfonos, mismas en que el rumor del escape de la capisa tomó cada vez más fuerza. Si el que llamaba era el Secretario estaba perdido; sabía que no le cortaría los dedos antes de convertirlo en fiambre. Hay costumbres que entre los políticos prenden rápidamente. Lo bueno es que matan a cientos de políticos al año y nadie protesta. Están malditos y no duelen.

Se puso de pie, se fajó una escuadra nueve milímetros. Contempló los hermosos tulipanes iluminados y cerró la ventana. Se haría cargo, ni hablar, no le gustaba Culiacán pero no había de otra.

20

Hospital. Mendieta caminaba lento por la calle donde los estragos eran visibles. ¿Cómo saco al matasanos?, ¿lo tienen aquí o en el cuartel?, ¿qué estrategia funcionará? Sin duda es listo: prefirió presentarse a que fueran por él y lo señalaran como cómplice. Quizás está acostumbrado. Periodistas retrasados registraban en fotos y videos y conversaban entre ellos. Lo deben estar interrogando y a lo mejor hasta torturando. Los guachos tienen estilo para esas cosas, cuando nos dan cursos siempre traen ideas novedosas y muy efectivas. ¿Han oído hablar del Campo Militar número uno? Es como su estrellita en la frente, la catedral del mal, ¿pero qué les digo? Señores, Edgar Mendieta, de la Ministerial del Estado, vengo por el indiciado, ese sujeto que arregla pulmones, ¿que no me lo puedo llevar? Están pendejos, ésta es mi jurisdicción y ustedes no pueden venir y pasar por encima de nosotros; claro que sé de lo que hablo; ¿ah, sí? No me diga, ¿usted y quién más?, ¿nomás ustedes? Qué poquitos, no me sirven ni para el arranque; ¿qué pasó aquí, por qué hay tanto relajo?, ¿hubo una tremenda balacera?, ¿quiénes fueron, los atraparon? Lo único que falta es que se les haya fugado alguien, digo, uno puede desconfiar, así que mejor me llevo al médico, no vaya a ser la de malas y se les escape también; yo no sé, sólo supongo, ¿me entiende, verdad? Así que suelte al matasanos y si quiere algo con él vaya a la jefatura de policía donde para el Gori Hortigosa, nuestro experto en relaciones públicas, será un placer atenderlo.

El lugar se hallaba infestado de policías federales. Buscó a Zurita sin suerte. El Trocas Obregón daba órdenes precisas y respondía preguntas de Daniel Quiroz, que lo tenía acorralado. En Urgencias había tremendo alboroto y entró por ahí. La chica que le había prestado el teléfono andaba muy movida recibiendo a un herido grave. En un momento viene el doctor Salazar, señora, tenga paciencia. Nada, respondió una mujer madura, algo pasada de peso pero maquillada perfectamente. Quiero a Jiménez atendiendo a mi hijo, y ahora mismo. El doctor Jiménez está en una junta, el doctor Salazar es su principal ayudante. Un joven pálido esperaba sobre una camilla. Nadie que no sea el Jiménez pondrá una mano sobre mijo, así que avísale que estamos aquí. Es que. ¿Qué no me entiendes, muchacha? Ve y dile que la señora Vicky de Meneses trae a su hijo baleado en el pecho y que el único que lo tratará será él. Señora, está con el capitán Bonilla, del Ejército. ¿Un capitán? Y tenemos órdenes de no interrumpir. No me digas, ¿dónde están? Se quedaron quietas un instante, la enfermera señaló una puerta con la mirada. El Zurdo lo advirtió. La matrona tocó con brusquedad. Abrió un soldado que le enseñó un fusil. Hágase a un lado, lo empujó con frialdad y entró. Jiménez se puso de pie. Doña Vicky, ¿qué pasó? Pues nada, volvieron a balearme al plebe, ahí se lo traigo. ¿En el tórax? Pecho y panza, algo así. El doctor no puede salir y malamente usted irrumpió en este espacio, salga de inmediato, ordenó Bonilla de mala manera. No me diga, la mujer sacó un celular rosa con incrustaciones doradas. Si no sale tendré que echarla, ¿entiende eso? Y marcó. ¿Usted y cuántos más? Bonilla rojo de rabia. General, disculpe que lo moleste de nuevo, traje a mi hijo al hospital pero hay un perro que me está ladrando y no quiere soltar al doctor que me lo va a atender, le pasó el celular a Bonilla. Sí, señor, cómo no, señor, de acuerdo, señor. Luego de tres segundos en silencio, el militar regresó el adminículo a su dueña. Cuando termine con el joven continuamos, doctor; señora Meneses, disculpe usted. Jiménez salió tras la mujer. El Zurdo lo abordó, lo tomó del brazo y le murmuró al oído: Vengo por usted de parte de Samantha Valdés. No puedo acompañarlo, debo atender al hijo de esta dama, ¿vio lo influyente que es? Viene o me lo llevo esposado. Usted no me lleva a ningún lado, ¿qué les pasa, creen que el mundo es suyo? Si voy, lo haré por mi voluntad y después de reconocer al muchacho, que está bastante mal; mientras irá a la farmacia de la esquina y que le surtan esta receta y allí me espera. La escribió rápido. Allí mismo consiga un tanque de oxígeno, diga que yo lo mando, y cuide que no lo miren cuando lo suba al carro. Al Zurdo le gustó la determinación del galeno. Le doy quince minutos, la señora está desmayada y no sabemos qué hacer. En menos estaré con usted, ya verá, vaya por los medicamentos.

Saliendo de la clínica Quiroz lo interceptó. Zurdo, no me salgas con que la ciudad es un infierno y están haciendo lo posible, ¿qué es lo que pasa realmente? Cagatinta, desde hace tiempo este país es un tumor a punto de reventar, me encantaría llorar contigo, ir a tu programa y quejarme amargamente, pero no lo haré, eso le corresponde a otros. ¿Qué ocurrió aquí, qué hace un ministerial donde sólo veo federales y militares? Vine a saludar a los amigos, Obregón y yo estuvimos juntos en el kínder; disculpa, me tengo que ir. Las desapariciones forzadas están aumentando, igual que las amenazas a los periodistas. A ustedes es difícil protegerlos, bien lo sabes. Tenemos que platicar, Zurdo, creo que hay bastante tela de dónde cortar. ¿Te parece que nos veamos en el infierno? Ya verás cómo nos toca la misma hoguera.

Se alejó a toda prisa. Dieciocho minutos después se presentó Jiménez.

Vamos rápido, y que sea la última vez que ocurre esto. Bonilla quiere enviarme a prisión por culpa de ustedes.

Nada le pasará, si Meneses le falla Valdés no.

Detrás del Volvo, la Tundra de la Hiena garantizaba la seguridad.

La canalizó, la conectó al tanque de oxigeno, la inyectó, prometió que se iba a aliviar y pidió que le llamaran un taxi.

Eran las diez de la noche y en la tele al fin divulgaron la noticia de la fuga. Presentaron al Trocas Obregón declarando que seguían tres líneas de investigación pero que no podía revelar más para no entorpecer el trabajo de los agentes. Mostraron tres fotos de Samantha de joven: seguramente no contaban con otras, y un breve video tomado con un celular del Jetta avanzando por la banqueta . Agregó que pronto añadiría más detalles. Te la vas a pelar, murmuró el Zurdo. Bonilla informaba con buena voz que habían repelido el ataque sin bajas y que la delincuencia organizada jamás derrotaría al Ejército.

Lo llevamos. No se ofendan pero insisto, regreso en taxi. Lo haré yo, propuso Mendieta, que recordó que Edith lo esperaba en su casa. Lo hizo en el Volvo blanco de Valdés que era un carro elegante y silencioso. Al Jetta lo cubrieron con una lona; antes sacó el sobre de Quiroz y sus discos. Eran casi las once de la noche cuando tocó la puerta de Edith pero nadie abrió. Le marcó a su celular pero escuchó que estaba fuera de área. ¿Qué onda?, ¿se escabulle o qué? Pinche vieja, muero por tus besos y la dureza de tu carne.

Regresó a casa desconcertado: había vivido una tarde de perros y Edith no estaba. ¿Qué debía hacer? Quizá lo mejor era cortar con esa chica, no resistía una relación tan misteriosa. El cuerpo protestó pero no lo escuchó. *Because*, con The Dave Clark Five, sonaba suave en el estéreo. En su celular la marcha del séptimo de caballería, vio que era el comandante y lo dejó sonar. Arribar a la noche de un día difícil da ciertos privilegios y decidió tomarlos.

21

No supo a qué hora tocaron la puerta con suavidad. ¿Edith? Cómo quiero a esa vieja yo, todos esos besos que me truena en el teléfono me los tendrá que dar en vivo y bien ensalivados. Se acercó a la puerta ilusionado. ¿Quién? Ignacio Daut, mi Zurdo, el Piojo. Guardó su anhelo y abrió. Qué onda, mi Piojo, pásale a lo barrido. No te quitaré mucho tiempo, mi Zurdo, sólo quiero aclarar un par de cosas contigo, vestía igual que en la tarde. Tengo whisky y whisky, ¿qué escoges? Pues whisky, no hay de otra, aunque hubiera preferido whisky. Regresó con la botella de Macallan y dos vasos. Sirvió. Pinche Piojo, a ver, qué quieres aclarar. Salud, mi Zurdo, brindaron. Lo primero: te waché muy movido esta tarde, estás con esos batos, ¿verdad? También te vi, mi Piojo, atestigüé cómo te escabechaste al loco que llegó a mi carro. Somos compas y no iba a dejar que te mandara con san Pedro, por las razones que fueran. Gracias, bato, ¿viste a alguien conmigo? Algo waché, pero no los distinguí, eran como sombras, es que estaba bien cañón, tanta pinche balacera. El infierno de todos tan temido. Lo otro es que vi muy cagado al morro Long, lo waché sufrir de a madres y no creo que avance en su venganza; me late que la Hiena Wong no lo soportará mucho tiempo; así que lo más probable es que no me busque pronto y voy a regresar a Los Ángeles. Buen punto, tampoco creo que te haga nada, así que te toca vivir un chingo, salud por eso. Acabaron sus tragos y sirvió nuevos. Entonces estás con ellos. ¿Con quiénes? Con los del Pacífico. Realmente no, a veces nos acercamos por asuntos del jale pero aún no caigo en sus redes. Ese bato venía por ti, ¿lo wachaste cuando saliste del estacionamiento? Más o menos, pero no le vi intenciones. Pues yo sí, y no le quité el ojo de encima porque cuando dejaste la clínica te siguió. Órale, gracias. ¿Y por qué fue el pedo? Silencio en que el Zurdo valora qué responder. Estaba internada Samantha Valdés. ¿Estaba? Se fugó durante el desmadre, hasta salió en la tele. Silencio en que el Piojo sonríe. Órale, quiere decir que tú, ¿ayudaste? Algo así. Se puso de pie. Entiendo; bueno, si se te ofrece algo en Los Ángeles, no dudes en buscarme. ¿Qué chingados se me va a ofrecer allá, pinche Piojo? Estoy clavado aquí, en la misma ciudad y con la misma gente, como dice Juan Gabriel. Lo que sea, incluso si quieres pasar una noche con Pamela, te la presto. Olvídalo, las mujeres de los amigos son sagradas. Gracias, mi Zurdo, fue chingón volverte a wachar. Iguanas ranas, mi Piojo, y larga vida. Está poca madre tu carro, observó Daut al salir. A la orden, tiene el desodorante más caro del mundo. Cerró la puerta. ¿Y si voy a buscar a Edith? Cálmate, pinche Zurdo, necesito descansar. ¿Descansar, para qué? Hay cuerpos que de plano no aguantan nada, apagó la luz y volvió a su recámara. Leyó una página de *Una de dos* y se quedó dormido.

Completamente ajeno al sismo que empezaba a sacudir la ciudad.

22

Lo despertó el celular. ¡Edith! Al fin se acordó de mí esta cabrona. Lo había dejado encendido con la esperanza de que le
llamara. Hola, respondió. ¿Todavía dormido? Apenas se puede creer, un servidor público tan importante en el tejido social tirando la hueva, ¿ya viste la hora? Cabrón, ¿por qué no
me saludas primero, desde cuándo te hiciste de esa gente que
se la pasa reclamando? Estás bien crudo, ¿verdad? No creo,
más bien sigo borracho, ¿cómo has estado? Como campeón,
hace un par de semanas vi a Jason, está clavado con la onda
de ser poli, ¿cómo la ves? Tiene esa idea. Va a servir el plebe,
vas a ver. Pues claro, cabrón, ¿qué esperabas? Es mi hijo. No
estés de pinche presumido. También es tu sobrino. Es Mendieta, ese día lo vi por accidente antes de volver a Oakland,
estaba rodeado de morras; ni le busques, en eso no se parecen.
A ti tampoco, si mal no recuerdo. Los viejos no tenemos
remedio, ¿pero qué tal las nuevas generaciones? Están pesadas.
¿Por qué no me preguntas por Susana? ¿Para qué? ¿No la has
vuelto a ver o a llamar? Ni en foto, y sólo hablo con Jason,
por cierto tenemos varios días sin comunicarnos. Márcale, no
seas cabrón. En cuanto cuelgues. Oye, ¿y ahora por qué te em-
borrachaste? Porque no tenía motivos. Qué bonito. Ahora

que me acuerdo, Jason me contó que le metes duro a la cheve. ¿Eso te dijo? Me lo comentó mortificado, también que no cuidabas tu manera de comer. Igual de chismoso que su pinche padre, pero bueno, aparte de despertarte te llamé para que no te olvides de ir al panteón a llevarle flores a mamá, hoy es día de las madres. No te preocupes, yo me encargo, y gracias por despertarme. Y qué, ¿alguna morra nueva? No me la acabo con las viejas, esta noche se quedaron dos conmigo. Serían enfermeras. Pinche Enrique. Nos vemos, carnal, cuídate. Saludos para tu mujer y para mis sobrinas. Lo mismo para Jason. Apagó el celular.

Tendría que llamarle a su hijo; qué bueno que proyectaba esa imagen de buena ventura. Pronto se convertiría en un joven agente y entonces sí, agárrense, malandros californios, no se la van a acabar con el morro. Está cabrón, ¿no? Digo, esto de ser papá; es fácil encontrar las palabras que elogian a los hijos aunque uno prefiera no decirlas; el mío, por ejemplo, es más cabrón que yo, se levantó, entró a bañarse; cuando salió escuchó a Ger trajinando en la cocina y cantando esa rolita de Café Tacuba que dice: *Ya chole chango chilango, que chafa chamba te chutas…* Mendieta sonrió, Ger no tiene remedio, trae el rock en la sangre.

¿Listo, Zurdo? Véngase a desayunar, preparé un hígado encebollado que no tiene madre y está lista el agua para nescafé. ¿Hígado?, ¿qué no produce colesterol? Eso a la gente débil, a la gente sana nada le afecta, cuando se enferman es porque ya se van a morir y a usted le falta mucho, es de muy buena madera; me contó mi mamá que su padre era un hombre plantoso, muy guapo, ¿lo tiene presente? Claro, y ahora dime, ¿qué haces aquí en domingo? Recordarle a su santa madre, que no deje de llevarle flores al panteón, hoy es diez de mayo, y tampoco se olvide de que también soy madre. Te regalaré un disco de Botellita de Jerez. ¿Y qué más? El Zurdo pensó un poco. Lo que quieras. ¿Le cuento algo? Viene. Antes de que se me olvide, déjeme dinero para pagar los recibos, si no, nos van a cortar los servicios, en fin que usted no irá a protestar. Debería saber cuidar lo mío, ¿verdad? Mientras aprende, voy a ir a la Coppel a ver las lavadoras y le digo, pero no es eso lo que le quiero contar: casi me amarro con Armando el de Botellita. Ah, caray, ¿y? No, mi Zurdo, era muy birriondo, tenía chavas en cada esquina. Pero si está refeo. Cuál feo, el Armando es tipo, y muy cariñoso, como le digo, por poco y quedo allí. Fue antes o después del Buki. Después, todavía daba yo el gatazo, ahora ni Keith Richards me pela. Se alejó riendo, pronto se escuchó en el estéreo: *Let It Bleed* con los Stones.

Sonó el teléfono fijo. Respondió Ger. Bueno, al momento señor; Zurdo, le llama el comandante Briseño. Edgar, necesito hablar contigo, nos vemos en el Five Salads a un costado de Citicinemas en media hora, y no enciendas tu celular. Colgó. ¿Y eso?, ¿qué mosca le picó? Y en domingo, ¿qué tenemos pendiente? En cuanto aparezca el relevo de Gris lo llevo a una balacera para que aprenda y pague las cervezas con gusto. Y Edith, ¿acaso quiere que la extrañe? La extraño desde que amaneció, confesó el cuerpo. Yo también.

Durante el trayecto analizó los casos: el de Gámez estaba cerrado y con el asesino muerto; el de Machado Torres iba derecho al olvido, sobre todo porque la madre no quiso demandar. Pensó que todo estaba tranquilo, que incluso lo que había hecho la tarde anterior resultó de rutina; seguro el comandante ocupado en cocinar ni se percató, ¿quería hablar de Edith y su defecto? Al fin se enteraría. Ah, pero no le he dado el sobre a Quiroz, eso puede ser suficiente para hacérmela de pedo; ¿cuánto hacía que no lo citaba fuera de la jefatura? Como ochenta años. Cruzó el río Tamazula por el puente Musala y llegó. Tendría que buscar a Edith bajo las piedras, y que fuera lo que Dios quisiera.

El comandante consumía una ensalada verde con voracidad. Pide algo. Ya desayuné, quizás una cerveza. No hay. ¿Qué clase de lugar es éste en que no sirven cerveza? Uno de ensaladas, para que la gente muera sana. No es lo mío. Callaron. ¿Viste el reporte de la balacera de ayer? Ya salió el peine, rumió y reconoció. Una parte, me da hueva el amarillismo. Y más si eres protagonista, ¿verdad? Se miraron intensamente. Valiendo madre, meditó el Zurdo. Vi el video y las noticias. ¿El video? Sales dos veces, la primera hablando por teléfono, con una gorra de la policía Federal, y la última conversando con un doctor, en ambas te encerraron en un círculo, y en las noticias se mira muy claro tu Jetta circulando por una banqueta. No lo iba a negar, tampoco diría que había cometido un error o que fue parte importante en la fuga de Samantha Valdés. Según la ley de Murphy las cosas pasan porque pasan y punto, no se iba a quebrar tan fácilmente. Así que esperó al comandante que continuó masticando como si nada.

Te vas a esfumar. La Federal debe estar en tu casa y ya estás boletinado, tu foto está pasando a cada rato en la tele nacional. Si te ven te llevarán preso o te desaparecerán, cualquiera de las dos cosas me convendría pero opté por esto, como todo buen cocinero soy un sentimental. Cualquier cosa llamarás a mi casa, dirás que eres de la carnicería o del súper, esa clase de negocios nos atienden cotidianamente; iba a prestarte mi carro pero veo que ya tomaste providencias. Gracias, comandante, es usted más hombre de lo que pensé. Y tú eres una porquería; Edgar, eso me decía Pineda pero nunca le creí, eres una vergüenza, continuaba masticando, bebió un poco de jugo de naranja. Un maldito narcopolicía que merece la horca, paladeó con deleite. ¿Sabes qué? Estás fuera de la corporación, ¿oíste? Fuera. Ordenaré que te liquiden conforme a la ley aunque no lo merezcas; desvanécete, cuando salgas de esta bronca, si es que sales, pasa por tu cheque; si llegaras a ir ahora por él me ahorrarías un mal rato respondiendo sobre tu paradero, pero no lo harás, tampoco tus compinches lo permitirían, así que: largo, que me estás robando oxígeno.

Mendieta le echó una última mirada y se puso de pie en silencio. Y ahora, ¿qué sigue? Cerca de allí buscó el estacionamiento de Walmart y trató de relajarse. Qué onda, ¿tenía miedo? No. ¿Se tomaría unas vacaciones? Tampoco. ¿Debía, de una vez por todas, integrarse al cártel del Pacífico, buscar a Samantha Valdés para ponerse a sus órdenes y que volaran pelos? Ellos lo protegerían seguramente. ¿Tenía Samantha el poder de los Meneses? No, puesto que había sido detenida y la otra señora sacó al doctor de un interrogatorio con el Ejército para que atendiera a su hijo. Entró en el súper, compró una botella de Buchanan's y cuatro cedés, puso Led Zeppelin a bajo volumen y trató de relajarse. Recordó a Gris, a Angelita, al eficiente Gori, a Ortega y a Montaño. Supo que, aunque de vez en cuando deploraba ser placa, no podía ser otra cosa y que durante años había formado parte de un grupo de investigadores que también eran amigos. ¿Y Sánchez? No buscaría a su antiguo compañero y mentor, no lo metería en problemas, no lo merecía, le había enseñado a convivir con la mierda sin mancharse. Sabía que no tenía demasiadas opciones, quizá sólo una era segura. Encendió el celular y empezó a sonar sin detenerse, iba a telefonear a Edith pero entró una llamada de Jason. Hijo no me marques hasta que yo te diga, luego escuchó: Vas a pagar todas las que debes, viejo cabrón. Cortaron. Pinche chamaco, como dice el capitán Hinojosa, ¿qué así nos llevamos?, ¿será el whisky? Su voz se oyó rara, algo afeminada; hay días que son auténticas pesadillas y éste es uno de ellos. Marcó a Edith pero no contestó, luego a Jason; escuchó estática, dos veces más y lo mismo. Quizá se emborrachó pero, ¿a esta hora? Entró una llamada de Angelita y seis de números desconocidos, seguro lo rastreaban, así que apagó el Nokia. ¿Y Edith? Lo envolvió en la bolsa del súper y lo enterró en una jardinera de cactus para evitarle tentaciones a quien fuera, luego escuchó Led Zeppelin por segunda vez: *When The Levee Breaks,* para darse fuerza. Desfilaban frente a él numerosas personas con regalos pero no las notaba. Es un pinche callejón sin salida pero no me agarrarán, chinguen a su madre, ¿quién anda sobres: los guachos o el Trocas? El comandante mencionó a los feos, que son muy aferrados. Reflexionó, algunas decisiones lleva su tiempo ponerlas en práctica. ¿Era la voz de Jason?, ¿y si fuera un extorsionador? Los hay en todas partes. Una hora después se resolvió, sobre todo porque era la opción más asequible. Y no se quejaría, toda vida es una manzana y la suya acababa de ser entregada por la serpiente.

Un hombre que mata debe saber hacerlo consigo mismo.

23

¿Cuál es la diferencia entre perseguir a un cabrón y saberse perseguido?, ¿cómo resguardarse si sabes que te tienen copado? Pues es lo que voy a hacer: ponerme cerca de su alcance: convertirme en su sombra. ¿Por qué buscar a Samantha? Ya lo señaló, el narco está lleno de gente decente: sí, cómo no, soy Caperucita Roja, una niña muy feliz. Quizá salga de ésta sin su ayuda, ¿por qué no?

Fue a la casa de interés social de Montaño pero encontró una camioneta sin placas estacionada a cincuenta metros con dos tipos arriba y se siguió de frente. Son más listos que el hambre. En una gasolinera llenó el tanque, pagó con el dinero de Quiroz que continuaba en el sobre. Si vigilan la casa de Montaño quiere decir que están en cualquier parte a la que pudiera acudir, ¿sabrá él? Es lo más seguro, van a ajustar a mis amigos para que digan si me han visto, como lo mencionó el comandante; entonces debo buscar por otro lado. Es domingo, ¿querías ver la tele? Pues te chingaste, cabrón.

Se estacionó tras varios autos, a sesenta metros del edificio donde vivía Edith. Se notaba tranquilo, un vecino sacó a pasear a su perro, una señora regresó del súper en taxi, varios niños saboreaban conos de nieve. Se fumó un cigarrillo. ¿Dónde me podría quedar? En mi casa ni pensarlo. Estoy seguro de que Gris sabría, es tan eficiente esa mujer, y cómo sabe ubicar información importante en los lugares más insospechados; pero ahora está de luna de miel y no volverá pronto; esto me toca resolverlo solo, deben tener vigilados los hoteles también. De pronto vio salir a Edith Santos con un gran ramo de flores en un recipiente, a pocos metros la seguía un hombre delgado, vestido de civil, pelo a cepillo. La mujer esperó, se veía demacrada, arribó un taxi y lo abordó. El sujeto la siguió en un auto negro, estacionado cerca de él, que conducía un tipo con la misma facha: Vaya, vaya, están empleando más recursos que si fuera Samantha Valdés; cabrón, se me olvidaba: las flores de mamá; Edith cumple con la suya.

Panteón Jardines del Humaya. Había tantos autos que tuvo que dejar el Volvo a trescientos metros de la entrada. Esos cabrones no tienen por qué estar aquí. Llevaba un aparatoso ramo de gladiolas rojas con el que se cubría la cara. Se dejó arrastrar por cientos de personas cargadas de pompones, rosas, crisantemos, velas, coronas de papel china y de flores naturales, bolsas de comida y refrescos. En las tumbas de los narcos había grupos musicales norteños, bandas regionales, tríos, solistas y hasta un grupo de rock importado de Phoenix, Arizona. Bebían cerveza, tequila y Buchanan's. Platicaban a gritos. Llegó a la tumba de su madre que lucía limpia pero sin flores. Somos unos barbajanes, mamá, discúlpanos, y usted papá, cuídela, que fue una buena mujer; estas flores son en nombre de Enrique y mío; recuerdo que le gustaban las gladiolas para llevar al panteón, de verdad no encontré más bonitas ni de otro color; mamá, si puede echarme una mano con la bronca que traigo, se lo voy a agradecer; no se enoje, no estoy seguro de por qué lo hice, ya ve que desde niño tenía esos impulsos inexplicables; hacer algo por alguien y ya, ¿se acuerda cuando regalé una chamarra que estaba estrenando a un niño indigente y usted no sabía si regañarme o felicitarme? Pues fue algo así. Un hombre se acercó a cobrarle la limpieza de la lápida. Son cincuenta pesos, en la tumba azul, al lado de la pingüica, hay una señora que le pide que vaya para allá. Mendieta se volvió pero sólo vio al gentío. Pagó, colocó las gladiolas en dos floreros de granito y se acercó, caminando entre la gente, a la tumba señalada. Ger se limpiaba el sudor con un klínex que enseguida tiró, después se alejó rumbo a la salida. ¿Qué onda? El Zurdo descubrió a dos agentes que la seguían entre la multitud. Órale, recogió el klínex. Lo extendió: 246. Observó alrededor y sólo vio gente en movimiento, incluso sintió que lo atropellaban. Se guardó el pañuelo. 246, ¿acaso debo ir a la Coppel y pagar eso por su lavadora? Qué bárbara, Ger, está pesada para las claves: claro, es el número de una tumba; a ver, estamos en la 531, baja hacia allá, debe ser en la sección de los narcos.

Encontró a Ignacio Daut tomando tecates en el sepulcro de su madre, un pequeño monumento de azulejos grises con una virgen de Guadalupe. Qué onda, mi Zurdo, cacha ese pargo, le aventó una tecate roja. La tumba tenía flores variadas y velas encendidas. Mis carnales se acaban de ir y mi hermana viene más tarde, siéntate. Pensé que te habías ido. ¿Sin traerle flores a mi jefa? Cómo crees, siempre soportó mis desmadres sin quejarse; Ger me contó que tomaron tu cantón, puedes clavarte en el mío si no tienes dónde caer, ahí estarás seguro. Gracias, mi Piojo. Quédate el tiempo que quieras, no hay comida en el refri pero está lleno de cerveza; me voy en cuatro horas, y ni modo, mi Zurdo, hay veces que uno pierde y otras en que deja de ganar. Se alborotó la pinche bitachera, mi Piojo. Según Ger, tienes al Ejército y a los federales pisándote los talones, no es poca cosa, ¿eh? Lo sé, y vamos a jugar a la matatena, todo debería ser así en la vida, a poco no; es absurdo morir de estrés cuando se podría morir tranquilamente de un balazo. Verdad divina, mi Zurdo, por eso vine aquí, para que me encontraran, pero no pasó. Bueno, tampoco morirás de estrés. Vieras que no, cuando me viene me tomo un par de tequilas con una cerveza y santo remedio. Eres un hombre sabio, pinche Piojo. Bueno, hay que irnos, lástima que no me puedas llevar al aeropuerto en tu nave, está de lujo. Te la puedo prestar. Ni loco, si tienen una foto capaz que me tuercen antes de llegar a Bachigualato. ¿Seguro que el morro Long no intentará algo? Pues no oculté que aquí los esperaba, ya veremos si me sigue a Los Ángeles; pero como te dije anoche, no le waché espolones al bato y para mí que se va a culear, salvo que la Hiena lo anime y le ayude, entonces será otra cosa. No lo hará, la Hiena Wong aprecia mucho los méritos personales, bien que chinga con que hace años me decían el Gato. Me acuerdo, Zurdo, también lo supe. Realmente me salvé de milagro. Igual que los gatos que se benefician hasta de siete, según dicen. Pinche Piojo, ahora el gato vas a ser tú. Bueno, mi Zurdo, está chilo el cotorreo pero debo tomar un avión. Te encamino. Traigo nave, me sigues para que te quedes en mi casa, y no olvides que hay negocios en que uno vale por sus enemigos. Te mando el corrido cuando me lo compongan. Con Los Tigres del Norte, por favor. No menos.

Mientras lo seguía recapituló: Enterré mi celular y ni siquiera sé el número de mi casa, me pisan los talones y ni con mis amigos estoy seguro, nadie hace al Piojo en el mundo salvo Ger, Long y la Hiena, Edith está vigilada lo mismo que Montaño y seguramente Ortega. ¿Qué debo hacer? Realmente caí en falta y debo pagar por ello, nadie me lo va a perdonar, ni Gris que tanto me quiere, pero no tengo garantías de que me apliquen la ley correctamente y tampoco quiero acogerme a la protección del cártel del Pacífico; esto quizá lo piense más adelante pero de momento es mi postura, sin duda esperan que salga de la ciudad pero no lo haré, una ciudad que es de uno te resguarda y Culiacán no es traidora, tengo que llamarle a Jason, ¿por qué me habló así? Mira qué cabrón, sabe hacer voces, no le conocía esa gracia, y a Enrique, quizá debería ver al doctor Parra; encontraré la manera de contactar a Edith, como soy culpable, no creo que alguien me oculte en su casa, también es delito grave, lo bueno es que al Piojo le importa un comino; por eso mató al Cacarizo. Supe que le aconsejaron no hacerlo, que era un hueso duro de roer pero le valió, lo buscó en un restaurante y le sirvió la cena. Quizá tampoco le quitaba el sueño lo de la hermana, lo que quería era un enemigo que le diera respeto, como dice. Lo extraño es que de inmediato se perdió y aparece diecisiete años después dispuesto a colgar los tenis; qué onda, ¿no? Y ahora regresa con su familia. ¿Realmente debo pagar por el delito que cometí? ¿Hay algún mexicano que no deba algo a la justicia? Levanten la mano. De lo que estoy seguro es de que si me agarran me chingan. En este mundo nada hay más útil que un buen chivo expiatorio. Eso de Jason no es normal; en este tiempo los extorsionadores son muy creativos.

La casa de Daut era de un piso, muy parecida a la del Zurdo. Amarilla, con dos laureles de la india al frente, tres habitaciones y la sala-comedor, sin cochera. Estaba en orden, la dueña había muerto cuatro años atrás y Ger, que vivía al lado, hacía la limpieza una vez a la semana. Ahora, ella burlaría fácilmente la vigilancia porque había una puerta en la barda que dividía las propiedades desde que construyeron las casas veinticinco años atrás, y los hombres que la perseguían se ocupaban sólo de sus movimientos externos.

No lo recordaba: Ger y tú son vecinos. Ger y yo somos muchas cosas, incluyendo lo que no somos. Mendieta pensó un segundo, Daut pretendía decirle algo aunque no claramente. ¿También eso? Iz barniz, su chamaco es mío. Se quedó de una pieza, ¿acaso no era del Buki? Mira nomás, Ger era un estuche de monerías; claro, no tenía por qué saberlo; decidió no mencionarlo, aunque le gustaba más que el joven fuera hijo de un cantante famoso que de un hombre que había regresado para morir.

Comieron bisteces con cerveza. De inmediato identificó la sazón de Ger. ¿Sabría su hijo que el Piojo era su padre? Así que tienes una buena relación con los pacíficos. No te niego que nos hemos echado la mano, pero de ahí a andar con ellos, hay un trecho largo. Encendieron cigarrillos. Es extraño. ¿Te lo parece? Hasta cambiaste de carro. Mendieta sonrió con acidez, comprendió que no tenía caso continuar esa conversación. ¿Cuál va a ser mi recámara? La de la derecha, dejemos libre la del frente por aquello de los vecinos curiosos, algunos me han saludado y he visto a otros fisgoneando, no vaya a ser, también están los feos que siguen a Ger; bueno, me voy, mi hermana recogerá el carro en el aeropuerto, ahí nos wachamos.

Una casa desconocida es como el nido del Fénix.

Era de noche cuando Ger tocó la puerta de la habitación donde había una cama, una tele y una ventana al patio. Zurdo, es usted un desconsiderado, nunca había vivido una situación tan perniciosa, por poco ahí quedo de un infarto. ¿Qué pasó? Pues nada, después de que salió usted fui a la Coppel, ya sé qué lavadora quiero, le va a salir bien barata; cuando regresé había una hummer negra cerca pero nomás. En cuanto abrí la reja me cayeron: Que dónde está Edgar Mendieta, ese policía de mierda, que me iban a llevar presa, que no opusiera resistencia, y yo toda sacada de onda, me empujaron y entraron en la casa, hicieron un tiradero, Zurdo, rompieron cosas, sacaron su ropa, botaron sus libros, y yo trabada, no podía pronunciar palabra, pero poco a poco me fui calmando; lo primero que hice fue librarme de un grandote que me tenía apergollada: Sabes qué, suéltame, no te la des de muy felón, soy una señora decente. ¿Crees que esta vieja sea decente? Se burló un cabrón, con perdón de usted, que estaba cerca, y que le sorrajo un patadón en los huevos. No me falte al respeto, idiota, que usted debe tener madre y hoy es su día. Lo hubiera visto, se puso verde, se dobló y cayó sentado en el sillón. Y tú, me sueltas, le exigí al grandote y me quitó sus brazos de volada. Entendí que estaba en una bronca gruesa, así que les dije que había salido temprano para la jefatura y no sabía más. Más vale que nos digas la verdad, pinche vieja, ladró el que había pateado. Lo que les digo es tan cierto como lo que te acabo de hacer, papá. ¿Dónde vives? Les indiqué. Puedes irte, nosotros vamos a quedarnos a esperar a ese malparido que va a pasar el resto de su puta vida en prisión. Pues me dicen dónde para llevarle comida los domingos. Lárgate. En cuanto llegué a la casa, vi que había un carro extraño en la calle, hace años que se estacionan los mismos, así que fue fácil saber que estaban ahí, que dejarme libre era una estratagema para encontrarlo; luego le conté a Ignacio y como usted iba a ir al panteón ideamos esperarlo y funcionó, por poco y no llega, eh. Gracias, Ger, mañana les caes y ves si puedes estar en la casa. ¡Qué!, ¿quiere que me violen esos cabrones? Ni lo mande Dios, vamos a tratar de recuperar el espacio, quizá con otros dos pateados avancemos un poco.

Sonrieron. La risa es más poderosa que la verdad, a poco no.

Ger, me tengo que perder, los tengo que torear todo lo que pueda.

¿Será que va a buscar a los del cártel?

Eso sería salir de Guatemala para entrar a guatepeor, no creo que me deje enganchar, ya estoy viejo para eso.

Razón de más para que duerma aquí. Mañana será otro día.

Cuando te persiguen todos los días son el mismo, ¿sabes manejar?

Por supuesto.

Perfecto. Llévate mi carro. Si los feos te ponen cola y no te los puedes sacudir, en una hora te espero aquí. Si no te siguen, das vuelta a la manzana y lo dejas atrás, saldré a la otra calle por los techos.

¿Y el Jetta?

En el taller, le urge una afinada.

A ver si no me salen ampollas con ese carro tan lujoso; por cierto, Zurdo, Susana Luján quiere hablar con usted, me dijo su mamá que le urge, que ha marcado a la casa, que contesta una voz extraña que le pide que deje recado y su número: son los polis esos.

¿Susana? Sintió escalofrío. Pinche vieja, está pendeja si cree que me puede enredar de nuevo.

Ger esperó un comentario que no llegó, por el rostro del Zurdo comprendió su dolor y se marchó.

Nadie la siguió.

Veinte minutos después el Zurdo conducía sin tener claro adónde dirigirse.

En la ciudad el día de las madres continuaba.

24

Tranquilidad en la clínica. La agitación del día anterior era ahora una calma chicha. Jiménez acusaba la tensión de la jornada: casi diez horas operando al joven Meneses lo tenían agotado y con tremendo dolor de espalda. En el estacionamiento abordó su auto y salió serenamente. Tras él un Ford sin placas y sin insignia era como un suspiro de muchacha. Tomó la Juárez rumbo a la Aquiles Serdán sin reparar en nada. A la altura del mercado negro de dólares una minivan lo dejó pasar pero se le atravesó a sus seguidores que primero hicieron señas de que se quitaran y después se bajaron a averiguar. Antes de que se apalabraran la camioneta se marchó a buena velocidad. Al dar la vuelta en la Serdán, desde la Tundra conducida por la Hiena, Max hizo señas al doctor de que los siguiera. Jiménez comprendió, y aunque no le agradó la manera no se opuso y fue tras ellos hasta el departamento de Mariana Kelly.

Samantha estaba despierta.

¿Acaso está usted loca? Ahora soy una prófuga, doctor, ¿cómo me encuentra? No debió escapar, puso en grave peligro su vida; por obra de Dios hasta ahora tenemos todo bajo control, y espero que no se complique porque aquí no tendría los recursos para salvarla en caso necesario. No voy a morir, doctor, se lo aseguro, ayúdeme a salir de ésta, quizá sólo pueda estar en este lugar un par de días, mi casa en Colinas está copada y aquí tengo muchos vecinos. Evoluciona bien, creo que puedo verla cada tercer día, que no vayan por mí, es mucho riesgo; vendré por mi propia cuenta, tome sus medicamentos como se lo he indicado y con su empuje saldrá adelante, pero tiene que cuidarse y seguir mis instrucciones; haga que le cambien las sábanas todos los días y sólo ingiera líquidos; nada de tamales, carne asada o salsas; tampoco puede ir al baño. Mándeme una enfermera, debe haber una de confianza. En dos horas la tendrá, sin embargo, serán tres por día. No importa, pero que me cuiden. De eso no se preocupe, hacen muy bien su trabajo y son discretas. Y usted venga tranquilo, que lo tenemos protegido.

Al retirarse señaló claramente a Garcés cómo debía alimentarse la enferma y el respeto que debían tener a las enfermeras.

Samantha llamó a Max. Aumenta la protección al doctor, no vaya a ser el diablo. Está rodeado de sardos. No importa, que la Chacaleña abra más los ojos y si necesita apoyo, dáselo, que te mantenga informado; ¿hay algo sobre el Tizón o el Duende, me dijiste que venían para acá? Se presume que el Duende quedó en la clínica; según informan del DF estaba allí la otra tarde, un compa que les hace la chamba aquí, compró un celular a un agente que podría ser de él. ¿Estás seguro? Lo están investigando, encontraron parte de la famosa lista. Muy bien, en estos momentos un enemigo menos cuenta mucho, ¿y el Tizón? De ése nadie sabe, la noche del escape desapareció de su casa en la ciudad de México. Ponte trucha, podría andar por aquí, tiene fama de obsesivo y no me vaya a dar un susto; ahora no me cabe la menor duda de que el atentado lo ordenaron en el DF; escarba, quien haya sido lo tiene que pagar, pero debemos ir con calma; quiero que hasta que tengamos todo al descubierto demos el primer golpe. Señora, espero que me disculpe por no mandar gente adelante, quizá lo hubiera podido evitar. No te eches la culpa, hay cosas que no tienen remedio pero no me van a quebrar, sé que les duele que una mujer sea la que controle el Pacífico pero se la van a pelar; mantente alerta, el Tizón puede andar cerca, ¿qué fue del Zurdo Mendieta? No lo hemos localizado, los guachos le pisan los talones y el Trocas Obregón identificó su voz; sale todos los días en la tele. No nos pedirá ayuda, así que ubícalo y échale una mano, al menos que pase estos días en una casa segura, mientras negociamos, ¿qué dice nuestro abogado? Va bien, sólo falta acordar la cantidad que vamos a soltar. Que se apure. ¿Algo nuevo de Monge? Nada, lo detuvieron y lo llevaron a la ciudad de México, no lo han presentado a los medios. No lo harán, llama a la Hiena.

Wong, ¿qué te hace pensar que Frank Monge se lanzará contra nosotros? Su ambición, quiere ser cabeza y no está conforme con su suerte. Pero si Tijuana es el paraíso. Perdone, señora, no tanto como Mexicali, pero a él no le basta, siente que Tijuana le queda chica. ¿Cómo es que estás tan seguro? Me lo ha dicho el hijo del señor Long, un joven que trabajaba para él. ¿Ya creció? Creció y está lleno de rencor. No me digas, pues cuídenlo, no lo dejen que ande haciendo desmanes por ahí. Sólo le permitiremos vengar al padre. Es sano. Y tradición. La capisa meditó unos momentos. Gracias por venir, Wong, dale mis recuerdos a tu primo. Mi primo manda buenos deseos, señora, y le pide que se cuide para que se alivie, Samantha cerró los ojos y reclamó. Max, ¿qué pasó con la pistola que te pedí? Silencio. Disculpe, señora, no creo que sea necesario, estamos al cien con usted. Déjamela ahora y sin discutir. De acuerdo, le colocó una pequeña Smith & Wesson bajo la almohada, luego invitó a la Hiena a salir.

A ese Monge deberíamos cortarle los huevos, Max, es un hijo de la chingada. Lo haremos, Hiena, ya verás; ¿crees que tenga que ver con el atentado? Es lo más probable. Entonces hay que descubrir quién está detrás de él, ésa es la clave, él solo sería incapaz de una acción de ese calibre; sabemos que un militar recién acribillado estuvo al frente. Eso lo puede hacer el poli, que como ves, es leal a la jefa. El caso es que ni los halcones lo han ubicado; espero que en algún momento nos busque, pero es un cabrón orgulloso. Buena señal, un cabrón con tan buena suerte nos pasará una poca, no olvido que le decían el Gato; Max, hazme feliz con una onza de aquello para gobernar mejor mi tristeza. ¿No es muy temprano? Pues no, ¿crees que esta madre tiene horario? Es cuando te alcanza el chamuco y puedes verle las patas sin chistar. Las patas y los cuernos. Iz barniz.

Diablo, hay que encontrar al Zurdo Mendieta, andan sobre él sardos y feos, no lo vayan a apañar. ¿Le llamó? ¿Cómo me va a llamar, pendejo? Ni siquiera prende su celular, localízalo; su casa la catearon pero se peló; a lo mejor la señora que trabaja con él sabe algo. Señor, tengo prohibido hablar con esa mujer, fue el amor de su vida de mi suegro y en la familia la quieren muerta. Diablo, déjate de pendejadas, averigua sobre el Zurdo y que te valga madre eso, debe andar en el Volvo blanco que teníamos aquí. Está blindado. Pero él no lo sabe. Jefe, ¿puedo tomarme unos minutos para comprarle algo a mi vieja y a mi suegra por el día de las madres? Claro, la madre es sagrada, y de paso les cuentas que estuviste con la asistente de Mendieta, ¿cómo se llama? Ger, a lo mejor hasta le llevo un regalo. Muévete, quizá mientras pendejeamos al Zurdo se lo está llevando la chingada. Dios no lo quiera.

25

En casa de Mendieta sonó el teléfono. Dos agentes que se hallaban en la sala fumando lo observaron, lo mismo Ger que no se sentía segura si debía levantarlo. Uno de ellos le hizo un gesto de que procediera. Avanzó sin perder la calma, otro federal manipuló un aparato gris que grabaría la conversación. Diga. Buenos días, Ger, ¿cómo estás? Bien, con algo de frío. Anoche me contestó una voz extraña, dijo que estaban pintando la casa, ¿está tan loco Edgar como para pintar de noche? Llamé tres veces y me respondieron lo mismo. Está quedando bonita, ya la verá. Pásame a Edgar. No está, señor. En la jefatura tampoco se encuentra y no responde su celular, ¿sabes dónde para? Ni idea. Pues dile que lo anda buscando Susana, que es urgente. En cuanto aparezca se lo digo. ¿Toma demasiado? Igual que siempre. Espero que no le hayan metido una bala entre ceja y oreja. Ni lo mande Dios, no quiero ni imaginar que le hubiera pasado algo, se fue ayer en la mañana y no ha dado señales de vida, pero. Ah, caray, llama al Quijote a ver si durmió allí, es como su segunda casa, ¿no? Ni lo diga, pobre Zurdo, es un hombre decente. Bueno, que le marque a Susana o a mí, no se te olvide.

Colgó y observó a los invasores. No me molesta que estén aquí, pero yo vivo de esto, déjenme hacer mi trabajo, alguien debe recoger el tiradero. Los agentes sonrieron, evidentemente la dejaban entrar en la casa para que el policía cayera más rápido. El de la grabadora, que permanecía circunspecto, comentó: Anoche este señor llamó tres veces, ¿es pariente de Mendieta? Es tío, vive en Estados Unidos. Lo sé, aparece en su número, lo mismo una mujer que marcó cinco veces pero de otra ciudad; señor, se dirigió al alto, que era el jefe. El fugitivo podría buscar refugio en Estados Unidos. No creo, estamos persiguiendo a un alcohólico, deberíamos vigilar cantinas y vinaterías, la frontera está muy lejos. Sí, porque si buscamos en los Oxxo no nos alcanzarían ni cien batallones. El tío mencionó el Quijote. El alto meditó, salió a la cochera y llamó por celular, luego ordenó a dos subalternos que fumaban ir al Quijote.

Y tú, prepara café, ya veremos qué te permitiremos hacer. Aquí sólo se toma nescafé. Pues peor es nada.

Un guardia avisó que una señora buscaba a Ger. Ve, y no te vayas de la lengua, pinche vieja, que todavía me duele la patada de ayer. En la cochera: Doña María, ¿cómo está?, ¿qué milagro? Bien, gracias, ¿está Edgar? No, señora, anda en su trabajo, ya ve que no se cansa de capturar malandros. La visitante se mantuvo seria, sin atreverse a indagar más. Susana llamó otra vez, que le ha marcado y no le contesta, y que anoche le respondió otra persona de aquí, de la casa, dice que le urge hablar con él. Muy bien, doña María, le daré su recado. ¿Y éstos? No resistió la curiosidad. También buscan al Zurdo. Ave María purísima.

Esa mañana, en el salón de fiestas, Edith Santos dirigía a dos jóvenes que colgaban macizos de flores de papel en las paredes. Luego acomodaron las mesas, las limpiaron y colocaron los manteles. Aprieten el paso porque la boda es esta noche, vestía jeans y una blusa sin mangas. ¿Dónde quedaron los listones con los nombres? Deben decir Denna y Paolo, los que no digan eso los guardan, son para otra boda.

Inspeccionó un ramo de flores y se metió al baño accionando un aerosol aromatizante. Sentado en una silla a la entrada, el agente que la vigilaba seguía sus movimientos sin interés. Ella sacó su celular y buscó en mensajes. Muy temprano telefoneó tres veces a Angelita hasta que comprendió, por la manera en que la evadía, que la línea estaba intervenida. Minutos después la secretaria le envió el número del hotel de Gris, marcó pero nadie respondió. Esperaba que la agente la perdonara por distraerla en un momento tan especial; media hora después lo hizo de nuevo. Que conteste, Dios mío, que conteste, timbró cinco veces y nada. ¿Qué propones cuando suena el teléfono en tu luna de miel? Eso mismo exigió el Rodo para detener a su mujer que se apresuraba a levantar el auricular. Mándalos a chingar a su madre. Bueno. Ni pregunto cómo estás. ¿Quién habla? Edith Santos. Hey, qué tal, ¿cómo andas? Llena de trabajo, ya sabes, cuando a la gente le da por casarse lo hacen en bola, sin importar el día de la semana; ¿te acuerdas de Denna? Una chica guapísima que trabajaba en cosas de cultura. Si no la metí al tambo no la recuerdo. Claro que no, pero se casa hoy y nos trae revolucionados. ¿Y qué onda? ¿Sabes el teléfono de la señora que trabaja con Edgar? Llama al jefe. Mejor no, quiero darle una sorpresa, pero necesito la ayuda de la señora. Pues marca a casa del jefe, siempre está en el día. Dame su teléfono particular, y rápido si no el Rodo me va a matar. Chin, ahora sí me la pusiste difícil, amiga; no tengo su número pero sé que vive cerca del jefe y todo mundo la conoce, se llama Ger y al parecer no se ha movido del barrio en toda su vida.

Edith salió del baño y se topó de bulto con Mendieta ataviado con una gorra beisbolera. Ahogó un grito. El detective, algo demacrado y oloroso a alcohol, la hizo retroceder hasta quedar fuera de la vista y la besó. ¿Dónde has estado? Por ahí, ¿y tú? Ya vi que te traen cortita. Estoy asustada, me preguntaron cosas de ti que no tengo ni idea, ¿cómo supiste que estaba aquí? Algo me comentaste, una boda en el mismo salón donde fue la de Gris, y en lunes. Sí, es raro, ¿por dónde entraste? Por la puerta de servicio, ayudé a cargar una caja de cerveza; oye, no tengo dónde quedarme, ¿podrías hacer algo? Lo miró con picardía. Claro. No podemos ir juntos ni a tu depa ni a un hotel. Lo sé, de su bolso sacó unas llaves. Son de la casa de mi madre, tiene cochera cerrada, metes tu carro y me esperas, le dio la dirección. En una hora estoy contigo, prepara una buena botana. ¿Alguien vive allí? Nadie desde que murió mamá, tiene el letrero de que se vende; ¿dónde pasaste la noche? En el carro, en el estacionamiento del Hospital General. Bueno, sales después de mí, iré a distraer al guardia. Que no se vaya grande ese cabrón, eh, protestó el cuerpo. ¿Es cierto que salí en la tele? Nunca veo tele, tengo otros pasatiempos.

Una hora después se besaron con ardor y fue Edith quien desnudó al Zurdo mientras lo mordía suavemente. Él le quitó cada una de sus prendas, sólo le dejó un minibikini rosa con lunares negros, mismo que manipuló para lamer sus labios húmedos. Se tomaron su tiempo, lapso en que los ojos se confundieron con todo. Mendieta besó, lamió y chupó sus pezones rosados, recorrió sus nalgas perfectas y no supo cómo ella se dobló y se metió su pene en la boca y lo succionó con suavidad. Aahh. Y ahí estaban, borrando mares y marismas. Tres minutos, y fue penetrarla y que ese cuerpo se cimbrara en un orgasmo espasmódico y el Zurdo, calma, calma, reteniendo. Deleite. Pasaron unos segundos y ella continúo oscilando y fue que se venía, aggg, de nuevo, aggg, y entonces no se pudo contener y fue meterla toda y sentir que se vaciaba y que esa mujer era la no soñada, la única con la que conseguía practicar esta forma de hombría.

Se quedaron dormidos.

Minutos después, en una sala comedor de paredes vacías, luego de una colación que más parecía comida, el Zurdo respondió sus preguntas: Ayudé a escapar a Samantha Valdés, le llamé al jefe de los federales y me ubicaron, invadieron mi casa; nada, estoy fuera de la corporación, al menos así me lo hizo saber el comandante; no le digas nada, sus números están intervenidos, deja que cocinen tranquilos; no estoy seguro, supongo que tendré que hablar con ellos; es correcto, sólo que no recuerdo los números, ni siquiera el de mi hermano Enrique, a quien quiero poner al tanto, no me vaya a llamar a casa; no, deja que pase tranquilamente su luna de miel; me gustaría hacer unas llamadas de tu celular, el problema de estos aparatos es que no te aprendes jamás un puto número.

¿Por qué aceptaste ayudarla? Eres buen hombre, honesto, un policía capaz. Lo pensé anoche, ¿te acuerdas que perdí dinero? Me comentaste. Ese efectivo era para comprar un poco de tiempo a los federales y facilitar la fuga; como no me animé a pedirles más, lo quise resolver a mi manera y fallé. Qué pena. Y es hora de que no tengo idea de dónde dejé la bolsa con el efectivo. Seguro te lo robaron; pero ella escapó, ¿no? Parece que sí. Pues no fallaste. No podemos decir que salió perfecto si tengo a media Federal tras mis huesos, ¿podrías ir con Ger? ¿Dónde vive? Le dio las señas. Los agentes que te persiguen se van a encontrar con amigos. Nadie me siguió, también salí por la puerta de servicio. Sonrieron. A ver si no afecta tu trabajo. Terminamos, y esta tarde voy a ir a la misa como si nada. Qué loco que se casen en lunes. Él es representante de artistas, y el miércoles tiene una cita en Londres con Paul McCartney, lo va a traer a Culiacán. Qué chingón, si es por eso pueden casarse en el avión si quieren. Yo lo arreglaría perfectamente y tú vendrías conmigo. Bueno, mientras tanto, anda con cuidado; que te informe Ger qué está pasando en mi casa, y si ha llamado Enrique, que te dé su número y también el de Jason; oye, la otra noche no te encontré en tu depa, estuve tocando un buen. Ah, como no apareciste me acosté, y cuando me duermo no me despierta ni una docena de cuetes. Estás cabrona. Se besaron.

A esa misma hora, alguien marcaba el celular del Zurdo.

26

Samantha y Minerva conversaban. Discúlpame por no haberte llamado ayer, mamá, he dormido como idiota; es parte del tratamiento, según el doctor. Dispénsame tú por no saber burlar a mis guardianes para venir a verte sin que me sigan, son como diez. ¿Se ven muy felones? Cuál felones, mija, la mayor parte del tiempo están papando moscas. Mamá, te mandé un arreglo floral, no supe qué más regalarte, lo tienes todo. Con que te alivies me doy por bien servida, ¿le hiciste llegar algo a la esposa del doctor? La verdad no. Pues estás lenta, muchacha, encarga un buen regalo para la mujer del hombre que te salvó la vida, y si tiene madre también para ella. Tienes razón, el doctor no tarda en aparecer, le pediremos los datos.

Jiménez se presentó una hora tarde. La encontró animada, para su sorpresa, aquel cuerpo respondía más rápido y bien fuera del hospital, lo mismo Max a quien ya se le había cerrado la herida. Señora, si continúa cuidándose pronto podrá sentarse y eventualmente dejar la cama por momentos. Qué bien, antes de que me salgan patitas en la espalda, estoy ansiosa por ir al baño, estos cómodos son un suplicio. Aguante, pronto prescindirá de ellos; le hemos administrado un somnífero para que duerma tranquila, pero ya no lo necesita, así que procure descansar y moverse lo menos posible; trate de mantener la calma, sus asuntos pueden esperar, en este momento usted es lo más importante. ¿Usted cree? A propósito, ¿lo ha molestado el capitán Bonilla? Nada, alguien lo metió en cintura. Ya me enteré, ¿el muchacho Meneses está mejor? Va muy lento y no estoy seguro de que sobreviva. Pobre madre. Sí, no se ha movido de la habitación, y ya que pregunta, el que está muy insistente es Obregón, el jefe de los federales, me interroga a cada momento, creo que está obsesionado con el señor que fue por mí el otro día, no sabía que era policía. Es un hombre raro, no lo he convencido de que trabaje para mí, sólo me echa la mano de vez en cuando. Creí que era de su gente. Pues no, y no comprendo por qué se hace del rogar. Bueno, no olvide mis indicaciones, en tres días la veo. Gracias, doctor; un favor, antes de que se vaya páseme su domicilio y el de su mamá. Con todo respeto, es mejor que no los sepa, espero me comprenda. No mucho, pero si así lo desea, no me opondré.

Llegó Max. Señora, ya tenemos la casa en La Campiña, tal como la pidió: pequeña, discreta, con jardín, frente a un parque para no tener vecinos delante. Mañana me llevan con todo este ajuar, señaló el suero y el tanque de oxígeno. ¿Necesita maquillarse o algo? Cómo crees, la vanidad puede esperar. Llamó el licenciado Osuna, informa que Monge se acogió al Programa de Testigos Protegidos. Cabrón malagradecido, lo rescatamos del fango y ve con lo que me paga. Usted ordena. Esperemos, ¿algo sobre el Tizón? Se lo tragó la tierra; al que tampoco hemos encontrado es al Zurdo Mendieta, su casa la tienen los federales, vigilan la de una mujer con la que se le vio muy amarquetado en la boda de Toledo y también las de sus amigos. Mueve eso, Max, ese cabrón merece que lo ayudemos. Pues sí, pero no se deja.

Señora, ha platicado mucho, entró la enfermera. Debe descansar. Max se puso de pie. La capisa sonrió, le agradaba ser atendida de esa manera. El guarura abandonó la habitación, pensó en el Tizón y experimentó una sensación helada en el estómago. Ese pendejo está más cerca de lo que conviene, Dios mío, que no me agarre desprevenido el hijo de su pinche madre, con un error es suficiente. En la sala esperaban el Diablo y el Chóper viendo *Fast and Furious 4* en la tele. Morros, hay un cabrón al que le dicen el Tizón que quiere darle cran a la señora y al que se le atraviese de nosotros, sabemos que es chaparro, además de letal; se sospecha que dirige una organización de asesinos que le da servicio al gobierno y según me informan, anda por acá; así que abran sus pinches ojos. El amigo de los niños. ¿Y el Zurdo? También andemos alerta por si lo vemos a él o al Volvo. ¿Y si le hubieran dado piso? Ya lo sabríamos, a los muertos les nacen alas y vuelan por todas partes. Los feos siguen en su casa y también vigilan a la señora de las nalgas. Ger no me dejó acercar cuando la abordé, dijo que no sabía nada. Si se pone a la vista los halcones nos avisarán, aunque no estaría mal que la buscaras de nuevo. Jefe, el Chóper está ansioso por su miss. Aguanten, cuando esto se calme les daremos unos días, de perdida se van a Altata, dicen que tiene un malecón espectacular.

En el Diego Valadés a un carro se le pegó la alarma. Garcés se asomó discretamente por la ventana. En ese momento todo era sospechoso. ¿Qué esperas? Se dirigió al Diablo. Muévete, cabrón.

27

Edith regresó acompañada por el Diablo Urquídez, que cuando ella llegó visitaba a Ger por tercera vez indagando sobre el detective. Mi Zurdo, qué gusto verlo, hasta se me hace más joven. No me digas que me andabas buscando. Me dio esa comisión el jefe Garcés. Ah, ¿y qué onda? ¿Cómo sigue tu patrona? Está saliendo, pero estamos preocupados por usted; Edith de pie al lado del fugitivo. Pues yo no, abrazó a la chica. Mi Diablo, mejor imposible; dile a Max que no se mortifique. ¿Y a la señora? Lo mismo; voy a salir de ésta, ya lo verás. No lo dudo, sé que el licenciado Osuna está negociando con los feos, ya le informaremos cuando no haya peligro. Dile a la señora que no es necesario, que se alivie y ya platicaremos. Hágame un favor, deme el teléfono de aquí y no se mueva en media hora, por si el jefe quiere hablar con usted. Si es el caso, aquí lo espero. El Diablo se detuvo un instante en las paredes desnudas y se marchó.

En cuanto salió, Edith: Mi amor, besó a Edgar con pasión y el cuerpo se alebrestó. Tres minutos después de que le informó que su casa seguía ocupada, que tenía los números telefónicos que le pidió, caían desnudos en el troc y todos los verbos significaban besos y los besos sonidos y los sonidos movimientos y fluidos que amalaban ventanas, dividían el mundo y partían en busca de las habitaciones de la gente sola. Dame un orgasmo, cabrón, exigía ella, y su voz era firme como si lo pidiera en un congreso en Ginebra y las aguas se partieran de nuevo, y él lo tomaba con calma y abría las puertas para que ella escapara y sólo dejara sus genitales y esos pequeños gritos ahogados que no salían de su garganta.

Comieron camarones rancheros con cerveza. Ella se empezó a poner guapa porque debía llegar al templo antes que los novios, el Zurdo marcó a Jason dos veces y sólo escuchó sonidos incomprensibles que nada le decían. ¿Qué pasa con este muchacho? Contesta, chamaco cabrón, soy tu padre. Tercera y nada. Continuó con Enrique, que respondió a la primera. Carnal, dónde chingados te metes, es más fácil encontrar al presidente de los Estados Unidos que a ti. Salúdame primero, güey, ya te dije, pareces un pinche viejo cascarrabias. No estoy de humor, te hemos llamado como locos Susana y yo, y tú quién sabe dónde andas. ¿Susana y tú? ¿Desde cuándo no le llamas a Jason? Le acabo de marcar y creo que su celular no sirve, escucho puro ruido. Pues tiene cuatro días perdido, su madre está desesperada, encontraron su carro en el estacionamiento de la escuela, sus compañeros tampoco saben nada. No mames. Susana teme reportar la desaparición a la policía, considera que es como aceptar lo peor, le llamó a su mamá que ya te fue a buscar y platicó con Ger. ¿Sabes algo más? Sólo eso. Pásame el teléfono de Susana. ¿No lo tienes? Pasa esa madre, carnal, que ya se me hicieron los huevos chiquitos; en ese momento recordó lo que escuchó antes de enterrar su celular: "Vas a pagar todas las que debes, viejo cabrón", ¿estaba jugando Jason o se había metido en un berenjenal? Sintió la boca seca, agria: el sabor del miedo. Chingada madre, sabía que algo no era normal. Oye, no llames a casa, estoy en un pedo y está tomada por la Policía Federal. Conversé con ellos, me explicaron que la estaban pintando; hoy en la mañana Ger me contestó, la noté muy rara y no me animé a comentarle lo de Jason. Tampoco marques a este número; espera a que yo te llame. ¿Es gruesa la bronca? Más o menos, tampoco me busques en la jefatura, todas las líneas están intervenidas. Si corres peligro vente. Claro que no, no voy a dejar la víbora chillando. Y Jason, ¿no te importa? Por supuesto que sí, pero hay que ver si no se fue por ahí con alguna chava, ya ves cómo son los morros. Ojalá sea eso.

¿Susana? Habla Edgar. Ay, Edgar, qué bueno que llamas, Jason está desaparecido, el viernes fue a la escuela como todos los días y no vino a dormir; a veces lo hace, pero me avisa, creí que era eso y que se olvidó de telefonear, dejó su carro en el estacionamiento de la escuela, hoy me lo traje y no hay huellas de violencia; Edgar, solloza. Estoy hecha trizas, la mayoría de sus maestros son policías retirados y todos los que he buscado creen que se trata de un secuestro, pero nadie ha llamado, temo lo peor, Jason es bueno pero Los Ángeles es una ciudad difícil. ¿Qué dicen sus amigos? Pues no recuerdan haberlo visto preocupado o con alguien extraño, no se dieron cuenta; busqué también en hospitales, cárceles y nada, Chuck Beck, su mejor amigo, fue a la morgue y tampoco, Edgar, ¿qué vamos a hacer?, ¿podrías venir? Lo pensó dos segundos. Sí. Vente ahora mismo, debe haber un vuelo para acá, dime a qué hora llegas para ir por ti al aeropuerto. ¿Tiene muchos amigos y amigas? Es reservado, pero salía con algunos los fines de semana. ¿Qué comenta Chuck Beck al respecto? Que quedaron de verse por la noche, igual estaba sorprendido. Vas a ir ahora a la escuela y cuando estés con el director me lo vas a comunicar; estoy sin celular y no puedo contestar de mi casa; saldré ahora mismo a comprar uno y te llamo, quizá me lleve el mismo tiempo que a ti llegar a la escuela; es conveniente que hagas la denuncia. ¿Pasa algo en tu casa, Edgar? La están pintando y huele horrible. Porque me contestó un tipo bastante grosero. Bueno, los pintores son de lo peor. Okey, espero tu llamada.

Cuando colgó tenía a Edith enfrente. ¿Qué pasa? Estás desencajado. ¿Te dijo Ger que me buscó Susana Luján? Sí, pero no lo consideré importante. Pues lo es, quería avisarme que mi hijo está desaparecido. La miró con encono, caminó por la pieza. Hijos de su pinche madre. Discúlpame, Edgar, si puedo ayudar, aquí estoy. Consígueme un celular, necesito hacer varias llamadas. Claro que sí, pero yo necesito saber que me perdonas, soy una idiota, pero comprende, soy mujer y te amo. Te perdono, y ahora facilítame un celular, quizá deberíamos salir a comprar uno. No hace falta, te dejo éste de los que uso. Perfecto. Edgar, me tengo que ir, en cuanto pueda regreso, si no llego es que no me pude librar de mis guaruras, entonces vas a la fiesta y entras por donde mismo. Ya está, si no vienes te busco. Lo besó levemente: Te amo.

Toc toc toc.

Se miraron ansiosos y luego a la puerta.

Escóndete, voy a ver quién es.

Eran el Diablo y Max Garcés.

Son tus amigos, anunció entrando en la habitación. Lo abrazó. Edgar, no volverá a pasar, te lo prometo. Está bien, no te mortifiques, pensó que quizás a eso se debían sus divorcios. Edith se marchó con un nudo en la garganta y los ojos brillosos, ¿había cometido un grave error? Ya lo sabría. Los visitantes se sentaron en los sillones y encendieron cigarrillos.

Tengo orden de la jefa de hacer lo necesario para resguardar tu integridad. Pinche Max, en qué bronca me metiste. Todo tiene remedio, Zurdo Mendieta, en un par de días todo volverá a la normalidad, ten paciencia. Serán magos. Cuando se trata de nuestra gente damos todo, y a ti así se te considera, además necesitamos tu ayuda. Olvídalo, Max, no pienso mover un dedo por ustedes, ve cómo me encuentro, cabrón, huyendo como un puto conejo y por si fuera poco, acabo de hablar a Los Ángeles, ¿sabes qué ha pasado? Mi hijo está desaparecido, algún hijo de la chingada secuestró a mi muchacho y yo aquí valiendo verga. Respiraba grueso, su cara se convirtió en una máscara de rabia y desesperación. ¿Acaba de pasar? Hace cuatro días, eso me contó la madre hace unos minutos. Pues estamos contigo, Zurdo Mendieta, Samantha Valdés no olvida un favor y menos como el que hiciste, y si Samantha Valdés no olvida, su gente tampoco, qué pedo, ¿quieres ir a Los Ángeles? Pues claro, no voy a dejar que a Jason se lo lleve la chingada. Ya está, tenemos gente allá que te va a auxiliar. Me gustaría que más que la policía, fuera alguien de la raza quien investigara qué onda; su madre no tiene dinero pero es muy hermosa, pudo haber sido algún cabrón despechado, sólo por hacérsela cardiaca. La recuerdo guapa, ¿quieres llevarte a esta señora? No, pero no la desamparen, la policía la tiene vigilada, que no se les vaya a pasar la mano. Está bien, no te muevas de aquí, voy a arreglar que te vayas lo más pronto posible, ¿sigues en la Ministerial? Estoy suspendido. No aguantan nada. Estoy boletinado, significa que me pueden apañar en cualquier transporte, tendrás que mandarme en un carro. Si le limpiaron los vidrios a la avioneta te vas en ella, sonrieron. Max, algo te mencioné del compa que se escabechó al que iba a cazarnos al salir de la clínica, ¿te acuerdas? Cómo no. Su nombre es Ignacio Daut y le dicen el Piojo, le contó la historia. Me gustaría que el joven Long se olvidara de él. Hablaré con la Hiena, cuenta con que no habrá más bronca con eso. Silencio cómplice. ¿Cómo sigue ella? Muy repuesta, esa mujer es de hierro; oye, sé que no es el momento, pero en cuanto salgas de esto queremos que pienses muy seriamente en unirte al equipo, bien sabes que es una idea de la señora. No tienes lucha, pinche Max, pero ahora la prioridad es Jason, y quiero a esos pinches agentes fuera de mi casa. Mi Zurdo, preguntó el Diablo. ¿Sabe usted por qué las paredes están pelonas? Los tres hombres observaron, notaron las huellas de que hasta hacía poco colgaban cuadros allí. Ni idea. Le voy a decir algo y le pido que lo escuche como oír llover: La señora Edith es apostadora; a veces voy por mi suegra, que también es, a dos que tres casinos, y varias veces la he visto bien clavada. Mendieta puso atención al joven. ¿Y qué tiene de malo? Todos los apostadores venden lo que pueden; quizás ella remató los cuadros para seguir en la jugada. El Zurdo recordó que en el departamento tenía las mismas señales. Pues no veo la gravedad. Por supuesto que no es grave, mi Zurdo, pero usted perdió cincuenta mil pesos; ayer que le llevé el regalo a mi suegra, Edith se coló en la plática, me dijo que la vio apostando duro el día que sacamos a la señora. La imaginó pálida, despeinada, excitada, arriesgando su resto. Un cigarrillo cayó al piso.

Le marcó a Susana: le indicó que después vería al director y que no hiciera la denuncia; que luego se comunicaba.

Rumbo a la pista de El Salado hizo la otra llamada. ¿Cómo marcha la boda? De maravilla, son las cinco y diez, ¿a qué hora vas al salón? Como a las ocho, dime algo, ¿tomaste el dinero que perdí para apostar? Silencio. Sollozos. Perdóname Edgar, perdóname, te pagaré hasta el último centavo. Cortó, luego lanzó el celular a la cuneta. Puta vida.

Avioneta del cártel hasta Tijuana, donde lo esperaba un auto, dos mujeres y un bebé. Cruzaron la frontera más cruzada del mundo y tres horas después reposaba en una habitación del hotel Sunset Marquis, en West Hollywood, reservada por el cártel. Mendieta supo que era uno de los favoritos de los rockeros al día siguiente, cuando se topó con Steven Tyler y Joe Perry, de Aerosmith, hasta las chanclas, abordando una limosina.

Dios los hace y ellos se rehacen, sonrió.

28

Lo hicieron a la entrada del hospital. La Hiena Wong hizo
una seña a Jiménez, que llegaba en ese momento, para que se
metiera. El médico movió la cabeza desaprobando y pasó a
su despacho. Anochecía. Eran siete ubicados estratégicamen-
te tras los carros estacionados en la calle. El Diablo y el Chóper
esperaban, fumando. Los soldados imperturbables. El Trocas
Obregón y su gente vigilaban inquietos. Alguien quiere ha-
blarte, Obregón, así que te vienes conmigo, ordenó la Hiena
al oficial que por un momento no supo qué responder. ¿Te
conozco? La Hiena lo taladró. Claro, fui novio de tu hermana un par de meses. A Obregón no le hizo ninguna gracia
la respuesta; resolvió seguirlo, igual no iba a ceder a lo que le
propusieran pero deseaba saber con quién trataba; no había
quién le llegara al precio y ese cártel de mierda no lo iba a
amedrentar. Ahora vengo, dijo a su segundo. Y no te preocupes, sé cómo torear a los perros. Caminaron hasta la esquina, subieron a una hummer negra y se alejaron despacio. Max
Garcés esperaba en el asiento de atrás. Se oía el corrido *El
gallo de San Juan,* con Carlos y José. Voy a ir al grano, anunció,
después de que despojaron de dos pistolas al federal y lo sentaron a su lado. Debes suspender la persecución de Mendieta,

de su familia y compañeros de trabajo. El Trocas sonrió irónico. Olvídalo, ese cabrón va a pagar en prisión lo que debe, es un corrupto de mierda. Te tocan cincuenta mil dólares. Ni aunque me dieras quinientos mil, ese policía no tiene salvación, y si lo quieres saber ya lo ubicamos en una casa de la novia y vamos por él. Pues si lo quieres saber tú ya no está allí. El Trocas se puso tenso. Acabemos, no cuentes conmigo en esto. Trocas, si no aceptas serás el muerto del día. Me vale madre, si mi vida sirve para acabar con esta plaga, la dono. No imaginé que fueras tan pendejo. Ustedes no son los dueños del país, no son los dueños de nosotros. Pero bien que aceptaste diez mil dólares de los del Golfo y les dejaste pasar ochenta y tres centroamericanos entre otras cosas, eh, cabrón, ¿crees que no sabemos la clase de hijo de la chingada que eres? Silencio. Si me matas no te la vas a acabar con la Federal. Ya llegamos a un acuerdo, allí nos dijeron que esto lo tratáramos directamente contigo, que estabas aferrado a conservar la plaza, aunque sabías que la jefa no volvería ni por la feria. Otro silencio. Que sean cien mil, recuerda que el comandante también come. Cincuenta es lo que vales, tú verás qué haces con ellos, tomó una bolsa negra del piso, se la acercó y ordenó al chofer. Déjalo cerca del hospital. El Trocas miró la bolsa, a Max, y continuó en silencio. Max y la Hiena bajaron frente al zoológico para seguir con los jóvenes sicarios.

En ese momento el licenciado Osuna se despedía de mano de Zurita, con quien acababa de llegar a un acuerdo. Sonreían. En el piso, oculto por el gran escritorio, había un portafolio plateado que tenía nuevo dueño.

También en ese momento, junto a un árbol del malecón Valadés, el Tizón, vestido de médico, con el típico maletín, contemplaba el edificio donde se hallaba el departamento de Mariana Kelly.

Hay relojes que nunca se detienen.

29

Pasaba la medianoche cuando se encontró con Susana Luján en el bar del hotel e intentó arrinconar sus dolorosos momentos por ella. Ya lo pasado, pasado, se repetía. Se veía demacrada pero su cuerpo seguía siendo perfecto y llamativo. Vestido ajustado y ahí estaba su trasero respingado: respingadito. Qué hermosa, realmente por ella no pasaban los años. Pinche vieja, está más buena que nunca, opinó el cuerpo que no tuvo reparos en recordar. Vamos a estar tranquilos, eh, cuerpo, lo de Jason es grave y no creo que debamos pensar en otra cosa y tampoco quiero que me interrumpas. Cómo me encabrona que te hagas güey, Zurdo, ¿cuándo vas a entender que eres humano y tu necesidad de ejercer todo lo que eso significa? Trato de evitar un nuevo chingadazo, entiende, no soy de palo; además ahora estoy con Edith. Si serás pendejo, ¿qué tienes de firme ahí? Nada, así que si Susana se pone cachonda pues se hace la machaca y ya, no dramatices. Ni lo sueñes, me dolió de a madre lo que pasó. Tan llorones ni me gustan. Y no olvides a Jason, a eso vinimos. Susana sonrió con su coquetería natural y pidió un tequila. Quiero celebrar que te veo y relajarme, esto de Jason me tiene con el alma en vilo. ¿Qué te digo? Y tú de pinche recatado. Ya, deja ver lo de mi hijo.

Me tiene sorprendida, realmente le gusta esa carrera y se lo ha tomado muy en serio. ¿Le ha faltado dinero? Nada, esa tarjeta que le diste es milagrosa y es muy cuidadoso, le agrada que no controles sus gastos. Si aprende a administrarse será buena persona; dices que no tiene novia. Sale en bola pero nunca ha mencionado que tenga algo formal. Le has encontrado alguna sustancia rara en su ropa. Nunca, sigue siendo tan sano como cuando era atleta, por cierto, no sé si te comentó, va a correr la milla en una competencia de academias de policías. Me dijo, ¿se esconde cuando responde su celular? Tampoco, es más o menos transparente y casi siempre va de la escuela a la casa. Quiero hablar con su mejor amigo. ¿Que venga aquí? No, quiero ver dónde y cómo vive. Le anticipé que lo buscarías en la escuela. Prefiero hacerlo ahora, espero que no sea muy tarde, ¿vive solo? Con dos amigos, es lo que se estila; cualquier día Jason hará lo mismo y no te preocupes, esos chicos duermen poco; ¿te puedo acompañar? Hasta su casa no, llévame, y si quieres me esperas cerca, ¿sería peligroso? Por donde él vive no, es un barrio seguro, aunque con esto de Jason, no sé. ¿Has recibido llamadas diferentes o algo? No. ¿Algún desconocido te ha abordado con pretextos tontos? Tampoco. Me hablaron del celular de Jason, me dijeron que iba a pagar lo que debía y colgaron. Dios mío. Creí que era una broma, después pensé y me pareció una voz extraña, algo afeminada. Jason jamás te diría eso, te respeta y admira demasiado.

Fueron en una Toyota. El Zurdo recordó el momento lejano en que engendraron al hijo y sus recientes noches en Culiacán. Pinche vida, nada tiene de original, se repite hasta el hartazgo, porque claro, Susana dejó que sus hermosas piernas aparecieran a la mitad, tan sensuales como veinte años atrás. Ya, pinche Zurdo, no seas maricón, te está mandando señales y el pene es un GPS, atórale, no te achiques. La noche era fresca y la ciudad iluminada; a pesar de la hora, el tráfico nutrido.

El amigo: Chuck Beck, blanco, ojos azules, uno ochenta de estatura, fuerte, rubio. Tenía una hamburguesa en una mano de la que chorreaba catsup cuando abrió. Hola, soy Edgar Mendieta, papá de Jason. Beck sonrió. Hola, señor Mendieta, adelante, y cedió el paso al detective que no dejaba de sentirse extraño presentándose de esa manera. Un mapa de Los Ángeles en la pared, entre carteles de Magic Jonhson y Kobe Bryant; libros abiertos, una calavera y restos de comida sobre la mesa de centro, una laptop encendida, ropa en los sillones y papeles en la duela, eran el ambiente. Katy Perry, *Dark Horse*, a bajo volumen. Disculpe, no sé por qué pero no podemos mantener limpio. Mendieta sonrió, vio una pistola desarmada en la pantalla. ¿Haciendo la tarea? Sí, trato de conocer el arma que usaremos cuando entremos al servicio, ¿alguna novedad sobre Jason? Tu pregunta significa que estás enterado y que tienes una teoría. Su hijo lo admira, me contó que lo vio en una acción donde hubo suficientes cadáveres como para abrir un cementerio. ¿Eso te dijo? Más o menos y fue su mamá la que llamó para decirme que temía por su ausencia. Dejó la hamburguesa sobre un plato y bebió de una Miller que esperaba al lado de la laptop. Edgar observaba. Salimos de clases el viernes, quedamos de vernos por la noche, lo vi ir rumbo al estacionamiento y fin de la historia. No se presentó a la cita. ¿No lo extrañaste? Su hijo es así, de vez en cuando decide quedarse en casa o liarse con alguna desconocida; también le gusta visitar escenarios de crimen, ver el espacio, sentir el límite de la cinta amarilla, imaginar los hechos; lo que se me hizo raro fue que dejara su carro en el estacionamiento, se puede decir que están simbiotizados. Supongo que sí. Esta mañana su mamá contrató una grúa para que lo llevara a su casa. ¿A qué hora lo viste marcharse? A las dos, un poco más, es la hora en que escapamos de esas siniestras paredes. El viernes, ¿había alguna fiesta a la que debían asistir? Como diez. ¿Han peleado con gente vengativa? No que yo recuerde, lo que hacemos es pasear, conversar y beber un poco. ¿Un poco? Bueno, luego nos pasamos pero no hacemos estropicios, somos bien portados. ¿Cuántos amigos de confianza tiene Jason? Es probable que sólo yo; es simpático pero impositivo y a muchos compañeros no les agrada eso. ¿Y a los maestros? Con ellos no hay problemas, siempre cumple con sus trabajos. Entonces, ¿cuál es tu teoría? No tengo, y vaya que lo he pensado, traté de recordar si había tenido alguna bronca pero no. Silencio. Hay algo que no me explico, si es un chico tan exitoso, ¿por qué no tiene novia? ¿Le parece extraño? Pues no lo es, la ciudad está llena de muchachas que se enrolan con nosotros por un rato y la pasamos bien, ¿quién necesita novia? No hay ninguna que lo busque con insistencia. No para secuestrarlo, si es lo que está pensando, pero sí para tomarse unos días sin avisar. ¿Te comentó si iría de viaje o algo así? No, le digo que quedamos de vernos a las diez para ir a dar la vuelta. ¿Sus profesores fueron policías? La mayoría, el más famoso es el maestro Wolverine, ex detective del Departamento de Policía de Los Ángeles. ¿Por qué se lleva Jason mal con él? ¿Mal?, quién le dijo, es su consentido, Jason le consulta casi todo, incluso es el único que lo llama por su nombre real: Mr. Jackman.

Mendieta advirtió que era un chico hiperactivo pero con poca malicia; sin duda, buen amigo para su hijo. ¿Están tus compañeros? Se quedaron a dormir con sus chicas, eso también es usual. Bueno, sigue con tu tarea. ¿Quiere ver la real? Señaló la pantalla. ¿Por qué no? Entró en su habitación y regresó con una Beretta 90 Two, a la que despojó de la franela que la cubría. Vea esta belleza. El Zurdo tomó el arma y la escudriñó, era gris oscura y muy liviana. Una maravilla, opinó y la regresó a su dueño. Se la presto, quizás en este momento usted la necesite más que yo. Mendieta observó al chico. ¿Estás seguro? Absolutamente. En México hay un principio que dice que ni la mujer, ni el caballo, ni la pistola, se prestan. Aquí señalan lo mismo, pero un detective de su categoría no puede andar por ahí desarmado, pensó que no tenía permiso para portar armas en ese país, sin embargo, no lo mencionó. ¿Qué encontraste en la morgue? Nada, visité todos los depósitos y cero; no busque por ahí: está vivo, estoy seguro, le dio una tarjeta del hotel. Cualquier cosa que recuerdes con la que me puedas ayudar, agradeceré que me llames.

Abandonó el departamento preocupado, sin pistas y con la certeza de que se movería en una ciudad desconocida. Susana aprovechó la espera para hacer compras en un supermercado del barrio. El Zurdo le comentó un par de cosas de su charla con Beck y le pidió que lo dejara en el Marquis. Quería prepararte algo en casa para que cenaras rico. Sí, tenemos hambre, se entusiasmó el cuerpo, pero el hombre recordó las borracheras que casi lo matan por su culpa, las lágrimas que salían solas y declinó la invitación. Es tarde, necesito meditar este asunto, ¿conoces al profesor Jackman? Claro, Jason lo admira casi tanto como a ti. Sintió que algo aguijoneaba su interior. Otro cabrón que debe estar enamorado de ella, espero que no se ponga picudo porque van a volar pelos. Me gustaría conocerlo. Si quieres te llevo, su clase es a las siete de la mañana; por cierto, hoy llamó para preguntar por Jason, le conté porque creo que lo aprecia mucho. Mmmm. Mendieta observaba la gente ir y venir; se encontraba en una de las ciudades norteamericanas más populosas y se notaba.

Edgar, expresó ella con dulzura cuando el Zurdo abrió la portezuela para bajar. Perdóname. Silencio, el detective puso pie a tierra. Vamos a ocuparnos de Jason, su amigo no parece tener la menor idea. Perdóname, me dio miedo fallar, realmente soy una idiota en ese terreno, he pasado mi vida huyendo, ¿recuerdas cuando decía: no quiero sexo, quiero amor? Pues creo que la única persona que me amó fuiste tú y lo eché a perder. Lo miraba realmente afligida. Es que fui el más pendejo. ¡No! Te llamo por la mañana para avisarte que voy, quiero ver el Camaro, busquemos al profesor más tarde. Cerró la portezuela y entró en el hotel. Dios mío, no eres más pendejo porque no eres más viejo. Una chica le cerró el paso esgrimiendo una pequeña libreta. *Can you give me your autograph?* Claro, escribió: Jim Morrison. *Oh my God.* Ándese paseando, pensó el Zurdo. En la puerta del elevador un hombre se plantó a su lado. Me dicen Ratón Loco, usted debe ser el Gato; era viejo, delgado, parecido a Resortes. Me manda Max Garcés. Mendieta lo miró y le señaló el camino al bar, con tres clientes a esa hora.

Se instalaron en una esquina, pidieron Coronas y Don Julio. Se escuchaba la poderosa voz de Janis, *Maybe*, a bajo volumen. Mi hijo desapareció, me gustaría que me ayudara a encontrarlo. Oh, sí, encontrar hijos perdidos es mi especialidad, sonrió. Aunque no le gustó su respuesta, el Zurdo le contó y le pasó una foto de Jason. Iba a decirle que lo quería vivo pero se abstuvo; no se haría tonto, sabía lo incierto que es el final de una desaparición. ¿Bromea, paisano? Dios me libre, ¿por qué? Me está dando una foto suya. Ah, se parece más de la cuenta, pero es él. Oh, está cagado, eh; otra cosa: no vea a ese Jackman, oh es un cabrón que odia a los hispanos, vamos a empezar por él, puso a parir cuates a muchos del *East Side*, lo tenemos bien checado. Esa voz me agrada. Oh, a usted también le dicen el Zurdo y fue parte del operativo que sacó a la jefa del hospital, ¿cierto? Me tocó cerrar la puerta. Chingón, lo sé, oh, el señor Garcés fue muy claro. Bebió su segundo tequila de golpe, luego su cerveza y se puso de pie. No se mueva de aquí, mi gente trabajará esta noche; mañana paso por usted a las diez; tampoco busque a la policía, si esto tiene solución nosotros llegaremos a ella.

Temprano le marcó a Susana. Aceptó que pasara por él para ver el carro de Jason. La mujer lucía lentes oscuros y cubría su cabeza con una pañoleta floreada. Perfume suave. El Zurdo como siempre: de negro. Ambos habían dormido poco: por el hijo y por el conflicto interno que los unía. Ella contó que los lentes eran regalo de Jason por el día de las madres en México y que le debía el de la misma celebración en Estados Unidos. ¿Llevaste flores a la tumba de tu mamá? Ocho docenas de gladiolas rojas. ¿Sabes que le caía bien? Siempre me sonreía; tenía una linda sonrisa. Mendieta asintió mientras se entretenía en el ajetreo de la ciudad.

Era un Camaro amarillo SS350, 2002, convertible. Dice tu hijo que no es un gasto, que es una inversión; a propósito, Enrique viene mañana, se muere por verte. Qué bien, ¿a cuánto está Oakland? A seis horas en carro, ¿quieres nescafé? Si no hay remedio, ¿quién se trajo el carro de la escuela? Una grúa, hay una llave de repuesto pero la encontré hasta anoche; oye, también tengo café colombiano, ¿no lo prefieres? Cómo no, ¿lo abriste? No me animé, Jason insiste en que si hay delito es mejor no tocar nada que tenga que ver con eso, hay que dejarlo en manos de los expertos, que es lo que tú eres, ¿qué tal unos huevos con machaca? Es machaca de Culiacán que me manda mi mamá, o te apetece un desayuno americano: seis huevos fritos, tocino, hot cakes y miel de maple. Machaca está bien; el Zurdo no conseguía relajarse a pesar de los esfuerzos de Susana, que vestía unos jeans al cuerpo y una blusa sin mangas. ¿Puedes traer la llave? Tómala de la mesa, mientras te ocupas ahí yo preparo el desayuno.

Olía a desodorante y todo se veía en orden, nada de propaganda de algún hotel o destino donde pudiera estar. En la guantera sólo los papeles y el libro de servicios: todo a tiempo. Se nota que lo cuida como a la niña de sus ojos. Permaneció quieto dentro del auto, nuevamente se detuvo en cada detalle. Jason, estás cabrón, mijo, qué buenos gustos tienes. Se concentró en el olor pero no percibió nada que le llamara la atención, sobresalía el aroma a durazno del desodorante. A ver: Jason, acompáñanos, queremos conversar contigo. ¿Quiénes son ustedes? Somos los amigos de los niños y te vamos a chingar si no guardas silencio, ¿entiendes? Ahora préstame tu celular, voy a marcar a tu pinche padre, ese policía de mierda que va a pagar todas las que debe, pero voy a fingir la voz, seré una adorable viejecita. No tengo su número. Seguro que lo tienes, sabemos que se comunican con frecuencia. Con mi padre no se metan. Claro que nos metemos, no creas que es un tipo limpio y ejemplar, es un maldito corrupto. Vive muy lejos. ¿Y qué, no se han acortado las distancias en estos tiempos? Vamos a comprobarlo. ¿Qué pretenden? Nada, sólo te estamos secuestrando. Y se lo llevaron, ¿adónde?, ¿cuántos eran?, ¿de qué lo conocían?, ¿qué reclaman realmente? Susana le hizo señas de que el desayuno estaba servido. Evidentemente el caso tenía que ver con él, puesto que quien lo llamó fue muy directo: Vas a pagar todas las que debes, viejo cabrón. Nunca había detenido a un gringo, ¿sería un mexicano que lo vino a incordiar hasta acá? La ofensa debía ser muy considerable para que se atreviera a tanto, ¿quién?, ¿por qué?, ¿para qué? Sintió que el estómago le ardía.

Trató de relajarse. Jason no había tenido una novia de la que pudieran sospechar, tampoco algún conocido que quisiera afectarlo de esa manera. Vivían en un barrio apacible de latinos que trabajaban en sus propios negocios. ¿Nunca ocurrió esto antes? Jamás, te digo que es un chico sosegado. ¿Han conocido algún mexicano con un pariente al que yo haya detenido? Que yo sepa no. Una cuestión estaba quemando a Mendieta y no esperó más. Disculpa, lo que menos deseo es inmiscuirme en tu vida, ¿tienes algún pretendiente que le tenga tirria a Jason? Por supuesto que no, es más, desde que nos vimos en Culiacán no he salido con nadie, no he conocido a nadie y no tengo interés en nadie. Entonces el asunto tiene que ver conmigo, recibí esa llamada que te comenté donde me amenazan; oye, qué rica machaca. Creí que no lo notarías, con esa cocinera que te chiquea tanto. ¿Le puedes marcar a Enrique?

Qué tal, bueno para nada. Ey, ¿ya estás acá? Ya, y quiero que pienses en alguien que yo haya afectado que viva aquí, o en algún pariente de algún cabrón que embotellé. Salúdame primero, ¿no? Cierto, ya estoy como tú. ¿Estás bien? Algo abrumado, pero decidido a encontrar al morro. Okey, ahora estoy chambeando, pero mañana te caigo a primera hora, y no he sabido de alguien al que le debas algo. Cáeme en el Marquís, en West Hollywood, a unos metros de Sunset Boulevard. Ese hotel les encanta a los rockeros. Me confundieron con Jimmy Page y tuve que dar ochenta y tres autógrafos. Pinche carnal. Mañana te veo.

Desayunaban en la barra de la cocina. Por favor llama un taxi, necesito estar en el hotel a las diez. Edgar, no has desayunado completo, déjame atenderte, no seas rencoroso. Susana, ahora debo estar allá, punto. Está bien, solamente no olvides que soy la madre y que me ocupé de él durante dieciocho años. ¿Por qué lo olvidaría? No es eso, Zurdo, se escuchó el cuerpo. Quiere que la acaricies, no hay que dejarla así, muchas por menos se suicidan. No fastidies. Edgar, comprendo tu actitud pero no me parece justa; ¿crees que la he llevado fácil? Reconozco que no soy tan buena madre como debiera, pero no fue sencillo trabajar, tener a mi hijo, cuidarlo y resistir el acoso de cientos de patanes; debes saberlo y si no, te lo digo con todas sus letras: todos los pinches hombres quieren acostarse conmigo, y no es de ahora, desde que vivía en Culiacán me perseguían; es cierto, no lo niego, contigo fue diferente, se puede decir que te seduje, pero fuiste el único: eras tan tierno que daban ganas de protegerte, de enseñarte cosas, de echarte a perder; he intentado muchas veces que me tomen en serio ¿y qué he conseguido? Nada, nadie quiere verme como una mujer de respeto; cuando hablamos de vivir juntos, hace como año y medio, me gustó, pero después me dio miedo, mucho miedo de que no funcionara y entonces saliéramos perdiendo los tres; así que te pido comprensión, si te quiero tratar bien es porque eres el padre de mi hijo y porque eres el único hombre en mi vida que no ha tratado de dañarme; es por eso, que te quede claro, si me porto amable no es que quiera algo contigo, ya arruiné lo que pudiera haber sido para pensar en eso. Respiró hondo, su mirada era dura y no iba a derramar una lágrima. Entiendo y disculpa, ahora debo ir al hotel, por favor. Está bien, te llevo. Pinche Zurdo, vales madre, cabrón.

En la Toyota, Susana le subió a la radio: *No hay nada más difícil que vivir sin ti*, sonó desgarrador el Buki, y el Zurdo trabado.

30

Edith Santos se encontraba sentada en el casino Royale bebiendo cerveza y apostando. Su rostro acusaba emoción e incertidumbre. A su lado personas de ambos sexos seguían atentas a los galgos que corrían en una enorme pantalla. Tres apostadores se pusieron de pie, apretaban los puños y animaban a sus favoritos con penetrantes susurros hasta que llegaron a la meta. Edith abatió la cabeza: había fracasado una vez más. Primero creía que era ella la que perdía, ahora estaba segura de que eran los perros. Esos inútiles. Esa noche acabó con lo que le quedaba del capital del Zurdo. Quería ganar y pagárselo, no crean que no; quería cumplirle a Edgar que se había largado quién sabe adónde. Dicen las malas lenguas que ella es una come hombres, que los deja en la ruina, pero no; si fuera así, ¿entonces por qué me extrañan? Buen chico ese detective, sin embargo no resistió que le tomara su lana. Se puso de pie y caminó decidida hasta una pequeña oficina de un banco. Un joven simpático la recibió.

¿Algún cuadro nuevo, señora Santos? Sepa usted que no nos ha ido nada bien con los que ha traído, pero como habrá notado, para nosotros el cliente es primero y haremos cualquier sacrificio por usted.

Tengo por ahí un Toledo y dos Picassos, pero los dejaré de recuerdo.

Los Picassos pudieran ser negocio, siempre y cuando sea a un precio razonable, usted dirá, quizá recuperemos algo de lo invertido; ahora mismo puedo mandar por ellos.

No, quiero vender mi casa.

De su bolso sacó unas escrituras y las pasó al banquero a quien le brillaron los ojos.

Perfecto, señora Santos, le daré cinco mil dólares para que continúe divirtiéndose, mientras un experto va a su residencia y hace la evaluación correspondiente.

Edith asintió, firmó un recibo, le dio las llaves y el domicilio de su madre, tomó el dinero y regresó a apostar. Se hallaba despeinada, pero su rostro proyectaba ahora una luz de vida. El Diablo Urquídez, que esperaba a su suegra junto a los baños, la observó con pena.

Mientras eso, el agente alto propinaba a Ger una bofetada que en vez de atemorizarla la encendía y le enviaba un salivazo que apenas salía de sus labios. ¿Dónde está el poli, vieja pendeja? Atada de pies y manos sólo había soltado mentadas de madre. No sabía del Zurdo, ni de su familia ni nada. Pinches putos, son muy felones con una mujer, desátenme y a ver de a cómo nos toca, y de nuevo trataba de escupirlos. Algo debes saber, vieja verijas meadas. Miada, tu chingada madre, y como dijo Bob Dylan: la respuesta está en el viento, cabrones. ¿Y ése quién es?

Sonó el celular del agente. Escuchó con atención. Entendido, señor, lo copio señor, enseguida señor. Luego se volvió a sus compañeros. Amigos, recojan sus chivas, este arroz ya se coció; luego a Ger: Te salvaste, pinche bruja. Ella sintió que el alma le volvía al cuerpo. En cinco minutos desconectaron equipo, embolsaron cuanto tenían y salieron sin más. Hey, al menos suéltenme, pidió la mujer, pero nadie la consideró, se largaron y ni la puerta cerraron.

El Tizón impasible. Vio salir al doctor Jiménez, observó el movimiento de los guardias, dos muchachos, los más constantes y un gordito que por su edad y actitud, debía ser el jefe. Una señora que de seguro era la madre. Un chino que quizás era el cocinero. Sería sencillo, como decía el Duende, la coincidencia estaba dada.

Las calles de la ciudad se hallaban inquietas; policías y delincuentes circulaban esperando que algo ocurriera. No sabían quién, pero alguien debía dar la orden y entonces sí, a matarse como Dios manda. Mientras tanto, intercambiaban miradas y saludos, seguros de que nunca habían estado tan cerca del infierno.

31

Tercer piso. Su habitación era cómoda, cama amplia, televisor de cuarenta pulgadas, con vista a una calle que era cuesta, arbolada y con poco tráfico. A las diez se hallaba en el *lobby* para su cita con el Ratón Loco. Pinche Max, ¿no encontraría un cabrón más zafado? Una banda de rock llegó agotada, habían grabado toda la noche. Se sentó en un sillón verde, luego en uno azul, estuvo de pie, caminó y nada. Esperó más o menos cuarenta minutos. ¿Cómo estará Jason? Yo aquí de pendejo y él quién sabe por las que estará pasando. ¿A quién afecté tanto que se está vengando de esta manera? En más de veinte años de placa debí pisar un chingatal de callos. Indagó en la recepción si alguien hablaba español: nadie. *Somebody called me? Room 327,* se atrevió a preguntar. Una chica que se parecía a Brooke Shields tardó cinco segundos en comprender y respondió que no. Se paró en la entrada sin saber adónde ir. ¿Qué onda? No me quedaré a esperar, si ese pinche loco no volvió no me voy a detener, pero, ¿por dónde sigo: tomo un taxi a casa de Susana, espero a Enrique, busco al Piojo, vuelvo con Chuck Beck, voy a la Academia? Esto no es una encrucijada, es un pinche galimatías, una recta muy larga y muy derecha. Tampoco es para andar de turista por los Estudios Universal.

Decidió llamar a Susana: ni hablar, era su único contacto, quizá conociera al Piojo; también le pediría que le presentara a Jackman, que según Beck sabía más de los alumnos que el director.

Señor Mendieta, lo interceptó justamente Chuck Beck que apareció acompañado por una belleza. Le llamé esta mañana, pero no respondió, ¿cómo está? Algo preocupado. Me imagino, ésta es Cindy Ford, la chica más interesada en ser parte de su familia. ¿De verdad? Mucho gusto, señor Mendieta, lo dijo en un español de academia. Era rubia, de penetrantes ojos verdes. ¿Hay un café cercano donde podamos tomar algo? En Sunset Boulevard encontraron un Starbucks.

Su hijo es un gran chico, aunque nunca quiera salir conmigo. Usted es tan linda que probablemente lo intimida; apuesto a que le sobran invitaciones. Algo así, pero ella con el único que sueña es con Jason, y por si no lo sabe, ése no se impresiona con nada, sale con tantas que ya ni las contamos. Creo que después deberíamos tratar ese asunto, ahora tú me quieres revelar algo, ¿cierto? No sé si sea importante. ¿Cuándo fue la última vez que lo viste? Ése es el punto, lo vi hace cinco días, a la salida, cuando iba rumbo a su coche; el cerebro de Mendieta se revolucionó: precisamente el día que desapareció. ¿Y? Lo esperaba una chica preciosa, de pelo rojo, rizado y largo; se besaron y se fueron juntos. ¿A pie, en el carro de Jason o en otro? Caminando, tomados de la mano; como se imaginará me invadió una profunda desilusión, entré en mi auto y permanecí unos minutos reflexionando, ¿cómo es que no me podía sacar a ese muchacho de la cabeza? Ni siquiera me había invitado un helado, quizá ni le gustaba; hasta que me fui. ¿Viste que se marcharan? No, el estacionamiento tiene cuatro salidas. Según Murillo, el conserje que vigila allí, el carro de Jason no se movió hasta que su mamá se lo llevó, aportó

Chuck. Esa chica, ¿de qué raza era? Blanca. ¿Era la primera vez que los veías? Sí. Entonces no está secuestrado, pensó. Simplemente se fue por ahí a pasar unos días en relax, y se tranquilizó un poco. Sin embargo, ¿por qué no ha llamado a Susana?, ¿por qué me amenazaron desde su celular? ¿Traía bolso, mochila de laptop, deportiva, algo? Nada, se veía fuerte, de buen cuerpo. ¿Qué quieres decir con "buen cuerpo"? Nalgona, ejercitada, de tetas notables. ¿Crees que era gringa? Es lo más seguro. Beck, ¿Jason tiene preferencia por algún tipo de mujer? Le decimos ambulancia porque levanta de todo. En sus salidas, ¿llegaste a ver a esta pelirroja? Nunca, recuerdo algunas pero no eran tan hermosas como la que describe Cindy. Señorita Ford, ¿cómo vestía? Muy sexy, un minishort ajustado y blusa roja, enseñaba partes de sus malditas nalgas y tetas. Como para ir a la playa, reflexionó el Zurdo. Pero aquí las chicas visten así no sólo en la playa, concluyó al ver dos jóvenes con ese estilo que entraron en el café. ¿De qué distancia la viste? Quizá veinte metros. ¿Observaste a Jason entusiasmado? No lo noté, pero el beso fue largo y apasionado. ¿Distinguiste algún emblema en la ropa, algún tatuaje en los brazos? Nada, me sentí muy mal. ¿Chuck, seguro que nada te confió de esta muchacha? La verdad no, es que a su hijo le sobran y pocas veces hace comentarios. Conversaron de algunas costumbres escolares que al Zurdo nada sugirieron. Ninguno de los dos lo había visto entrenar.

Se despidió y regresó al hotel para llamar a Susana. En el *lobby* lo esperaba un hombre de gris.

¿Sólo uno? Eran tres. Los otros permanecían, uno en la salida y otro en la puerta del restaurante. El Zurdo necesitaba una cerveza fría pero fue interceptado. Señor Edgar Mendieta, acompáñeme, alguien debe tratar un asunto importante con usted. Voz suave pero impositiva. ¿Con quién tengo el gusto? Agente Jeter, FBI, y no más preguntas. ¿Qué se le ofrece? Lo tomó del brazo. Camine, hablará en otro lado. Mendieta se soltó. No me agarre que no soy de la calle; soy ciudadano mexicano y entré legalmente. No oponga resistencia. Los otros agentes se acercaron. Estos señores lo podrían reducir en un minuto si fuera el caso. El detective pensó que en todos lados había hijos de puta. Gesto frío. ¿Podríamos tomar un trago antes? Yo invito. No, Jeter lo asió del brazo y apretó, el detective bajó la guardia y se dejó conducir. Chingada madre, sin duda en dos horas estaría fuera de Estados Unidos, botado en algún lugar inhóspito de la frontera. Si en la ciudad de México lo tenía el Tizón en su lista de amigos de Samantha, ¿cómo lo tendrían aquí? A unos metros del acceso al hotel, en la cuesta, Jeter le abrió la portezuela trasera de un auto gris; el Zurdo entró pensando que tendría que aplicarse para volver lo más pronto posible, si Jason se hallaba secuestrado debía estar al frente de la búsqueda; quizá si hubiese aceptado la invitación de Susana para dormir en su casa no estuviera en este brete, pero ése era un peligro mayor, aunque ella dijera que no tenía pretensiones. ¿Quién tiene mejor cuerpo: Susana o Edith? Edith es más nalgona, pero Susana es perfecta. ¡Ah!, reaccionó el cuerpo. Déjate de pendejadas: la mejor es la que está más cerca.

Win Morrison, agente del FBI con quien coincidió en un caso en Culiacán, lo esperaba con una leve sonrisa. ¿Viene a Los Ángeles y no me busca, señor Mendieta? Hey, Win, qué sorpresa, no te busco pero qué tal me dejo encontrar; como seguro sabes, dejarse encontrar es una forma de buscar. Está filósofo, señor Mendieta, ¿no lo asustaron? Cómo crees, aunque ya me hacía en Matamoros, lo más lejos posible de aquí. Se sintió un poco migrante. Sí, y lo primero que me vino a la mente fue que en cuanto me cruzaran de regreso debía descubrir la forma de volver acá; te iba a preguntar cómo diste conmigo pero sería una ofensa. Entonces no lo haga, y le adelanto que sé a qué vino. Bueno, las desgracias mueven al mundo. Le digo que está filósofo. Di mejor filoso, que es lo que me gustaría. Solos, Jeter se retiró hasta unas plantas cercanas. Su hijo es un buen chico, muy vivaz e instintivo, promete. No me digas que lo monitorean. Claro que no, cómo cree, en este país no se monitorea a nadie. El Zurdo sonrió, observó el rostro de la mujer y nada detectó, lo decía para que fuera cierto. ¿Me tienes alguna noticia? Mucho me temo que no, señor Mendieta. Optó por confiarle lo único que sabía. Una compañera lo vio con una chica blanca, muy guapa, de pelo rojo y ensortijado; lo que me hace pensar que pudiera andar de paseo. Es natural. Lo que no es natural es que no lo comentara con nadie, ni con su mejor amigo ni con su madre, y que un día que le marqué me respondiera una voz amenazante. Cuénteme de esa voz. Decía que me iba a arrepentir y que era un viejo cabrón, en tono bastante tétrico. ¿Femenina o masculina? Era extraña, parecía más de mujer. ¿Joven? No sé, se oía muy distorsionada y seguro fingía. ¿Tiene el celular? Lo enterré. Lo miró dubitativa. ¿Para que no lo rastrearan? Algo así. ¿Entonces es cierto que se acaba de meter en un gran lío y que sigue de amigo de los narcos? ¿Quién te dijo? Amigo de la peor, la más venenosa y evasiva. ¿Estás de voz oficial? Porque se escucha que tienen sólidos acuerdos con la DEA. ¿Quiere decirme que no es una envenenadora y prominente enemiga? No, quiero decirte que alguien le abre la puerta y le pone la alfombra. Silencio. Vieron bajar a Steven Tyler de una limosina escoltado por un par de chicas sensuales que lo siguieron al *lobby*. Win, gracias anticipadas, lo que puedas hacer por mí será por mi hijo, que en efecto, es un muchacho prometedor. La mujer lo miró un momento. Pondré todo a su servicio si me ayuda a detener a Samantha Valdés. ¿Firmamos un contrato? Porque desde luego que no crees en mi palabra. Si le es cómodo. Deja pensarlo, confieso que me alegré de verte, de que pertenecieras a una organización tan efectiva y me encontraras cuando tengo menos de un día aquí. Hace unas horas mataron un delincuente que teníamos fichado; tropezamos con un papel con su nombre y el del hotel en sus bolsillos. Mendieta sonrió. Es un día extraño, ¿dónde te puedo buscar? Yo lo encontraré, como debe saber, no puede trabajar en Estados Unidos. Claro, salvo que lave platos, corte el césped o coseche lechugas; si fuera médico mi título tampoco serviría. Le daremos cuarenta y ocho horas para que busque a su hijo, si no lo encuentra, quiero que hablemos seriamente de lo que le acabo de proponer, ¿qué tan grave está? Si tu agente en Culiacán no te ha dado la información, córtalo, no desperdicies tu dinero; por otra parte, agradezco tu consideración, intentó abrir la puerta que no cedió hasta que Win desactivó un mecanismo. Dos días, no lo olvide señor Mendieta. Win, de verdad me dio gusto verte, ella esbozó su leve sonrisa, el Zurdo salió con un portazo. Así que mataron al Ratón Loco, ¿tendrá que ver con Jason o conmigo? Apenas lo conocí, sin embargo, ahora es parte del paquete. Ya le diré a Max que su hombre fue out en primera, ¿y ahora, por dónde sigo?

Una hora después se reunió con Susana Luján que llegó con una bolsa de Macy's, en el restaurante Amarone, le contó de su conversación con los jóvenes y de la pelirroja. Jason nunca me comentó de ella, de Cindy sí, que lo acosaba pero que no iba a ceder ante una mujer que no le gustaba ni tantito; es duro, como el padre. ¿Como yo?, ¿de dónde sacas eso? Ella sonrió y degustó su vino. Vamos a darle, Zurdo, esta mujer está contenta de vernos, hay mucho fuego aún en esa ceniza.

Se parecen, Edgar, y no sólo físicamente, los dos prefieren que las mujeres tomemos la iniciativa. Ella comía Ravioli di ricotta e spinaci y él un Bistecca di manzo, pensando que era un pinche culichi de gustos firmes, que rechazó una botella de Barolo Costa Bussia a cambio de una cerveza Corona. Pobre Jason, le espera una vida de perros. No exageres, sonrió con coquetería, bebieron. Anda, Zurdo, que aún recuerda la última noche que pasó contigo. Te traje un pantalón negro y dos playeras, espero que sean de tu talla, si no, te llevo a cambiarlos. No te hubieras molestado. No es nada. Mendieta cortó un trozo de carne aromática y decidió volver al tema del hijo. ¿Conoces a Ignacio Daut? No. Es de Sinaloa, tiene una fábrica de tortillas y le dicen el Piojo. Ah, claro, el Piojo, me surtía cuando teníamos la taquería, no sabía su nombre, debo tenerlo en mis contactos. Márcale por favor, antes hazme una cita con Jackman.

Mi Piojo, creo que nos veremos antes de lo pactado. Qué onda, mi Zurdo, ¿ya se resolvió tu bronca? Ya casi, pero estoy aquí y me gustaría verte. ¿Estás en Los Ángeles? Iz barniz. Qué cabrón, ¿cuándo llegaste? Ayer. Órale, ¿dónde te quedas? En el Sunset Marquis, ¿podrías venir? En una hora nos wachamos. Es la una y media, ¿te parece que nos veamos a las cinco? A la hora que quieras, oye, ¿adónde me vas a invitar? No entiendo. Consulté a un adivino en Culiacán, el bato me dijo que mi bronca iba a terminar de la mejor manera cuando un amigo cercano me llevara de paseo. ¿Cómo se llama tu adivino? Se llamaba Polo, por ahí cuando te encontré le dieron piso. Órale.

Les sirvieron otra copa y otra cerveza. Nicola di Bari se escuchaba suave: *Chitarra suona più piano.*

32

A doña María le extrañó ver la puerta abierta de la casa del Zurdo, algo que usualmente no ocurría y menos a media tarde. Minutos antes vio marcharse a los federales y se asomó animada por la curiosidad para ver qué había pasado. Ingresó silenciosamente entre el tiradero de la sala y de la cocina-comedor. Silencio. ¿Hay alguien? En la habitación de Mendieta, Ger reconoció la voz y la llamó. La señora se aproximó cautelosamente hasta la puerta. Ave María purísima, Ger, por Dios, intentó desatarla sin éxito. Mira cómo estás, mujer, trajo un cuchillo de la cocina, le llevó varios minutos cortar la cinta gris de los pies, las manos y la cintura por donde se hallaba atada a la silla. Ve nomás cómo te han dejado esos desgraciados. Gracias, doña María, musitó. La acostó, le limpió la cara con una toalla húmeda, la hizo beber agua. Voy a buscar al doctor.

A dos cuadras vivía un médico al que apodaban el Pariente, que deseaba ser forense pero el Zurdo lo había desanimado. Era un joven querido en la Col Pop.

Qué pasó, doña Ger, ¿se puso con Sansón a las patadas? No alcancé a cortarle las greñas, Pariente. Le checó la presión, le administró un antiinflamatorio, le pidió a doña María que le comprara un suero porque sufría deshidratación, ordenó un caldo y reposo absoluto. Debe quedarse en cama al menos un día, doña Ger, presenta varias contusiones pero pronto se quitarán, ¿Edgar no la defendió? Se quedó de brazos cruzados, ¿lo puedes creer? Le reclamaré en cuanto lo vea; bueno, le voy a dejar estas muestras médicas y cualquier cosa me llama; dígale a Edgar que me presente a su amigo forense, quiero ver si estudio esa especialidad. Se lo diré, gracias, Pariente, Dios te bendiga. ¿Se le ofrece algo más? Si sirve el estéreo ponme un cedé, debe haber uno de Janis por ahí, si esos neandertales no lo rompieron. ¿Qué neandertales? Unos que soñé, sonrió con dolor. Está bien, tanto desorden no puede tener otro origen.

Dos minutos después sonó fuerte *Piece of My Heart*. Ger reflexionó que las mejores cosas son las que se han vivido, y que las que están por venir valen para pura chingada, y se quedó dormida.

Despertó una hora más tarde. Su hijo, un chico de pelo largo y algo grueso, la acarició. Aunque te ves muy guapa no quise hacerte una foto sin tu consentimiento, tenía el celular en la mano. Ni se te ocurra, siento la cara hinchada y me duele. Se escuchaba *You Can Leave Your Hat On*, con Joe Cocker. Pero te ves bonita, mamá, le acercó el celular. Que no. Sonrieron, el chico quedó quieto, con una risita tremendamente pícara. Ya me contarás qué pasó, ¿te llevo al hospital? Ni lo pienses, llego al Seguro Social y si me llegan a atender soy mujer muerta, no respetan al paciente. Hablo de un hospital particular. ¿Con qué ojos, divino tuerto? Don Ignacio me dio mil dólares, me pidió que no te dijera, podemos gastarlos en tu salud. A ese Piojo no se le va a quitar lo generoso, pero no, mijo, no estoy tan grave. Entró doña María que había limpiado, con una botella de suero y un plato de albóndigas. Dijo el Pariente que debías comer, te traje esto y pescado con arroz. Ay, doña, no se hubiera molestado. Nada, hoy por ti mañana por mí. Ger bebió. ¿Quieres nescafé? Mejor agua, esa porquería nomás al jefe le gusta; doña María, por favor llame a Susana, que le diga al Zurdo que ya se fue la gentuza que nos estuvo jodiendo; ¿sabe qué problema hay allá que tuvo que ir? No me ha dicho, pero debe ser algo de Jason, de otra manera no lo busca. Márquele si quiere de aquí. Mejor de mi casa, allá tengo el número, no creas que me lo he aprendido a pesar de que tengo años llamándola. Gracias, doña María, que Dios me la conserve muchos años. A ti también, Ger, ahora come, que te estás poniendo flaca. Ni lo mande Dios.

Edith, convencida de que no vería más al Zurdo, llegó al casino dispuesta a jugarse el resto de la casa de su madre. Tenía muy claro que sólo dejaría de ir cuando muriera. Observó al agente que la vigilaba hablar por celular, luego lo vio abordar su auto negro y desaparecer. ¿Y éste? Se sintió reconfortada. En la puerta encontró al Diablo Urquídez, pero no lo reconoció. En su cabeza sólo había una fiesta, y no era la boda del viernes siguiente.

33

El Piojo llegó puntual. En el restaurante del hotel pidieron cerveza. ¿Qué onda, mi Zurdo, qué te trajo a Los Ángeles? Hace tres días nos despedimos en Culichi y ya estás aquí. Vine a que me dieran piso, mi Piojo. No mames, pinche Zurdo, no bromees con eso, bien sabes que es un pedo escapar de la calaca. Te lo voy a decir, pero antes quiero saber si estás dispuesto a jugártela conmigo. Ya sabes que sí, me vale madre, en lo que sea y como sea. Mi hijo Jason desapareció el viernes pasado y estoy aquí para encontrarlo. Órale, ¿tienes un morrito? Lo tuve con Susana Luján, ¿te acuerdas de ella? Cómo no, era una belleza y todavía da el gatazo, ¿así que tú fuiste el ganón? A esa morra la querían los más felones, mi Zurdo. Pues se chingaron con mis huesos; oye, te llamé de su celular, te conoce de vista porque le surtías tortillas, por cierto dice que tuvo que cerrar su taquería porque se intoxicaron veintidós personas con tu pinche producto agusanado. ¿Qué? No chingues. A mí no me metan en sus broncas, eso lo arreglas con ella. No lo creo, mis tortillas siempre pasan el control de salubridad, es más, tienen fama de higiénicas. No te claves, lo de Jason es lo crucial ahora y vamos a empezar desde el principio.

Mientras avanzaban en una camioneta Honda rumbo al café Hollywood, donde se encontraría con Wolverine, le resumió lo del Ratón Loco y lo de la pelirroja. Se ve que está bien cabrón, mi Zurdo, y este señor que vas a ver, ¿quién es? Es un profesor de la escuela de mijo, se llama Jackman. ¿Ése? Era bien culero, mi Zurdo, un bato que se ensañaba con los latinos, creí que lo habían matado. Pues no, parece que es muy buen maestro y se lleva muy bien con Jason. Voy a estar a la mano por si se pone picudo. Oye, ¿qué fue lo que me dijiste del adivino? Ah, ya ves que traía esa bronca, entonces llegando a Culichi fui con este compa, me lo recomendó mi hermana, me dijo que la iba a librar, no le creí, había escuchado cosas muy cabronas del hijo del Cacarizo Long, mucha crueldad con los cadáveres y eso; después de wacharlo supe que no era para tanto, que le faltaba lo mero principal, vengarse no es cualquier cosa, mi Zurdo, a mí no me cuentan; el caso es que también me soltó un pinche salivero de que un buen compa me iba a invitar a rolarla y que yo debía saber qué hacer; pues eres tú, y voy a estar contigo hasta las últimas consecuencias, después nos emborrachamos. Ya está. ¿Agarraron al bato que lo bajó? No se dejó, nos recibió a balazos y luego se suicidó. Típico.

Era un sitio lleno de antiguos artefactos de cine y fotos de famosos en las paredes. Wolverine esperaba con una taza de café al frente. ¿Señor Jackman? Mucho gusto, señor Mendieta, es grato conocerlo, cosa rara pero su hijo lo admira de verdad. Habla usted muy bien español. Trabajé veinticinco años en las calles y en ellas se oye tanto español que sólo el que no quiere no lo aprende. Dicen que usted fue duro con los hispanos. Sólo con los delincuentes, a usted debe pasarle lo mismo. Más o menos, recordó el mensaje del celular. Bueno, lo he buscado por lo de Jason, su madre piensa que podría ser un secuestro. ¿Avisaron a la policía? Aún no. En Norteamérica es lo primero que se hace, señor Mendieta; deben ustedes notificar al Departamento de Policía de Los Ángeles. Perfecto, mientras avisamos, ¿vio usted a Jason el viernes pasado con algún desconocido? ¿Me va a interrogar? Usted no puede hacer eso, aunque sea un buen policía, usted no puede dirigir una investigación en este país, incluso si la víctima es su hijo, quien, dicho sea de paso, es un gran chico. Mendieta abrió la boca, sintió esa energía que te pierde cuando te irritas. ¿En serio? Claro, para eso están las instituciones y el Departamento de Policía es de las más efectivas y le reitero: usted aquí no puede trabajar. Las tripas de Mendieta se retorcían, comprendió por qué Jackman tenía ese prestigio y decidió cortar antes de liarse a golpes con él, ¿por qué a Jason lo deslumbraba? No obstante, no podía largarse sin provocarlo, ¿qué se creía ese cabrón, que era único, que vivía en un país perfecto? Felicito a la policía de Los Ángeles y a usted por la manera tan efectiva en que se aplicó la ley en el caso de OJ Jackson, aquel que acusaban de haber matado a su abuelita. Señor, usted no puede juzgar a la policía de Los Ángeles que hizo su trabajo. Claro, también lo hicieron con Rodney Queen, ¿estuvo presente? Usted no puede criticar nada, señor Mendieta, su señalamiento es irrelevante, avise al Departamento de la desaparición de su hijo y vaya a comprar ropa y chocolates, como todos. ¿Ropa aquí, qué le pasa? Ojalá encontrara un Levi's que no estuviera hecho en China. ¿De qué presume, señor? México es el país más corrupto del mundo, y la policía no está fuera de esa clasificación. Sí, pero si a usted le hubieran secuestrado un hijo y nos pidiera ayuda no lo mandaríamos a la chingada; aparte de que se trata de un muchacho que lo aprecia y que confía en usted y en sus enseñanzas, se puso de pie y se encaminó a la salida. La voz de Jackman lo retuvo:

Quizá sepa algo de algunas amistades de Jason. Se volvió, el ex policía le señaló la silla en que había estado sentado.

¿Hará la denuncia correspondiente? No. Permanecieron quietos un momento, Jackman probó su café, Mendieta pidió un espresso doble. Le llama la atención la gente rara, por ejemplo Beck, su mejor amigo, es como un niño grande que quiere jugar con armas, si no se ubica a tiempo, será el primero de su generación en caer, pausa en que el Zurdo siente la Beretta en el cóccix. Hay un minusválido que tiene una licorería que él mismo atiende, también trabaja de extra cuando algún director necesita a alguien en una silla de ruedas que no sea temeroso; búsquelo en Santa Mónica, cerca de la UCLA, el lugar se llama Philip Marlowe, seguro le es familiar. ¿Sabe su nombre? No, por lo que comentan es egipcio, le dicen Silla Biónica. Se lo agradezco, estuvo a punto de ofrecerle disculpas pero se las reservó. Me han dicho que el último día que fue a la escuela, lo vieron en el estacionamiento con una pelirroja. Mi clase es de siete a nueve y le he dado un dato; no olvide hacer su denuncia. Afirmó con la cabeza y salió por donde había entrado.

Cuarenta y siete minutos después encontraron el lugar. Era un establecimiento iluminado y bien surtido. No vieron ningún tipo en silla de ruedas. ¿Se fue Silla Biónica? Un joven de ojeras y ojos negros los miró dubitativo. ¿Quién pregunta? El papá de Jason Mendieta. El chico sonrió. Creí que usted era Jason muchos años después. ¿Eres tú? Es mi padre, se fue hace quince minutos. Llámale, dile que necesito verlo, que es urgente. El Piojo pidió un six de Miller. El joven pasó su celular al Zurdo, que se alejó lo suficiente para que no lo oyeran. Necesito hablar con usted. Vengo llegando a casa y estoy agotado. Se trata de Jason, tiene cinco días desaparecido. *Oh my God*, silencio. Venga aquí, lo voy a esperar en mi carro en la calle, es cerca. El joven cobró y le dio las señas al Piojo.

Llegaron en diez minutos. Lo encontraron estacionado, frente a una resplandeciente casa blanca. Mendieta subió al auto. Buenas noches, y fue al grano. Sé que usted y Jason son amigos y quizá pueda ayudarnos a aclarar este asunto. En lo que pueda, lo considero una obligación porque es cercano a nosotros, expresó, mismos ojos negros que su hijo, delgado pero musculoso. ¿Cuándo lo vio por última vez? El viernes antepasado, su amigo y él vinieron por una botella y se quedaron un rato conversando. ¿Le dijo si tenía alguna inquietud, si saldría de la ciudad? No precisamente, por lo general me pregunta por mi trabajo de extra; no siempre estuve en una silla de ruedas, esta situación se la debo a una caída de cuando rodábamos *Titanic*, me salvé pero quedé inutilizado para caminar; Jason ve un delito en la falta de seguridad que provocó mi accidente; no dijo si saldría de la ciudad, pudimos hablar poco porque Chuck traía prisa, ese chico vive desesperado. ¿Cómo conoció a mi hijo? Naguib y él estudiaron juntos *high school*, ambos eran atletas y amigos; como ve, él sigue frecuentándonos. Entonces estaba calmado. Sí, y lo admira mucho a usted, me ha contado un par de cosas realmente espeluznantes de su trabajo en México, es usted un policía muy arriesgado. Mendieta comprendió que Silla Biónica poco le diría, trató de definir por qué; su rápida conclusión fue que era un parlanchín incorregible. Me tocó doblar a Di Caprio y resultó demasiado alto.

Bien, señor, disculpe, ¿cuál es su nombre? Jack Mahfuz. Pensé que tendría nombre egipcio, como su hijo. Bueno, Jack no es mi nombre real, sin embargo, me acerca al menos una generación a este país. ¿Notó usted si Jason tiene preferencia por algún tipo de chica? Las mexicanas, lo seducen las mexicanas hermosas, tipo Salma Hayek o la colombiana Sofía Vergara, aunque ese día comentó algo, espero no haber oído mal, expresó que al fin iba a conocer el misterio de las pelirrojas. ¿Eso dijo? Más o menos. ¿Reveló algo más?, ¿dónde lo haría, con quién? Sintió la adrenalina. Sólo eso, porque en ese momento entró Chuck y se lo llevó de un brazo, le digo, ese chico tiene prisa por vivir y de policía eso puede ser fatal. ¿Alguna vez vio a Jason con una pelirroja? Jamás, y en lo particular, tampoco me llaman la atención, tienen fama de cachondas pero no sé si lo sean. Señor Mahfuz, su ayuda ha sido invaluable, muchas gracias. De nada, pase por mi negocio y le invito una copa, yo no bebo pero usted sí, brindaremos por eso. El Zurdo abrió la portezuela. Claro que sí, cuídese. Encuentre rápido a Jason.

El Piojo se había tomado tres latas de cerveza y escuchaba a Luis Pérez Meza, el *Corrido de Heraclio Bernal*. Pinche Piojo, ¿no te multan? Sólo si me tuercen, ¿qué onda, todo bien? Estamos igual, lo único nuevo es que Jason tenía curiosidad por descubrir el misterio de las pelirrojas y se fue con una, ¿sabes cuál es? A mí que me esculquen, yo puro producto nacional. Órale. ¿Y ahora? Déjame en el hotel, mañana veremos. Échate una, pues. A ver: Jason conoce una pelirroja y se hacen amigos; el viernes se encuentran, más bien él la cita o ella lo busca; con el pretexto de revelarle sus misterios se lo lleva a la playa, a la montaña, al desierto, a Las Vegas o se embarcaron. Podrían estar en cualquier hotel de la carretera o en Yosemite; de algún lugar me llamó, ¿y si están en Los Ángeles? El caso es que ya se fue un día y estoy chupando Faros.

Entró en su habitación. Encima del escritorio había un sobre manila tamaño media carta con su nombre. Lo tomó, lo sopesó, vio que estaba un poco abultado y lo abrió. Extrajo un rollo de esparadrapo que envolvía un trozo de dedo. Negro. Oh, el Zurdo sintió un golpe en el estómago. Mierda, quedó paralizado, temblando. Empezó a sonar el teléfono.

Colocó el dedo sobre el escritorio y sacó una pequeña tarjeta del sobre. El teléfono. *Te toca pagar las que debes, viejo pendejo,* manuscrita con letras rojas muy claras pero bastante chuecas. Descolgó mecánicamente. Sí. Edgar, soy Susana, llamé para pasarte un recado y ver si necesitabas algo, acabo de hablar con el Piojo y me dijo que estabas en el hotel. ¿Puedes venir? Claro, ¿estás bien? No, acabo de recibir un dedo que podría ser de Jason. *Oh my God.*

34

Susana entró en la habitación y fijó la vista en el sobre manila. ¿Puedo verlo? El Zurdo sacó el esparadrapo y lo extendió. La mujer se llevó una mano a la boca y resistió el impulso de llorar, se sentó en la cama. ¿Será suyo? Es lo que vamos a averiguar, ¿quieres ver el mensaje que enviaron? Afirmó y tomó la tarjeta adjunta. Es letra de Jason, escribe tan feo que la reconocería entre mil. ¿En serio? El Zurdo contempló el recado. Pues sí, escribe con las patas, permanecieron en silencio un momento. ¿Podemos ir a casa de Chuck? Deja y le llamo primero. No respondió, por la hora debía estar recorriendo bares, era uno de sus hábitos. Déjale recado, que me urge hablar con él, necesitamos que nos consiga un sitio donde analizar el dedo, la escuela debe darles ese tipo de relaciones. Espero que sí. ¿Sabes qué? Vamos a su casa, a lo mejor está dormido o puede llegar en cualquier momento. Llamó mi mamá de parte de Ger, que ya no hay problema, que las personas que estaban en tu casa se fueron de improviso, que a Ger la maltrataron un poco, pero que el Pariente la atendió, que se va a quedar esta noche allí. Esa Ger es un tesoro, tengo pendiente su regalo de día de las madres. Se lleva muy bien con Jason. Diría que se quieren. Me contó mi mamá que le tocó limpiar, que dejaron un cochinero. Dale las gracias de mi parte; quizá deba comprar un celular. Usa el mío.

En el trayecto conversaron: Conocía a Jack Mahfuz y a su hijo desde que Jason iba a *high school*, Jackman era así, los chicos opinaban que era mutante, por eso le decían Wolverine, lo del interés de su hijo por las pelirrojas lo desconocía, es más, jamás lo había visto con una ni le contó de alguien con los pelos así.

Tocaron. Primero con prudencia, después no tanto. Mendieta se colocó de tal suerte que pudiera ser visto por el ojo de la puerta. Susana marcó a Chuck y aporrearon de nuevo. Abrió, estaba borracho y lo abrazaba Cindy. Hola. Disculpen que los molestemos. Olía a sexo. Pasen, no se preocupen. Sólo un par de preguntas, Chuck; la computadora, que quizás era una lámpara, seguía con el arma en la pantalla. Sabemos que Jason quería descubrir el misterio de las pelirrojas y por lo que nos dijo Cindy, encontró una, ¿qué misterio es ése? Ni idea, jamás he sabido que tengan uno. ¿Comentó el asunto contigo? Nunca, le digo que en asuntos de mujeres siempre actuaba a su aire, el Zurdo miró a Cindy que hizo un gesto de niña linda. Por lo que veo tú también. Sonrieron. Susana permanecía callada, escudriñando el caos. Otra cosa, hemos recibido lo que quizá sea un dedo de Jason, ¿sabes dónde lo podríamos analizar para ver si es de él? Abrieron sus bocas. Oh. ¿Un dedo? Qué rudo, ¿y qué le piden de rescate? Nada, o al menos no lo han señalado. Beck se espabiló. A esta hora no es posible, pero lo busco mañana, conseguiremos quien lo haga; igual tarda un poco. No importa. ¿Qué dedo es? Cindy tenía los ojos abiertos. Debe ser el medio, ¿tenía alguna marca? Preguntó el Zurdo a Susana. No. Bueno, en cuanto tengas algo me llamas.

En el hotel. ¿Puedo quedarme contigo? No me siento bien.

Se acostaron vestidos, el cuerpo comprendió que era mejor esperar y aguantó en silencio, inmóvil. Susana se durmió de inmediato y el Zurdo dormitó. Qué vida tan cabrona, ¿por qué se ensañan con Jason? Pobre morro, tan lleno de ilusiones; para qué me hago pendejo, es contra mí, pero ¿quién?, ¿por qué? ¿Cómo tiene tanto alcance? El trabajo policiaco pisa callos, pocas veces quedamos bien con todos, como que la gente se acostumbra a los delincuentes de la familia y los cree muy merecedores, una plaga bien dañina es lo que son; éstos no deben ser cualquiera, el secuestro es un delito mayor y el que lo concibe y lo ejecuta debe ser muy desgraciado y como en este caso, tener mucho rencor, aparte con un joven que vive tan lejos y con el que no he tenido mayor relación en mi vida, salvo el año pasado cuando fue a Culiacán; mataron al Ratón Loco, ¿será también por mí? El Piojo ni me preocupa, sabe cuidarse y acaba de salir de una bronca mayúscula; el que no la libró fue su adivino, pobre cabrón, cuando menos la disfrutó con Irene; qué onda con Win, ¿no? Aparece y me da cuarenta y ocho horas para encontrar a Jason, está bien pendeja. Tengo que cuidar a Enrique y a Susana; qué rico huele, ¿desde cuándo usará ese perfume? Le echó una cobija encima y la abrazó con timidez. Ella sin despertar se pegó a él.

¿Cómo sigues? Zurdo, no se va a morir nunca, bendita la madre que lo parió. Me dijo Susana que te acariciaron machín. No fue nada, una raya más al tigre, y estoy mejor, Marco y yo nos quedamos a dormir en su casa. ¿Está bien tu hijo? Más guapo que el padre. Qué bueno, ¿qué tal de destrozos? Moderado, ya verá cuando regrese, porque va a regresar, ¿no? Bueno, los gringos me ofrecen trabajo, lo estoy considerando. No sea despatriado, vuelva en cuanto pueda. Lo voy a pensar, ¿qué más ha ocurrido por ahí? Anoche vino ese chico que antes era policía, el Diablo, le dimos el número de Susana, dijo que querían hablar con usted, que le marcarían hoy. Perfecto, ¿me han buscado de la jefatura? Sí, anoche llamó Angelita muy preocupada, le aseguré que está usted bien, también el señor Ortega y el doctor Montaño, y hace un momento dos, uno dijo que era el Camello y el otro Terminator, ¿cómo está Jason? Mejor que tú y que yo juntos, deseaba preguntar si había marcado el comandante, pero se abstuvo. ¿Alguna llamada rara? Ninguna. ¿De amenazas? Nada, los tipos se largaron y espero que sea para siempre, ¿a qué fue a Los Ángeles, si se puede saber? A ver si no se amarra por allá. Ger, por favor. Mejor véngase, acuérdese que no hemos pagado los servicios, nos los van a cortar, ¿y mi regalo? Tranquila, en cuanto convenza a los gringos de que sólo vine a filmar una película me devuelvo. Brincos diera. Bueno, cualquier cosa marca a este número y Susana me pasará el recado.

Estaban desayunando cuando llamó Max Garcés. ¿Cómo vas con tus estudios de inglés? Reprobado, ¿sabes lo del Ratón Loco? Sí, pero no tiene que ver contigo, era un asunto personal. ¿Estás seguro? Completamente, estos pendejos no entienden que deben cuidar la forma en que viven, que cada vez que les pasa algo exponen al grupo; el caso es que lo recogió el FBI y el pedo está creciendo; sin embargo, nada que ver con lo tuyo. El bato estaba perdiendo la memoria o qué. Me acabo de enterar de que olvidaba cosas importantes. Pues le encontraron un papel con mi nombre y el del hotel en un bolsillo. Ah, cabrón, ¿quiénes? El FBI, me buscó una agente que una vez fue a Culiacán, me informó eso y me dio cuarenta y ocho horas para dar con mi hijo. Qué culera, en vez de ayudarte. Ni le muevas, sólo me echará la mano si le presento a tu jefa, quiere tomarse un capuchino con ella. Dile que no le gusta el café; mira, te vamos a cambiar de hotel, un compa te va a buscar, no está tan relacionado en el *east side* como el Ratón Loco, pero no tiene broncas, ¿sabes quién hizo el secuestro? Ni idea, nos mandaron un dedo y quiero estar seguro si es de mi hijo. Este compa te va a ayudar, le dicen Gordowsky y siempre sabe cómo proceder. ¿Cómo sé que puedo confiar en él? Porque yo te lo digo, como dato, es el que cuida al hijo de la señora, arregló con la escuela para que le den un trato especial, le pediré que trabaje en lo del dedo, que te debe tener preocupado, ¿han dicho cuánto quieren? Nada, parece que la bronca es directa conmigo, alguien que se está vengando. Órale. Por cierto, gracias, ayer supe que Culiacán es el paraíso. Aunque no estés con nosotros eres de los nuestros, Zurdo Mendieta, y no te vamos a dejar abajo, me pide la señora que te lo recuerde. ¿Cómo sigue? Cada día mejor, ya se sentó una vez, como un minuto, y se mareó. Dile que en cuanto se alivie la invito al Guayabo, ¿viste lo de Ignacio Daut? Está resuelto, y también lo del Tizón, así que dedica tu mente a lo de tu hijo. Gracias, Max, y dale mis saludos a la mandona.

A un costado del restaurante pasó Steven Tyler, debía tomar un avión, iba retrasado, no obstante se detuvo justo frente al Zurdo, vestía una playera negra y jeans pero el detective lo vio con su abrigo y su larga mascada, cantando *She Came In Trough the Bathroom Window, Golden Slumbers, Carry That Weight,* y *The End,* exactamente como lo hizo en el homenaje a Paul McCartney en el Kennedy Center Opera House, en 2010. Sonrieron, el rockero hizo un gesto de despedida y siguió su camino, Mendieta saboreó el café.

Hay instantes que serán recordados muchos años después como si de hielo se tratara, a poco no.

35

Soy el doctor Dionisio Lima, el doctor Jiménez está operando y me mandó en su lugar a auscultar a la paciente. Vestía de blanco con estetoscopio al cuello, maletín negro y mantenía a la vista unas hojas del hospital Virgen Purísima. La Hiena Wong lo miró de arriba abajo. No me gusta el sapo pa' ligero, pensó. Un momento, llamó a Max y le explicó. Garcés marcó a Jiménez y a su guardaespaldas pero no respondieron. No comentó el doctor que enviaría un sustituto. Bueno, ése es un trámite que no me corresponde hacer, me pidió un favor y lo estoy cumpliendo, es todo, si no veo a la paciente, le pido que le diga que estuve aquí, como le prometí; se limpió el sudor de la cara. Nunca viene a esta hora. Es la hora en que yo puedo, si no la voy a reconocer, por favor llame a la enfermera para saber sobre su estado y de ser necesario darle indicaciones. No ha llegado. ¿Está sola? Con nosotros. En ese caso, disculpen, buenas tardes.

El Tizón avanzó hacia el elevador dejando a Max consternado. Chingada madre, ya cometí un error, no quisiera cometer otro, pero el doctor no avisó y no responde el celular; claro, si está operando no puede contestar; tampoco la Chacaleña, a ver si no la está operando a ella. Espere, el Tizón se detuvo y regresó despacio, sabía que la enfermera no llegaría, cerca de allí, dentro de su carro estacionado, yacía degollada. Pase.

En la habitación apropiadamente iluminada, sobresalía un ramo de tulipanes amarillos, Garcés explicó a la señora que lo aceptó de buena gana; ese médico gordo y feo debía ser bueno. Lo vio checar el oxígeno, la bolsa del suero y anotar con cautela en las hojas del hospital. Sus hombres salieron. ¿Cómo vamos, señora Valdés? Estoy desesperada, doctor, no hallo la puerta. ¿Tiene problemas para respirar? Esta mañana un poco, después de mediodía me he sentido mejor. Bueno, ahora no te preocupes, pinche vieja, le cubrió la boca con la mano izquierda, vas a descansar en el infierno. En ese instante supo quién era, vio su sonrisa mortal humedecida, el estilete en la diestra, notó cómo se entretenía un segundo en los tulipanes y disparó. Sospechó porque nunca sacó el baumanómetro y porque era recelosa de nacimiento. Claro, tenía afianzada la pistola que le dejaron días atrás. Un segundo después entraron Max y la Hiena y lo cocieron a balazos. No se habían movido de la puerta de la habitación que estaba entreabierta.

Es el Tizón, expresó la capisa. Llévenselo al nuevo pozolero.

Urge saber quién está detrás, y llamen a la Chacaleña, pregúntenle cómo está el doctor Jiménez. Me acaba de regresar una llamada y sí, el doctor está operando. Pues que no se le despegue. Samantha cerró los ojos y se quedó quieta, Max jaló el cadáver y la Hiena pasó un trapeador por la mancha de sangre. En su cartera, encontraron una pequeña agenda con sólo dos teléfonos.

36

Avisaron a Enrique que estarían en el Millennium Biltmore, en Grand Avenue y 5th, en el centro de la ciudad, y apareció a las once en el Esmeraldi's con una carpeta en la mano. Quiubo, cabrón. Puta, qué feo estás, pinche carnal, creí que la vida en Gringolandia te había favorecido. Estás pendejo, mírame bien, mi vieja todavía me renta para acompañar señoras, se abrazaron largamente, besó a Susana, ¿algo nuevo sobre Jason? Poco, nos mandaron un dedo que se lo acaban de llevar a analizar para ver si es de él. No chingues. Lo que oyes, son unos hijos de la chingada. ¿Cuánto quieren? No han dicho, al parecer se trata de alguien que tiene algo contra mí, me anunció por teléfono que iba a pagar las que debía. ¿Y con Jason? Qué poca madre. El dedo llegó con un mensaje parecido. ¿Podría ser una persona? No sé, generalmente son bandas, por ahora sabemos de una muchacha, Jason le comentó a un amigo que deseaba conocer el misterio de las pelirrojas y la última vez que lo vieron iba con una; hasta ahora es lo único que tenemos. Qué brete, oye, no quise traer a las niñas ni a mi mujer para evitarles el susto. Qué cabrón, los sustos también se comparten. ¿Deveras? Llámales y que se vengan de inmediato. Susana sonreía. Le marcaré a Mirna y le contaré que hay algo que no le has dicho, seguro te hace huelga de piernas. Deja que aparezca mi sobrino; los cuentos con final feliz son mejores. Puedo felicitarla por el día de las madres. Después, ya ves cómo es de preguntona. Supongo que no has desayunado, nosotros lo hicimos muy temprano en el otro hotel, ¿quieres aquí? No diré que me agrada la comida de los hoteles pero me sacrificaré, recuerda que trabajo en uno. Te va a gustar, dicen que el chef es de Guamúchil, muy amigo de Víctor de la Vega, ¿lo recuerdas? Cómo no, dos veces me ayudó a escapar de la policía antiguerrilla. Por cierto, puedes volver a México cuando quieras, no tendrías ningún problema. Es lo que tú crees, hay perseguidores que no respetaron ni respetarán la amnistía y aquí estoy bien; traje un documento legalizado donde te cedo la casa, le pasó la carpeta con el nombre del hotel en que trabajaba en mantenimiento: Inn at Deep Creek, en Oakland. Es completamente legal, si faltara algo que lo complete Díaz Salazar, le hablé ayer y dijo que lo que ocuparas. El Zurdo quedó con la boca abierta. Pero, carnal, no es necesario, quizá no tengamos que pagar. Mira, tú vives allí y no voy a regresar, cada vez que veo las noticias de México me salen ronchas, está cabrón cargar con eso, y los gobernantes con sus pinches sonrisas culeras, como si estuvieran haciéndola muy bien; tanto muerto sin sentido me da hueva. Y súmale cuarenta y tres. Los mexicanos soportamos a los políticos porque los hemos sacado de nuestras vergüenzas, son un pinche cochambre que no se quita ni con ácido. Me gusta que lo digas, pero yo estoy ahí, en el ajo, y ahora con esta bronca. ¿Tú en el ajo? No te hagas pendejo, hablé con tu jefe y me embarró en la cara que estabas despedido, que eras un policía de lo peor, corrupto y coludido con el narco. Sorpresa. ¿Eso te contó? Susana lo miró con extrañeza. Ni más ni menos, le dije que mi hermano no era de ésos y lo mandé a chingar a su madre, y espero que no tenga razón. Pues la tiene. ¿Qué? No necesito ser narco para tener una relación con ellos, soy policía y coincidimos más de lo razonable. No lo puedo creer. Créelo, tampoco es algo que me enorgullezca; en este momento tengo su apoyo y el único motivo es que quiero recuperar a mi hijo; esos cabrones controlan cosas que me cuesta imaginar; por ejemplo, uno de ellos nos trajo a este hotel y llevó a analizar el dedo a un centro de investigación científica; por supuesto que la policía de Los Ángeles no sabe del asunto y espero que nunca lo sepa, pero, ¿quién crees que sabe? El FBI, que por cierto me dio cuarenta y ocho horas para encontrar a Jason que ya están terminando. Estás cabrón, carnal, con razón no quieres la casa, resulta poca cosa para ti. Enrique, no trabajo para ellos, entiéndelo, sólo es cooperación, tomó la carpeta con brusquedad. Y sí quiero la casa.

Mientras Enrique, que pesaba alrededor de cien kilos, comía huevos con tocino y pan tostado, el Zurdo se sentía cada vez más inquieto. Tres horas antes se había presentado un joven formal, vestido con discreta elegancia: Gordowsky, que los cambió de hotel y se llevó el sobre con el dedo de Jason y el recado, así como muestras de sangre de los padres. También le aconsejó que dejara el arma en su habitación.

Vio entrar al agente Jeter. Qué rápidos, reflexionó. Apenas tenemos dos horas aquí y ya nos encontraron, se puso de pie. Mientras terminas tu desayuno iré a realizar actividades propias de mi sexo, saludó con cautela al agente y lo siguió al Sai Sai, un pequeño restaurante japonés en una esquina del hotel, donde Win Morrison bebía té caliente.

Si hubiera sabido que vendrías te espero para desayunar. Sé que es un caballero, señor Mendieta, pero hizo lo correcto, ¿gusta té? Vestía informal. Gracias, no recuerdo haber tomado té en mi vida. Mi madre era una estudiosa de la cultura oriental y nos enseñó a apreciar esta infusión y a disfrutar sus aromas tan sutiles. Entiendo que es una herencia poderosa, tanto como el café que toma media humanidad, ¿vienes a recordarme que hoy se cumple el plazo? Algo así, y también a preguntarle cómo va. Es un desastre, lo único que hemos descubierto es que mi hijo pretende descifrar el misterio de las pelirrojas, ¿te acuerdas que lo vieron con una? ¿Qué misterio? Nadie lo tiene claro, ¿me traes alguna novedad? Sé que no hizo la denuncia a la policía y por tanto, no ha solicitado su ayuda. Conocí a un policía retirado, maestro de mi hijo, que me señaló lo mismo que tú, que no podía trabajar. Como ve, no es cosa mía, es un asunto de sistema. Mendieta sabía que no estaba allí para conversar de superficialidades, y menos a esa hora; además de que el FBI siempre sabía más de lo que pregonaba; podría poner de cabeza al país si se lo proponía, eso si antes los hackers no los desnudaban a ellos.

Decidió no contarle lo del dedo y el recado que ya estaban en manos de los expertos al servicio del cártel. También me mandó a comprar chocolates, ¿de qué tengo cara? El punto es que hoy usted sólo será un turista más en Los Ángeles, puede visitar Hollywood o asistir a un concierto, a menos que colabore con nosotros; le ofrecemos impunidad dentro de nuestro Programa de Testigos Protegidos; lo único que debe hacer es señalarnos los movimientos de Samantha Valdés; de la ciudad de México nos llegó información de que usted es de su gente; sé que es un hombre con cierto grado de honestidad y que será un magnífico colaborador del FBI; y como le dije, todo nuestro departamento antisecuestros se volcará al caso de su hijo. Se sirvió un poco de té y escudriñó al detective, sus ojos eran fríos. ¿Por qué no rescatamos a mi hijo y luego hablamos? Se miraron unos segundos. Con nosotros no es así, sólo le ayudaremos si se compromete. Y firmo un contrato, ya me dijiste. Win bebió de nuevo, el Zurdo escrutó la ventana, afuera dos hombres de gris ignoraban a tres indigentes que les pedían para el desayuno. Mierda, ¿qué hago? Reflexionó, una de las cosas que le había enseñado la vida era a no traicionar, todos sus conocidos que se habían rajado yacían bajo tierra; además, no era fácil involucrarse con los americanos, lo sabía muy bien; no obstante, su hijo estaba en grave peligro, si el dedo era suyo seguro sus escrúpulos se desvanecerían, pero mientras tanto. Win, en mi tierra vivía un político que dijo que a él lo único que le faltaba era que lo enseñaran a parir, y es mi caso; de verdad tengo que pensarlo, dame otros dos días. Claro que no, tiene usted hasta mañana, a las diez, su gesto se alteró levemente. Jeter lo buscará, ¿por qué se cambió de hotel? Aquél era muy bonito, excelente ambiente y estupenda comida. Se puso de pie, dejó cinco dólares sobre la mesa y partió. Maldita la gracia que le hizo la respuesta.

El Zurdo se quedó un momento en blanco, luego se preguntó: ¿por qué me cuesta tanto decir que sí? Ya ni la chingo, está la vida de Jason en peligro y yo con estos escrúpulos pendejos, ¿será el mosqueo que le tengo a los gringos? Varias veces he dicho que con ellos ni a las canicas; puede ser, porque, ¿qué chingados le debo a Samantha que valga la vida de mi hijo? Nada, pinche vieja, aparte de que me ha ofendido machín me puso en una situación embarazosa, donde no sólo perdí el trabajo, sino que aparezco en una pinche lista que me compromete con ella sin ser real, pinches chilangos, escriben nombres a lo pendejo, ¿qué hago yo en ese repertorio? Gracias a Belascoarán me enteré a tiempo. Voy a decirle que sí, que se pongan esos cabrones a buscar a mi hijo y a lo mejor lo encuentran en unas horas. Abandonó apresuradamente el restaurante que también daba a la calle, pero ni Win Morrison ni sus guardaespaldas se hallaban a la vista. Chingada madre, otro día perdido, observó los grandes edificios del centro financiero, a indigentes hechos bola en Pershing Square y regresó al hotel. Gordowsky lo esperaba en el *lobby*. ¿Nos sentamos un momento? Señaló un par de sillones.

Señor Mendieta, ahora están trabajando en su asunto, mañana a mediodía nos tendrán una aproximación de los análisis, evidentemente requiere su tiempo pero nos darán una idea; ya he llamado al señor Garcés, me ha pedido apresurar el proceso, sin embargo, es imposible; el grafólogo se encontraba en Hawái, llega esta noche y mañana nos presentará resultados; no sé cómo decirlo, puede usted relajarse un poco. Claro, ir a comprar ropa o chocolates. No sé cuáles sean sus gustos, si lo desea, alrededor hay tiendas de marcas, y si le gusta la simulación, a tres cuadras por Broadway, hay un local donde venden vestuario de cine baratísimo, no está usted para saberlo pero este traje lo compré allí, lo usó Al Pacino en *El padrino III*. Gracias, lo espero mañana. Le dejo este número de celular por lo que se ofrezca.

Encontró a Susana y a su hermano en la misma mesa del restaurante con caras atribuladas. Se sentó y esperó. Edgar, han llamado del celular de Jason, dijeron que mañana nos enviarán una oreja. ¡Márcales! Lo hizo y le cedió el teléfono. Quien seas, arreglemos esto de una buena vez. La respuesta fue un largo beso tronado.

37

Después de dar dos vueltas al bufet sin echar un vistazo, se sentó. Lo había olvidado, recibí besos tronados dos o tres veces, igual que ahora, sin palabras, pero no lo relacioné; después me hicieron la amenaza. A mí también me mandaron de esos besos. ¿Por qué no me dijiste? No sé, tampoco le di importancia. El Zurdo pensó que quizá recibía besos todos los días de sus pretendientes y se sintió celoso, pero no lo comentó, él llegó a pensar que eran de Edith. Un par de idiotas es lo que somos, externó. Y ahora debemos apurarnos para que no mutilen de nuevo a Jason; por cierto, mañana nos darán un resultado preliminar del análisis del dedo. Mis huevos tienen más tipo de científico que ese trajeado con el que te fuiste, con perdón de esta mujer. Tienes razón, es del FBI, luego indicó a Susana: Márcame este número, por favor. Enrique observó a su hermano y experimentó cierta clase de orgullo, le agradó. Pinche mocoso, y yo que creí que no iba a servir para nada. Soy Edgar Mendieta. Dígame. ¿Es posible que localicen el origen de una llamada hecha hace horas de celular a celular? Lo investigo y le marco a este número. Voy al baño, avisó Susana y se marchó. No pasan los años por mi cuñada, ¿verdad, cabrón? ¿Qué cuñada? Sonrisas leves. No te hagas pendejo, se nota que entre ustedes hay más rescoldos que en el pinche Ceboruco. No mames, cabrón, más respeto. Hay algo allí. Pues sí, un hijo en problemas. ¿Qué onda con el FBI? No quieren que busque a Jason. Ah, caray, te estás metiendo en las patas de los caballos. Proponen que se encargue la policía, pero no creo que haya tiempo, además la bronca es directa conmigo. Pinches resentidos. Ojalá el dedo no sea de mijo. ¿Y si es? No sé, estoy bien friqueado. Eso de avisar a la policía no es descabellado, carnal, aquí no es como en México. Lo sé, disparan otro calibre y juzgan antes que los jueces, tengo un compa en Ferguson, Misuri, que no se sorprendió con el joven negro que mataron. Hablo en serio, aquí la policía investiga y detiene, y los ciudadanos nos sentimos seguros. Mendieta percibió el grado de integración de su hermano a esa sociedad y decidió no discutir. Voy a considerarlo. Que lo haga Susana, ella es ciudadana americana, ocurre que cuando piensa en policías seguramente sólo piensa en ti, y es culpa de Jason que te admira tanto. Se lo pediré. Si quieres la acompaño. Perfecto, ahora que regrese se lo decimos, ¿y la carpeta? Oye, ¿qué quieres? Ella cuida los intereses de la familia. Eres un cabrón, ¿Mirna está de acuerdo con que me hagas este obsequio? Se encargó de conseguir los papeles sin que se lo pidiera, ya sabrás. Regresó Susana ligeramente maquillada. Le plantearon el asunto, dijo que haría lo que Edgar dispusiera y se fueron.

El Zurdo caminó por un pasillo lleno de fotos antiguas de ceremonias de entrega del Oscar, se metió en el bar Gallery y pidió un Macallan con un hielo; no podía evitar su excitación. ¿Quién secuestró a Jason?, ¿quién podría forzarme de esa manera para que responda por alguna acción del pasado? La Hiena Wong debe saber qué onda con los compas que me decían el Gato, quizás alguno de ellos aún quiere darme piso;

¿por qué no me hicieron algo en Culiacán? Otro atentado, quemar la casa o que la balacearan como han hecho antes. Los federales no pueden ser, no se comportarían de esa manera, además no encaja, esto pasó a la vez que me embronqué con ellos. Se trata de alguien más cabrón, más sutil, más vengativo. Narcos no fueron, Max Garcés me lo habría dicho, ¿quién se animaría a tanto? A ver: últimamente no hemos embotellado a tanta gente, todos han sido juzgados por la justicia divina y ejecutados en su momento por los afectados; qué razón tiene el amigo del Rudy: La pena debe alcanzar al culpable aunque huya acelerado. ¿Se atreverá aquel muchacho que puso en crisis al Gori? Puede ser, era campeón de un deporte extremo y disfrutaba insultándonos, ¿ya regresaría Gris? Necesito que alguien me investigue si continúa en Culiacán. Pero ella no, debo dejarla tranquila, la luna de miel es cosa seria y más si uno de los dos cumple años. Ese muchacho viajaba por todas partes, le pediré al agente Robles que averigüe; si les hago el encargo al Camello y a Terminator intentarán apresarlo y no quisiera estar en sus zapatos: les pondría la patiza de su vida. ¿Quién más? No se me ocurre; no hace mucho que entré en relación con mi hijo; antes ni yo sabía de su existencia, si mis contrincantes supieron no se les ocurrió hacer algo así. El dolor también envejece y hay un tiempo en que los presos sólo desean conseguir la libertad y no les interesa vengarse, aunque sus descendientes se pongan picudos, como el joven Long que la traía contra el Piojo, ¿por qué pondría Win de plazo hasta las diez? Son veintidós horas. Tengo que llamar a ese cabrón, conoce a muchos sinaloenses y quizás entre ellos exista alguno con el que tenga deudas, y a Max; si no me hubiera puesto a ese roedor olvidadizo no tendría al FBI encaramado.

Al pedir el segundo trago, advirtió que un viejo de pelo largo asegurado con un pañuelo doblado que cubría parte de su frente, cantaba *Always on My Mind* acompañado de una guitarra que él mismo tocaba y un pianista; le pareció Willie Nelson. Le puso atención justo en el momento en que un joven alto y fuerte le mostraba una placa de policía y unas esposas; vestía de vaquero, al igual que su compañero, un agente que debía pesar ciento diez kilos de músculos que se colocó al lado. ¿Edgar Mendieta? Fue al pan. Pasaporte y visa, por favor; el detective obedeció. La visa está vencida. No puede ser, la revisaron en la frontera, quizá necesitas lentes; el policía se guardó ambos documentos en un bolsillo. Está usted detenido, se le acusa de entrar ilegalmente al país, con una visa sin vigencia y de dirigir una investigación de secuestro sin ser miembro de algún cuerpo policiaco de los Estados Unidos; tiene derecho a un abogado y… el Zurdo abrió la boca, le lanzó el whisky a la cara y trató de agredirlo con una silla, pero el corpulento se le encaramó y lo puso quieto. *Don't move a muscle, man!,* amenazó. El otro se limpió la cara con una servilleta, esposó al rijoso y salieron. Había una puerta cercana a la avenida Grand que no quisieron utilizar. El cantante continuaba como si nada, ahora interpretaba *She Is Gone*.

38

Samantha estaba sentada en un reposet aún conectada al suero, al lado el tanque de oxígeno en caso de emergencia. Una enfermera inyectó una sustancia en la solución, le tomó la presión y la temperatura y se retiró. Minerva tejía y observaba. Entró Max. Diga, señora. ¿Ha llamado Wong? Aún no. Márcale, quiero saber exactamente dónde está.

El señor Secretario, a pesar de sus años, va a comer sushi, quizá para curar sus nostalgias de cuando fue embajador de México en Japón. Le gusta el restaurante Haruki de la colonia Juárez en la ciudad de México. Debe subir escaleras, pero su cocina bien vale la pena el esfuerzo. Casi siempre lo acompañan hasta seis agentes de seguridad.

Así comentó Samantha Valdés la nota que le pasaron y por ahí andaba la Hiena Wong esperando el momento. La jefa no quería escándalo, pero a él no le importaba, su efectividad consistía en no tener escrúpulos. Lo acompañaban seis de sus hombres, los más osados, que debían armar una balacera tan ruidosa como la del intento de acabar con la capisa del cártel del Pacífico. Esos cabrones tendrían que oírla.

La calle de Hamburgo es angosta, generalmente de poca circulación. El Mercedes gris se estacionó frente a la puerta del restaurante. Tres guardaespaldas bajaron de un carro negro y se posicionaron de la puerta, indicaron a una pareja que se pasara a la acera de enfrente, un cuarto subió para ver que todo estuviera en orden y avisar que el Secretario se hallaba en la escalera. Los otros dos cubrieron la calle.

La Hiena Wong salió de un pequeño supermercado ubicado a doce metros de la puerta y disparó tres tiros al Secretario que descendía de su auto. Cayó muerto. Al mismo tiempo seis AK-47, surgidas de varias partes abrieron fuego, cocieron a tiros a los guardaespaldas y pusieron decenas de lunares en ambos vehículos. Entre cuatro transeúntes que corrían y otros tantos que quedaron petrificados, la Hiena Wong y su gente se alejaron con cierta parsimonia. Entonces vibró el celular del sicario.

Esa misma noche, Frank Monge se suicidó en Guadalajara.

39

Lo sacaron del hotel por el *lobby*. Cuando regrese mi esposa, por favor dígale que me detuvieron, pidió el Zurdo a un botones parecido a Cuba Gooding Jr. que lo examinó con desprecio: Maldito latino, hijo de perra, no soy tu recadero. Los encargados de guardar los autos en el estacionamiento lo contemplaron con interés: Y este compa, ¿lo torcieron con las manos en la masa? Tú qué crees.

Tenía ocho horas en una celda con tres vendados de la cabeza que se descalabraron en un partido de los Lakers, cuando lo llevaron a una habitación blanca donde esperaba Susana Luján con un señor de traje oscuro. ¿Qué pasó? Qué iba a pasar, descansaba en el bar y me cayeron, ¿y Enrique? Está afuera. Señor Mendieta, soy Jack Robinson, su abogado; lo sacaremos lo más pronto posible. ¿Puede ser ahora? Mucho me temo que no. Ya vimos lo de la multa pero no podrás salir hoy, expresó Susana. ¿Pero, por qué? No hice nada, me acusan de entrar ilegalmente al país y no es cierto, me quitaron mi pasaporte y mi visa, dicen que la visa está vencida y tampoco es verdad, son unos pinches arbitrarios. Ahora esos documentos los tienen ellos, señor Mendieta, y por más que tratamos de convencerlos de su inocencia, fue imposible; mañana lo verá el juez y nos cargarán unos cientos de dólares por agresión a un agente policiaco. Señor Robinson, tengo un grave problema y lo que menos me ayuda es estar embuchacado. Lo entiendo, pero el sistema es inflexible; hemos iniciado los trámites y esperemos que salga en el transcurso de mañana. O sea que no es seguro. El delito no es grave, pero dependemos del juez y del turno en que podamos ventilar el caso. No me asuste. Esperemos que se presente la parte acusadora. ¿Qué? Mendieta abrió los ojos. Hay denuncia de un tal Jackman, ex policía. Qué hijo de la chingada, se le subió la rabia a la cabeza y estuvo a punto de volcar la mesa. Relájese, todo saldrá bien; trate de no agredir a nadie. Lo siento, Edgar, deveras, nunca lo hubiera esperado del profesor, ah, llamó tu amigo, dice que sí se puede, no me dijo qué, y que les va a dar los números, me pidió el de Jason, también llamó Chuck, que lo que se te ofrezca. ¿Podría venir Enrique? No, sólo nos permitieron a nosotros, y eso porque el señor Robinson los convenció de que era importante que yo entrara, ¿buscaba la protección del hermano mayor? Es posible. A Parra le va a encantar, meditó y exclamó: Me lleva la chingada, es increíble que pase esto en el país más poderoso del mundo, que gasten su tiempo en apresar a un pendejo como yo; así que me demandó el viejo lunático, ahora entiendo por qué sus alumnos le dicen Wolverine, pinche mutante de mierda; ¿y a ustedes cómo les fue? Bien, tomaron nota y lo turnaron a la oficina correspondiente. Hazme un favor, llama a Ger, que busque al agente Robles en la jefatura y le pida que investigue dónde se encuentra el joven que puso en crisis al Gori en diciembre del año antepasado, y desde cuándo; que no diga que la información es para mí. ¿Y tu compañera? Anda de luna de miel.

No durmió.

Tuvo tiempo de reflexionar sobre el dilema que lo acosaba. Era un policía con cierto grado de corrupción, cierto, pero no chivato; ¿cómo rescatar a Jason rápido sin aceptar la propuesta de Win Morrison? El cártel le estaba respondiendo, lo habían traído a Los Ángeles, pagaban los hoteles, le pusieron asesores, uno con memoria de teflón, resolvieron la bronca en Culiacán, le dieron piso al Tizón que lo traía en su lista. Pinche lista, hasta Win la tiene; esta detención me tiene confundido, las razones son muy pendejas, ¿cómo es que llegan por mí al bar donde sólo hay un cabrón cantando rolitas para endulzar el corazón?, ¿nomás porque un pinche viejo cascarrabias quiere que haga mis cosas a su manera? Está jodido y no se lo voy a perdonar, ¿cómo supieron de mi nuevo hotel?, ¿tan bien vigilado me tienen? Si el dedo es de Jason se las va a ver conmigo, el puto; y si no también, ¿qué lo obliga a chingarme la vida? Lástima que desperdicié el whisky, cuando a uno lo detienen en esas condiciones hay que beberse el trago en el acto; ¿y Edith? Qué cabrona, ¿no?, tomó los cincuenta mil y como si nada, ¿acaso creía que los iba a doblar? Pues sí, así son los apostadores, siempre ganan en su imaginación; ¿cuántos cuadros vendería? Pobre mujer, y tan buena onda que parecía; quizá se gastó el dinero de los maridos y por eso andaban agüitados; bueno, no puedo negar sus otras cualidades. ¿Piensas lo mismo que yo? Lo interrumpió el cuerpo que no se friqueaba por los problemas de la vida. Iz barniz.

Contar minutos exige técnicas que sólo los condenados a muerte discriminan.

A las cuatro cuarenta y cinco lo condujeron de nuevo a la habitación donde había visto a Susana y a Robinson. Jeter lo esperaba, lucía su tradicional traje gris y estaba recién bañado. Olía a *aftershave*. Buenos días, señor Mendieta, saludó con cierta familiaridad, ¿lo despertaron? ¿Tengo cara de haber dormido? No se enfade, estoy aquí para llevarlo a su hotel, la agente especial Morrison no quiere que usted falte a su cita, le entregó visa y pasaporte. El Zurdo lo miró a los ojos. ¿Así nomás? Somos el FBI, señor Mendieta, el ojo que no duerme en América; tendrá tiempo de descansar, se puso de pie. El Zurdo lo imitó, tenía muchas preguntas, pero sólo pensó: Como en las películas. ¿Sabes por qué las diez y no las doce? Es su hora del té, lo mismo que las nueve de la noche.

En su habitación, Susana, que dormía en la cama, despertó cuando abrió la puerta y encendió la luz. Edgar, me asustaste, ¿qué pasó? Estoy a punto de vender mi alma al diablo. ¿Eso es grave? Ya lo sabremos, pero supongo que no es lo mismo que vender un riñón. Pensó preguntar: ¿Qué haces aquí? Pero le pareció una tontería. ¿Cómo es que estás libre? No me digas que escapaste. Me están pasando cosas extrañas, se sentó en un sillón, en otro próximo a la cama estaba la ropa de ella. Este país se parece un poco a lo que se ve en la tele o en el cine, pero soy incapaz de explicarlo. Lo mejor es que estás aquí, ¿comiste algo? Hay un sándwich sobre la mesa. Una hamburguesa con una coca, el agente del FBI que me liberó me llevó al In and Out. Silencio. Ven, acuéstate, te ves cansado. Recuerda lo que siempre te digo, zoquete, intervino el cuerpo. No dramatices. Mendieta cerró los ojos, no quiso razonar ni recordar ni nada y se acercó a la cama. Quítate esa ropa, debe estar llena de microbios, apartó las sábanas; el Zurdo se dejó conducir y pronto sintió su cuerpo tibio al lado y tuvo una erección fulminante; como siempre, ella tomó la iniciativa y lo condujo a un orgasmo marinero. Se quedaron dormidos.

A las ocho los despertó Enrique que se sorprendió al escuchar la voz de su hermano. ¿Qué, cómo le hiciste, cabrón? Supo el presidente y ordenó mi liberación inmediata. Me alegro, ¿y ahora qué sigue? Continúo la búsqueda de Jason. ¿No tienes que ir a firmar o algo? Nada, estoy libre y sin cargos, me regresaron visa y pasaporte. Estás pesado, pinche Edgar, no creí que tuvieras tantas influencias. Bueno, ya ves que no me gusta presumir. Eres incorregible, cabrón; oye, si puedo ayudar en algo, sólo tienes que decirlo, me quedé en este mismo hotel. Gracias, carnal, iba a comentar que si lo hacía sería sin tanto respeto a las instituciones, mas prefirió callar, lo importante era rescatar a su hijo. Por lo pronto, iré por un café al restaurante. Te veo ahí en veinte minutos.

Bajo la regadera. En cuanto pueda voy a buscar a Wolverine y a ver de a cómo nos toca; pinche carcamal, ¿qué ganó? Seguramente nada; estoy pensando en el compa que le pegó al Gori, pero la que tengo aquí es a una pelirroja, ¿qué relación habrá entre ellos? El tipo viene a Los Ángeles, muestra una paca de billetes. Hola, mi amor, ¿harías algo por mí? Eres la indicada, la chava hace el trabajo aprovechando que aquel anda interesado en las pelirrojas, se lo entrega, el cabrón vengativo me llama haciendo la voz de marica, me tira besos, y también a Susana; ¿dónde lo tiene?, ¿cómo consiguió el teléfono de Susana?, ¿dónde se metió la pelirroja si sólo fue el señuelo?, ¿es socia del secuestrador?, ¿por qué querría ella hacerme daño? Voy a aceptar la propuesta de Win, en dos horas ese cabrón y esa morra tendrán a la jauría más poderosa del mundo tras sus huesos. Samantha Valdés, lo siento, no tomaremos más café en el Miró ni me joderás la vida, pinche vieja, si la otra vez pensaste que te había traicionado ahora no te sorprenderás, maldita envenenadora de mierda, que te jodan.

Antes de llegar al restaurante llamó a Gordowsky. ¿Cómo vamos? Malas noticias, señor Mendieta, el dedo es de su hijo. No juegues, ¿están seguros? Hasta donde lo permiten los análisis no hay error. Me lleva la chingada. Retiró el celular de la oreja, Susana adivinó y no pudo evitar las lágrimas, se abrazó al Zurdo, que retomó la conversación. Disculpe. No hay problema, en cuanto al recado, me dijo que era la letra de su hijo. Es correcto. Me informa el técnico que es acrílico, que escribió con un pincel muy fino y que es muy reciente. Permítame, se volvió a Susana. ¿Jason toma clases de pintura? Nunca lo ha hecho; al celular: ¿Alguna otra novedad? De momento es todo, ¿se le ofrece algo? Dígale a Max Garcés que me urge hablar con él, que me marque ahora mismo, advirtió que no tenía cómo llamarle. ¿Por qué no tengo su número? He estado hasta las manitas con ellos.

En la televisión informaban que un alto funcionario del gobierno mexicano había sufrido un atentado fatal al salir de un restaurante; sus guardaespaldas tampoco sobrevivieron. Documentaban con un paneo de la ciudad de México y un par de tomas de la calle de Hamburgo.

Ni el Zurdo ni Susana se interesaron. Pálidos y atribulados, reaccionaron al encanto de Enrique. ¿Seguros de que quieren desayunar aquí? Hay un Le pain quotidien a la vuelta que no tiene madre.

40

Mendieta se hallaba nervioso. O sea que me lo pueden dejar sin orejas al plebe; chale, tengo que encontrarlo a como dé lugar. Enrique y Susana veían su rostro alterado y no se atrevían a hacer comentarios, ambos se levantaron para tomar alimentos de la barra de ensaladas, el Zurdo bebía café cuando timbró el teléfono de Susana, se puso de pie como resorte y alcanzó a la mujer que acechaba el aparato alelada. El detective lo activó. Mendieta. Ya sé que eres tú, pendejo, vas a pagar por tus atropellos y pronto recibirás una oreja de tu heredero, beso tronado. Misma voz fingida, más cerca de mujer que de hombre. ¿Pienso que es de mujer por la pelirroja? Puede ser, a veces uno escucha lo que quiere. Espera, estoy dispuesto a entregarme, me puedes descuartizar si te da la gana, pero no toques a Jason. ¿Duele, verdad? Para que sepas lo que se siente, cabrón, otro beso. Por favor, cortó.

Permaneció quieto, como si estuviera viendo el radiante mural marino del fondo del restaurante, reflexionó: Chingada madre, a ver, ¿qué tengo? Nada, necesito pensar, ¿quién es?, ¿es la pelirroja?, ¿cómo la afecté?, ¿de dónde llama?, ¿a qué hora aparecerá Jeter? Se volvió a Susana Luján que no pestañeaba, Enrique tenía el plato lleno de fruta y no le perdía pisada. Por favor, marca de nuevo al señor que nos dio el informe hace un momento.

Diga, señor Mendieta. ¿Tenemos algo de los celulares? Aún no, disculpe que no abunde en el tema pero debo observar ese precepto; en cuanto tenga cualquier cosa le llamo.

Susana le trajo un omelet de champiñones que no tocó, sólo bebió café. Enrique masticaba despacio, no sabía de qué conversar, evidentemente no podía bromear como acostumbraba. Me contó Ger que eras de mal comer, que sólo aceptabas café y lo estoy comprobando. Desde chiquillo era inapetente, mi mamá creía que tenía lombrices, ¿te acuerdas? Mendieta sonrió. Le llevé sus gladiolas rojas en nombre de los dos. Supongo que quedó encantada; aunque éramos dos, nos decía los tres mosqueteros. ¿Puso reparos cuando ingresaste al cuerpo de policía? Nunca, jamás se pronunció en contra. En sus cartas tampoco me contó que no le gustara. Era bien aliviianada. Mi mamá también, sólo ahora estuvo muy asustada por lo de tu casa. Oye, esos policías mexicanos son unos cabrones. Y muy groseros. No me digan que querían abrazos. Se estaban relajando cuando sonó el teléfono de Susana. Max, pensó el Zurdo, pero era Ger.

¿Cómo está, Zurdo? Bien, pero qué le hace, ¿qué hay de nuevo? Acabo de colgar con Robles, me informa que el señor por el que pregunta lleva un año y cuatro meses en Australia, que allá se casó y tiene un hijo. ¿Dónde investigó? En una refaccionaria y con la familia. Gracias, Ger, ¿cómo sigues de tus moretes? Si quiere vérmelos más vale que se apure, doña María no me ha desamparado: siempre está al pendiente; oiga, por los servicios no se preocupe, Marco nos prestó, cuando regrese se pone a mano. Lo haré, dale las gracias de mi parte, ¿alguna otra cosa? No pues, se murieron los perros. ¿Qué? No se encabrite, es un chiste, cuando vuelva se lo cuento; vinieron a preguntar por usted el señor Ortega, el doctor Montaño que me revisó y dijo que tenía la presión como de quince, el Gori y Angelita llama todos los días. Gracias, Ger, cualquier cosa marcas este número. Cuál número, en este teléfono no se ve, hay que comprar uno donde se vea. Es el celular de Susana. Anda bien acompañado, ¿eh? Qué alegría. Cortó. ¿Por qué todo mundo cree saber cuáles son tus relaciones perfectas?, ¿a cuántos les habrá pasado lo que le pasó a Jason? Una chica muy linda que se lo llevó de la escuela y lo secuestró; preguntó a sus acompañantes: ¿En Australia hay pelirrojos? Un chingo, hasta los canguros son pelirrojos. ¿Es australiana la que engatusó a mi hijo? Buena pregunta, probó el omelet. ¿Sin sal? Ger me dijo que no te daba sal. Pinche Edgar, no te puedes quejar, te cuidan como si fueras bebé. Susana y Enrique tomaron el tema de los cuidados necesarios a cierta edad para estar sanos. Mendieta consideró el asunto de los australianos pelirrojos y le pareció descabellado que ese tipo, cuyo nombre no recordaba, se hubiera organizado para secuestrar a Jason y hacérsela cardiaca. Está en el culo del mundo, no le parecía lógico. Pero los delincuentes piensan de otra manera, y más los endemoniados como los secuestradores. ¿Vendría este cabrón hasta Los Ángeles con una pelirroja para ponerle un cuatro a mi hijo?, ¿cómo supo que Jason estaba interesado en el misterio de las pelirrojas? Tengo que hablar con el Piojo, quiero saber qué más le dijo Leopoldo Gámez de su futuro, ¿sería una chica con el pelo teñido? No creo, Jason tendría que ser muy pendejo para querer descubrir un misterio en un cuerpo equivocado; sí, algo deben tener en la cara que no tienen las que se pintan el pelo; nunca conocí a una pelirroja; pinche Jason, ¿qué chingados andas buscando, mijo? Todas tienen lo mismo. El teléfono lo trajo de regreso.

Te llama el señor del informe. Diga. Señor Mendieta, tenemos un agregado sobre la tarjeta, ¿recuerda el mensaje? "Te toca pagar lo que debes, viejo pendejo." Es correcto, le mencioné que fue escrito con acrílico, una marca alemana para arte, según el técnico, muy popular en Estados Unidos. El Zurdo hacía esfuerzos para sosegar su mente que ya se enfilaba por oscuros derroteros. Tranquilo, escucha primero. Y lo más interesante, la palabra *te* está retocada y también la sílaba *ca* de toca; el experto piensa que podría ser una clave, ¿me sigue? Absolutamente, muchas gracias; disculpe, ¿hay alguna ciudad norteamericana en que haya pensado el técnico o usted? Ninguna. Un buen investigador desconfía siempre de los hallazgos, la casualidad ridiculiza a los más listos, sean científicos o policías; así que el Zurdo se lo tomó con calma, pies de plomo, *te* y *ca* unidas podrían ser una marca de cerveza, pero también un lugar, y Jason tendría que estar allí. ¿Alguna novedad? Susana, inquieta, y Enrique, mordiéndose las uñas. Jason quizás esté en Tecate. No se apresuró, dejaría que la maquinaria que todo lo ve peinara una ciudad en la que nunca había estado. Qué bueno que Max no le llamara, le ayudaba en la quema de las naves. Pinches narcos, me caen bien gordos.

Eran las nueve y treinta en el celular, en media hora acordaría con Win Morrison y podrían seguir esa pista. Jason había enviado un mensaje. Vio a Jeter y a dos agentes, uno de traje y otro de vaquero, ocupar el *boot* más próximo a la entrada. ¿Son tus compas? Al güero le bauticé un plebe. Tienen una cara de chotas que no pueden con ella. Son del FBI. ¿Deveras son tus amigos? Uno de ellos es el que no es científico. Más bien somos socios, y si quieres que sea más preciso, en unos minutos nos pondremos de acuerdo para encontrar a Jason. Qué bien, ellos controlan todo. Eso parece, Susana, ¿me comunicas con Chuck Beck?

Señor Mendieta, dónde se ha metido, tenemos que llevar el dedo al laboratorio, se comprometen a tener resultados en una semana. No te preocupes, ya no es relevante. ¿Apareció mi amigo? Aún no; sácame de una duda, ¿sabes si Jason conoce gente que estudie pintura o que tenga un lugar para pintar? No que yo sepa, nos juntamos con banda reventada pero nadie estudia arte o esas cosas; la mayoría vamos para detectives, investigadores del FBI o espías en Europa, pura gente de acción. ¿Sabes si tiene amigos en Tecate? Disculpe, ¿no es una cerveza? También es una ciudad que está cerca de Tijuana. Ah, no creo, jamás la mencionó o que yo sepa, viajó allá. ¿Alguna amiga pintora? Tampoco. ¿Cindy anda por ahí? No, ¿quiere que la busque? Te lo agradecería, que nos llame. ¿Cómo se ha portado mi poderosa? Mejor imposible, gracias por confiármela. Cortó, la Beretta descansaba en su habitación. Vestía una delgada chamarra negra sobre su playera, que Susana le llevó para que usara en prisión, pero que no le autorizaron meter.

El teléfono. De México, susurró ella.

Pinche Max, ¿para qué me llama si no lo necesito? Pensó no responder mas prefirió poner las cosas en claro, en fin que se habían portado a la altura, ¿y si es la apostadora? Se puso alerta. Pinche Edith, qué cabrona me salió, en su lugar los agentes del FBI vigilaban y bebían café. Aquí Mendieta. Zurdo Mendieta, qué gusto oírte, ¿cómo se conducía? Escuchaba a la misma capisa del cártel del Pacífico con voz amistosa y alborozada. Samantha, trastabilló un poco. ¿Cómo va tu recuperación? Avanza, más lento de lo que quisiera, pero ahí la llevamos, por primera vez estoy sentada en una silla sin marearme. ¿Ya puedes ir al baño? No me hables de ese suplicio, será lo primero que haga después de esta llamada. ¿Te comentó Max lo de la agente Morrison? Sabemos quién es, es de las duras, nadie ha podido ponerla quieta y está obsesionada conmigo. Mendieta volvió a experimentar ese revoltijo mental de no saber hacia dónde tirar, y como estaba a punto de reunirse con Morrison, decidió tejer burdo. Si les digo donde encontrarte me ayudará a localizar a mi hijo. Sí, y te dará tus espejitos de colores; odio decírtelo tan directo, sobre todo ahora que te conozco un poco más, pero no seas pendejo, Zurdo Mendieta, ¿crees que te va a cumplir? Estados Unidos es un paraíso para nosotros y no necesito decirte por qué; además tú no sabes dónde estoy ni dónde estaré la próxima semana; hemos estado contigo porque te debo mucho, pero si te convence esa mujer de darme la espalda vamos a valer verga, ¿te queda claro? Qué fuerte se oye. Y dime ahora si vas a seguir con nosotros o vas a comportarte como esos pinches políticos que se dedican todos los días a malbaratar el país, puros pinches zánganos que cómo quisiera acabar con ellos; así que manifiéstalo ahora, Zurdo Mendieta, estás con Dios o con el diablo. Me mandaron un dedo. Que es de tu hijo, ya lo sé. Y me van a mandar una oreja. Está bien, si crees que esos hipócritas te son más leales que nosotros, adelante; tenía que decirte esto antes de soltarte, con nosotros, aunque no lo parezca, nadie está a la fuerza; dile a esa pinche vieja que me tomaré un café con ella, si me agarra, y que aquí la espero si tiene güevos para venir por mí, el Zurdo continuaba con su revoltijo mental, de nuevo le entró la duda y reconoció que estaba ante un hecho concreto, una recta muy larga, que nada tenía que ver con casualidades o idealismos. Me lleva la chingada, pensó. ¿Qué putas debo hacer? ¿Me voy con los gringos o más vale malo por conocido que bueno por conocer? Advirtió que su instinto se sentía más cómodo con la segunda opción y decidió jugársela. ¿Te tomarías el café conmigo? Samantha Valdés se tardó en responder. ¿Estás seguro? Ya sabes que me cae de a madre tratar con culeros. ¿Te parece en cuanto llegue a Culiacán? Acepto, Zurdo Mendieta, si lo quieres saber, ya me volví a acostar, estoy agotada y por lo que veo tomaremos pura pinche agua. Cuídate más seriamente, por favor pásame a Max. Eres un cabrón.

¿Cómo va Gordowsky? A la altura, no se le olvida nada, Max, debo ir a Tecate y solicito tu apoyo. La Hiena Wong llegó anoche a Mexicali, te lo mandaré. No está mal, pero no es lo que necesito, ¿puedes conseguirme el video de la gente que ha pasado la frontera en Tijuana y Tecate de Estados Unidos a México, en los últimos diez días? Entra a México por Tijuana, por la garita de Otay, en el primer Oxxo que veas estará un compa esperando con los videos. Gracias, Max. Mucha suerte.

Susana, ¿puedes dejarme tu celular? Claro, tendré este otro a la mano; si se ofrece, en el tuyo es el primer número en los contactos. Entiendo, ahora por favor, comunícame con el Piojo, ¿hay algún punto cercano donde me pueda encontrar con él? Una librería a diez minutos caminando. El mencionado respondió. Qué onda, mi Piojo, ¿cómo andas? Zurdo, ¿dónde chingados te metes, cabrón? Te cambiaste de hotel y ni me avisaste. Demi Moore me convenció de que todo fuera en privado. Me hubieras dicho, me llevo a la Pamela y hubiéramos hecho un cuatro. Oye, cerca del hotel Biltmore Millennium, hay una librería: The Last Bookstore, nos vemos allí en media hora, ¿puedes? Dime la dirección que no estamos en el rancho. 5th casi esquina con Spring, en el centro. No se hable más. El detective reparó en que eran las diez. Enrique y Susana, necesito que me lleven a Cindy Ford a Tijuana, salgan por Otay, busquen el primer Oxxo y si no estoy me esperan; pregunta a Chuck cómo encontrarla. Enrique registró el número de Chuck y el del Piojo. ¿Ellos te sacaron de chirona?

Señaló la entrada. Es correcto, ahora voy a reunirme con su jefa para lo de Jason. Mendieta se volvió a los agentes que se pusieron de pie.

Se escuchaba *Jumping at the Woodside*, con Count Basie y su orquesta.

41

Win bebía té en la misma mesa del Sai Sai. Mendieta se sentó, trató de poner la mente en blanco, pero fue en vano. Dos desayunaban. Había una carpeta negra al lado de la pequeña jarra de té. ¿Gusta, señor Mendieta? Aunque ya me ha dicho que prefiere el café. Gracias, Win, ¿lo preparan bien aquí? Aunque hay un par de sitios mejores, no me desagrada. Se escudriñaron descaradamente. ¿Y bien, ya lo pensó? Me encanta tu sentido del tiempo, han pasado veintidós horas desde tu ultimátum. El tiempo exige coherencia, señor Mendieta, y en este oficio es fundamental, ¿acaso usted cree en casualidades? Se sirvió, el Zurdo observó a Jeter hacerse de palabras con un indigente que pasaba frente al restaurante. ¿Cuál es el plan para rescatar a mi hijo? Primero tiene que decirme si colaborará con nosotros, le hemos demostrado que no somos ajenos a sus problemas. Me comprometo contigo para rescatar a mi hijo y acercarte a Samantha Valdés, lo demás no me incumbe. Somos una institución, y en la búsqueda de su hijo estarán los expertos de la institución, no Win Morrison. Pero mi trato es con Win Morrison. Pequeña pausa. ¿Dónde está Samantha Valdés? Ni idea, en cuanto encontremos a mi hijo y vuelva a Culiacán me daré a la tarea de ubicarla, se va a encantar de conocerte. Necesito algo que me garantice que usted no me tomará el pelo. ¿Como qué? Usted tiene un hermano americano, ¿qué tal si se queda con nosotros mientras nos indica dónde está Valdés? ¿Te refieres a que se quede detenido? Podría interpretarse así. Excelente idea, pero primero rescatamos a mi hijo. Win lo contempló como si estuviera enamorada. Mendieta le sostuvo la mirada sin parpadear. Pinche vieja, se ve que es una hija de la chingada, lo mismo que la otra; qué bueno que no están en el mismo equipo, juntas podrían destruir el mundo en un santiamén. ¿Puedo acompañar a tus hombres? Permanezca en el hotel, le avisaremos de cualquier novedad; sólo para estar seguros, Win abrió la carpeta y le acercó unas fotos en tamaño postal de Jason. Imposible no afirmar que es su hijo. El Zurdo observó las fotos y sintió que se quebraba, se volvió hacia el techo hasta que se recuperó. Hijos de su pinche madre.

Entró Jeter. Señor Mendieta, seré su enlace, trate de no moverse del hotel. No me parece que me dejen al margen, Jason es mi hijo y soy policía, clavó unos ojos suplicantes en Win. Es mejor que se quede en su habitación, confíe en nosotros, la mujer se puso de pie, no había engordado un gramo, colocó los cinco dólares por el consumo sobre la mesa, recogió la carpeta y se despidió. Jeter la siguió sin descuidar a los transeúntes que iban inmersos en sus vidas. El detective, con aspecto desmoralizado, los vio subir al auto y alejarse; pausadamente regresó al interior del hotel, subió a su habitación por la Beretta, bajó y fue directo a la puerta a la avenida Grand, salió rápidamente por si le hubieran puesto vigilancia. ¿Qué pensaría el doctor Parra si le contara este brete? Seguro diría que estoy recuperado por completo, pinche viejo loco. Pinche Ratón, si no lo hubieran torcido estos cabrones no me hallan. Más vale que sea para bien.

¿Adónde vamos, mi Zurdo? Guardaron la pistola en un compartimento especial dentro del asiento del chofer. Transitaban por la avenida Figueroa. Wacha esas rucas, dos jóvenes con faldas mínimas caminaban provocativas por la acera. Chale, y yo que no paraguas. Cálmate, pinche Piojo, nadie quiere enterarse de tus miserias; si puedes con Pamela, ¿por qué no ibas a poder con cualquiera de éstas? Y respondiendo tu pregunta, vamos a Tijuana, ¿sabes llegar por Otay? Es mi ruta favorita. Cuéntame otra vez qué te dijo Leopoldo Gámez. Eres curioso, pinche Zurdo, y a cualquier cosa que te explique qué onda con tu morro le pones atención. A güevo, tú harías lo mismo; oye, tu hijo Marco se parece a ti, hubo una bronca en mi casa y me prestó dinero del que le dejaste. A menudo los plebes se nos parecen, mi Zurdo. Y así nos dan la primera satisfacción, dice Serrat. Iz barniz, lástima que sean tan pocas veces. Qué bueno, quizá les vaya mejor que a nosotros. Tomaron el *freeway* diez y luego el cinco que baja directamente a San Diego.

Pasaban Laguna Beach cuando sonó el celular. Diga. Hola, hola, ¿jefe?, ¿cómo está? Agente Toledo, qué gusto oírte, ¿cómo va todo? Muy bien, ayer llegamos y hoy me reporté, Angelita ya me puso al tanto de cómo se resolvió el caso del adivino y de lo que pasó en la clínica Virgen Purísima, ¿qué hace en Los Ángeles? Porque nadie me ha podido informar, ni Ger que me dio el número de la señora Susana y que siempre sabe todo. A ella no le podía mentir. Secuestraron a Jason, ¿lo recuerdas? Claro, su guapo clon, ¿y cómo va? Muy lento, aún tenemos las manos vacías. ¿Piden mucho dinero? No quieren dinero, es alguien que se está vengando por algo que le hice. Ah, caray, ¿quiere que lo vaya a ayudar? Ya sabe que no me importaría dejar unos días al Rodo con quien tengo un pacto, y el comandante no me preocupa, porque esta semana aún me toca descanso, ¿se acuerda que me firmó una carta? ¿Estás en la jefatura? No sé estar en casa, además no quiero que el Rodo se acostumbre a que estoy allí, no se olvide que me prometió que aunque estuviera embarazada me iba a dejar trabajar con usted. Como en la película *Fargo*. No he visto la mentada película, pero en cuanto a la promesa espero que siga en pie. ¿Te dijo Angelita que estoy fuera de la PM? Sí, y también que el comandante le dejó instrucciones y también a Ger de que en cuanto usted aparezca lo invita a tomar un café en el Miró. Se puso contento y le vino una idea. ¿Quieres echarme una mano? Para eso lo busqué. Investiga quiénes son los familiares de los últimos casos que hemos resuelto y me haces un informe detallado sobre hijos, hijas, esposas, aspecto: belleza, color de pelo, de piel, situación social, lugar donde viven, y me lo mandas lo más pronto posible a este celular. Ése es mi jefe, ¿qué buscamos? Jóvenes pelirrojas. Ahora mismo me pongo en la obra; si quieren llamarle los compañeros, ¿qué les digo? Nada, que no sabes. Órale.

Hora y media después cruzaron la frontera.

Zurdo, tu pistola está donde ya sabes; digo, por si la fueras a necesitar. Ojalá y no. Aparcaron en el Oxxo al lado de una camioneta negra de cristales oscuros. Mendieta bajó, y la Hiena Wong, como si estuvieran sincronizados, hizo lo mismo del vehículo mencionado. Llegas a tiempo, Gato, te mandan saludos Max y la jefa. Gracias; tomó un sobre negro que le extendió el sicario. Por si no te dijeron, mis órdenes son acompañarte adonde vayas, así sea al mismísimo infierno. ¿Vienes solo? Traigo aquellas dos Toyotas y los apóstoles que las ocupan, señaló dos camionetas color humo estacionadas en la calle y a once hombres que fumaban cerca. Y con mi chofer, el joven Long. A mí me acompaña el Piojo Daut, ¿te contó Max de él? Estoy al tanto y no te preocupes. Mendieta afirmó con la cabeza. Tengo que revisar este video. Si te parece, esta charchina tiene un aparato para eso. Esperemos un poco, quiero que alguien que viene en camino lo vea. Lo que tú digas, Gato. Doce minutos después arribó la camioneta de Enrique conducida por Susana, se estacionó al lado del Piojo. Con ella viajaban Cindy y Chuck Beck. Ellas y él son parte del equipo que debe ver el video. Susana y Cindy se aproximaron. Buenas tardes, Enrique decidió esperarnos al otro lado de la línea, él te lo explicará. El joven Long observaba, lo mismo el Piojo que lo había reconocido. Mendieta hizo las presentaciones.

El video era de pésima calidad, pero se notaba claramente el perfil de la pelirroja. Hermosa. No así Jason que aparecía en el asiento del copiloto sin traslucirse que estuviera turbado. Es ella, aseguró Cindy. ¿Puedes congelar la imagen? La chica manipuló algunas teclas y fijó el rostro de la joven. Tú que la viste, ¿crees que su color de pelo sea teñido? Era real, muchas pelirrojas son pecosas, pero desde donde la vi no le noté. Examinó la imagen por unos minutos y lo único que le quedaba claro es que Jason tenía muy buen gusto. Pinche plebe, tengo que encontrarlo antes de que lo dejen sin orejas. Susana se asomó y contempló la imagen. Esta chica no es gringa. ¿No? Podría apostar que es sinaloense, conozco ese aire de seguridad, esa forma de exhibir la belleza; debe ser alguien que para el tráfico. Mendieta, con un misterio menos, observó de nuevo. Valiendo madre.

Wong, ¿tienes gente en Tecate? Es plaza nuestra. Iremos allá, puede que allí tengan a mi hijo. Susana le hizo saber que no se iba a quedar esperando y prometió no estorbar. En ese momento entró un mensaje de Gris Toledo con un texto largo, que el Zurdo leyó pero no le llamó la atención; todos sus últimos casos tenían familiares de ambos sexos, edades y pelos de colores diversos donde había siete pelirrojas y tres pelirrojos. No le encontró valor y se lo pasó a Cindy para que lo estudiara en el camino. Entró una llamada de Jeter pero no se inquietó.

Cuarenta minutos después, en una caravana de esas que ponen los pelos de punta, entraron en Tecate, una ciudad famosa por su cerveza y por los habitantes que la beben.

Este pueblo me trae recuerdos, mi Zurdo; cuando recién nos borramos de Culichi, estuvimos unos meses aquí mientras nos pasaban al otro lado; viven un chingo de sinaloenses y todos son unos cabrones. ¿Conoces raza? No creo, hace años que no vengo, pero si quieres los busco, a esos tragaldabas es más fácil encontrarlos pistiando en las cantinas que en sus cantones. Pues tú dices por dónde empezamos.

Mientras, en Los Ángeles, en su oficina, Win Morrison descolgaba el teléfono y escuchaba un largo beso tronado.

42

Después de recorrer seis bares sin suerte, Mendieta jaló al Piojo y a la Hiena Wong aparte. A ver, busco a la morra pelirroja que sale en el video, que el Piojo no vio, o a un compa de estatura media, atlético y experto en artes marciales; de este compa no estoy seguro, pero bueno, más vale que no lo saquemos de la jugada; en este momento me interesa la morra, ella se trajo a Jason de Los Ángeles, así que vamos sobre ella; me mandaron un recado escrito por mi hijo donde nos da la clave de que lo tienen aquí, en Tecate; según un especialista, fue escrito con acrílico para arte, creo que se usa también para las uñas, entonces se presentan como mínimo dos opciones, que la morra, el bato o alguno de los secuestradores, si es más de uno, llevara pinturas y telas para no aburrirse mientras vigilaban a la víctima, un secuestro además, en el que nunca han hablado de dinero sino de vengarse por algo que le hice a alguien, que no tengo idea de quién sea; la otra es que lo tengan en un lugar donde hay pinturas. El detective hizo una pausa, observó a sus interlocutores. No, pues está cabrón, a mí eso no me dice nada, farfulló Daut. Entre la raza que conociste, ¿hubo alguien que pintara cuadros? Porque luego son amigos y se juntan. Olvídalo, todos mis compas eran bien pedos. ¿Y tú, Wong? Nunca supe de alguien así, la raza que conozco se dedica a lo mismo que yo, y con ellos entre menos sepas mejor. Quieres decir que ignoras dónde paran. Es correcto, mi Gato. Me acuerdo cuando te empezaron a decir así. Era famoso este poli, nadie se explicaba cómo logró salir vivo de un carro que voló en mil pedazos. Es que es más cabrón que bonito. Mi hijo puede perder una oreja, o quizá las dos, si es que no se las cortaron ya, así que hagan memoria, por favor. Callaron; para perfumar el silencio, fumaron. Vamos a buscar alguna tienda de arte. ¿Aquí? No creo que existan, ¿no ves el pueblo que es? Igual hagámoslo. Que vayan dos morros a ver si hay alguna y le caemos.

¿Conocen a alguien de Tijuana? La Hiena negó. Yo tenía un compa allí, le decíamos Tembeleque, pero le dieron pa'bajo, lo caparon al pobre cabrón, bien gacho, el detective miró a su amigo indicándole que no le causaba la menor gracia su respuesta. El bato compraba cuadros. ¿De cuáles, paisajes de los que venden en las calles o de otros? No sé, pero él se gastaba una lana en eso; Zurdo, si mal no recuerdo, tu vieja sabe quién es la detective que investigó el caso del Tembeleque. Ah, cabrón. Digo, nada pierdes con preguntar. Casualidades no, por favor; sin embargo, hizo una seña a Susana para que se acercara.

No estoy segura, tengo una vecina que es maestra en la UCLA, que era cliente de mi taquería; una noche llevó a cenar a una de sus amigas que era detective en San Diego y que había resuelto el caso de un castrado; eso nos llamó la atención. Una vez que te llevé las tortillas me comentaste de esa mujer, claro, yo no te dije que el muerto era mi compa. ¿Vive en Tijuana? Mi vecina dijo que en San Diego, ¿quieres que la busque? Tengo su celular. ¿De la detective? No, de mi vecina, ¿cómo crees? Susana, ¿es cierto que cerraste tu changarro por culpa de mis tortillas? No, ¿quién te dijo eso? Llámala por favor, intervino el Zurdo pellizcando al Piojo.

Fue a la camioneta por el teléfono y se comunicó. Sus lentes para sol brillaban.

Se llama Madame Garza, tiene su oficina en La Jolla y éstos son sus números. Mendieta marcó. ¿Madame Garza? ¿Usted puede explicar los decibeles de este sol de mayo? Son los que incendian el país, toda esa yerba ardiendo y el desastre. El Zurdo permaneció unos segundos pasmado pero se repuso. Madame Garza, me han dicho que usted es la bailarina que inventó el reguetón y que últimamente usa sombrero. Señor, en mayo cambian los nombres de las cordilleras. Soy el detective Edgar Mendieta, de Sinaloa. Ah, Sinaloa, un auténtico barco de sueños sin himno nacional. Quiero que me cuente del novio que tiene usted en Tecate. Dígame, colega, ¿en qué lo puedo ayudar? Mendieta se volvió a desconcertar mas reaccionó a tiempo. Gracias, Madame Garza, estoy en Tecate en un caso. ¿Es un castrado? Son mi especialidad. Es un secuestrado que escribió un recado con acrílico y no dejo de pensar que, o los secuestradores son pintores o lo tienen en un lugar adonde hay pinturas. Picasso secuestraba mujeres y Modigliani las liberaba; he visto el acrílico en pequeños frascos que los artistas una vez vacíos utilizan como proyectiles. Me han dicho que su castrado compraba obra. No llegaba a coleccionista pero sí. ¿Hay pintores en Tecate? Como mil quinientos. Dígame el nombre de uno, por favor. A los secuestrados los mutilan, de casualidad, ¿al suyo lo han castrado? Espero que no, hasta ahora sólo nos han enviado un dedo. ¡Una forma de castración! Es necesario que vaya a reforzarlo. Estupendo, mientras llega deme el nombre de un pintor de Tecate. Busque a Blancarte, es un enamorado del gris que inventó un universo intimista y tumultuoso; un artista, como dice

Heriberto Yépez, que sabe mirarse en su propia sombra; Álvaro fija y convierte la alucinación en símbolo de la coalición humana, él los conoce a todos. ¿Sabe su domicilio? Estuve por ahí, mi cuerpo perdió su línea de flotación y todo era canalla, como un disparo antes del orgasmo. Gracias, colega. Sus compañeros, que algo presentían, se hallaban excitados. Busquemos a Blancarte, la detective Garza no sabe su domicilio o no me lo quiso dar, fue lo único que soltó. Me parece que conocí a ese bato, expresó la Hiena. Si mal no recuerdo es culichi; sí, era raza brava. Dice Madame Garza que es pintor. No lo creo, mejor preguntemos, quizá sea gimnasta, o maestro de esgrima. En alguna cantina deben conocerlo. Los muchachos que fueron a buscar la tienda de arte estaban de vuelta. Que sólo venden en la Casa de la Cultura, a tres cuadras a la derecha.

Mientras avanzaban hacia el punto señalado, Mendieta no olvidaba su recelo ante las casualidades; son importantes porque alegran la vida y dan la sensación de que eres un chingón, pero nomás.

Sonó el celular. Era Gris. ¿Qué encontraste? Ahora mismo se lo mando en mensaje. Aquel compa que desanimó al Gori, ¿te acuerdas? Está en Australia, Robles me comentó su interés, hablé con él, se casó y puso una refaccionaria en Adelaida, dijo que estaba pendiente con usted, que si va allá, lo invita a comer porque nosotros fuimos cruciales para que entendiera la vida de crápula que llevaba. No me digas, ¿rehabilitamos a alguien? Así parece. Nadie nos lo va a creer, ¿qué más? En un momento le mando todo, si necesita que ahondemos en algún punto me llama, le voy a poner mi celular. Gracias, Gris, es increíble cómo sabes ser imprescindible.

Búsquenlo en La Panocha. Un joven les indicó cómo llegar a la colonia Aldrete y hacia allá enfilaron. Gato, nomás para que te sientas seguro, estos cabrones que nos acompañan, donde ponen el ojo ponen la bala; no necesitas pedir refuerzos como acostumbran los polis, pero si se ocupan, hay un grupo de halcones que tardarían doce minutos en alcanzarnos, según las señas que nos dieron en la Casa de la Cultura. No se hable más, sólo diles que un hijo muerto sólo me serviría para llorar.

Arribaron a una edificación de un piso, cuadrada, pintada de azul, con un portón blanco, sin mayor distinción. No se veían vecinos, sólo una minivan estacionada en la calle. Los pistoleros se parapetaron tras sus vehículos, el Zurdo, la Hiena y el Piojo, con armas empuñadas, se aproximaron al portón. Susana salió de la camioneta y se resguardó tras ella, Cindy y Chuck se confundieron entre los hombres de Wong. El joven Long, que había visto a la chica hasta la saciedad, le susurró: Te invito a cenar donde te guste. Cindy puso atención al muchacho y sonrió. Próximo viernes a las ocho en el Short Order, calle Tercera 6333, *west*. ¿En San Diego? En Los Ángeles. Allí te veo. Sellaron el pacto con una sonrisa.

El Zurdo tocó. Abrió un individuo alto, barba de candado. ¿Blancarte? Viejo, te buscan, gritó hacia adentro, allí mismo el Piojo lo encañonó y le aclaró. Si te bulles, te chingo. El tipo alzó las manos haciendo un gesto afirmativo. Entraron. Dos hombres se encontraban al lado de una mesa donde había cerveza, vino, viandas y dos cuadros sin terminar. No se muevan, hijos de su pinche madre, y las manos donde las vea, obedecieron colocándolas en el pecho. ¿Quién es Blancarte? Seis de los sicarios de Wong se distribuyeron por el estudio ocupado por anaqueles atiborrados de frascos de pintura, caballetes y grandes mesas de trabajo. No estoy jugando, cabrones, cualquier cosa que no me guste se los carga la chingada. Blancarte, fogueado en los barrios bravos de Culiacán donde era conocido como el Chanate y graduado en los de Tijuana, no se amilanaba con cualquier cosa, reconoció el tono culichi y respondió. Soy Blancarte, nacido en Culiacán, éste es Rommel y el señor el doctor Adame, díganos en qué podemos ayudarlo, parecía disfrutar de la eterna juventud, ancho de espaldas, bigote espeso, con un vaso de vino en la diestra. Mendieta le puso la pistola en la frente. ¿Desde cuándo eres secuestrador, hijo de la chingada? El viejo aguantó. Soy pintor, en mi vida he secuestrado a nadie. Rommel estaba amarillo y se le cayó el vaso de cerveza, la Hiena se movió un paso y le apuntó. Una de tus cómplices engatusó a mi hijo, no te hagas pendejo, pinche carcamán. Blancarte respiró hondo. No me ofenda, si es usted culichi, como parece, arreglemos esto como los hombres, no soy secuestrador y mis amigos tampoco. Yo vivo en Mexicali y lo he visto a usted, farfulló Rommel señalando a la Hiena. En el restaurante Qiu Xiaolong. ¿Qué es tuya la chica pelirroja? No conozco a ninguna pelirroja, estoy llegando de Medellín, Colombia, donde estuve dos meses impartiendo un taller de pintura. Mendieta sabía que no tenía por qué saber de ella, que simplemente acusaba en falso como era costumbre en la policía. Meter aguja para sacar hebra, como decía su madre. Yo sé de una, expresó Adame. En automático se volvieron a él. ¿Dónde está? Estuvo aquí, en La Panocha, pero todo indica que se fue, dijo que se quedaría unos días con un amigo; llegamos hace rato y no la encontramos; viejo, te iba a decir que presté este lugar a una joven que es mi paciente. ¿Aquí se quedaron? Pues sí, al menos en ese cuarto hay restos de pizza y latas de refrescos vacías. ¿Dónde vive? En Los Ángeles, pero es mexicana. Wong, vamos para que vea el video. ¿Podemos bajar las manos y echarnos un trago para el susto? Consultó Blancarte, Mendieta concedió. Gracias, paisano, tome algo usted también. Después.

Adame dijo que era la chica, que su nombre era Francelia y que estudiaba diseño de modas en Los Ángeles. No recordaba el apellido.

¿Le prestaste este lugar? Es una paciente muy inquieta, me cae bien, comentó que venía con un amigo y como Blancarte no estaba. ¿Viste al amigo? No, sólo le di las llaves que por cierto no me devolvió. ¿Era solamente un amigo? No me percaté, cuando fue conmigo iba sola, me preguntó si podía conseguirle un lugar donde estar a gusto. ¿Cuándo fue? Hace unos diez días. ¿Desde cuándo se quedaron aquí? Ni idea. Entonces dime cuándo se fueron. De verdad no sé. ¿Dónde tienes su dirección? En el consultorio. Susana, que se acercó al grupo, se apretaba las manos nerviosamente. ¿Alguna novedad, Edgar? Parece que estuvieron aquí; Piojo, acompaña al doctor por el dato y el apellido, cuando los tengan regresan acá los dos. Cindy, checa los nombres que me enviaron de Culiacán en el último mensaje, le pasó el celular. Busca a Francelia; Chuck, ven conmigo.

Entraron de nuevo en el estudio de Blancarte, fueron directamente a la habitación pequeña donde había un camastro, restos de comida rápida, botes de cocacola y cerveza Tecate. La Hiena Wong permaneció en la puerta. Revisaron el pequeño baño, la cama, la sábana manchada de sangre, una silla, el bote de basura donde encontraron una pizza a la que le faltaban dos pedazos, muchos klínex ensangrentados y una playera negra con el emblema de la academia de policía también manchada. Chuck se comportó correctamente sin tocar nada y tomó fotos con su celular. Mendieta extrañó a Ortega que tenía ojo clínico para detectar los detalles en un escenario. ¿Es su playera? Sí, es del uniforme. No te la he visto. Me prohibieron usarla, luego comentó. Por lo que queda de pizza, quizá se enteró de que estábamos cerca y salieron pitando. O que Blancarte había llegado. Mendieta preguntó al pintor si era vecino del barrio. Vivía a veinte minutos. Antes de ir con mis amigos vine solo, no me acordaba de que le había dejado las llaves al doctor; fui con él y ahí estaba Rommel, cuando dijo que no las tenía, él sacó un juego y pudimos abrir. ¿Tocaste la puerta? No, pero sí me bajé del carro y me acerqué, no se oía nada. ¿Había un carro afuera? Una Toyota azul. ¿Quién encendió la luz? Se miraron. Así estaba. ¿Por qué tiene llave el señor? Desde hace años entra y sale de mi taller a la hora que le da la gana.

El Piojo y el doctor regresaron, el detective recibió un papel con el domicilio, nombre y apellido de la chica: Francelia Ugarte. Me suena el apellido, reflexionó. ¿Quién será? Si es culichi, como supone Susana, quizás encarcelé a uno de sus familiares. Cindy buscó en el mensaje de Gris donde aparecían los nombres de sus padres; el Zurdo recordó: Entregué a su padre a Samantha Valdés para que se cobrara una afrenta grande, y aceptó: Claro, ella puede odiarme hasta el último día de su vida pero, ¿cómo se enteró de que encontré a su padre?, ¿cómo conoció a Jason?, ¿cómo supo que era mi hijo? El mundo es un pañuelo, ¿adónde se lo llevaría? Sonó el celular, lo miraron como bicho raro, estaban seguros de que era ella. Pero no, era Gordowsky. Señor Mendieta. Qué bueno que llamas, lo interrumpió. Quiero que vayas a esta dirección, se la pasó, y averigües si vive allí Francelia Ugarte, es muy bonita y pelirroja, pudiera tener a mi hijo con ella, maneja una Toyota azul. Entendido, no obstante, le llamé para decirle que ya tengo informes sobre la llamada de celular que me pidió: la hicieron de Los Ángeles. Ándese paseando.

43

Si nos mandaron besos de Los Ángeles, del celular de mi hijo, ¿qué significa? Quizá nunca lo trajeron aquí; sin embargo, hay sangre, su playera, restos de comida y bebida, y la luz estaba encendida cuando estos señores llegaron; tal vez lo mantuvieron en el otro lado, ¿Mentiría Jason en el recado? Pudiera ser una banda de secuestradores donde Francelia juega un papel relevante, ella lo enganchó y es la que se está vengando, ¿y los otros?, las voces podrían ser de ella, ¿hay otros? Al menos no me pareció que fueran decididamente masculinas, ¿qué edad tiene?; ¿y si los dos fueron secuestrados? El padre de Francelia está muerto, ¿le llamarían a la madre? Le marcó a Gris. A la orden, jefe. No es necesario que me llames jefe. Me contaron, y espero que no se lo haya tomado en serio, ya sabe que en el momento que usted acepte le comunico al comandante para que se pongan de acuerdo. Lo pensaré, ahora hazme otro favor, llama a la madre de Francelia Ugarte, la hija del que mató a Mariana Kelly, la registraste en la relación que enviaste, pregúntale si su hija está bien, si ha recibido llamadas extrañas. Me encargo. En el instante que cortó escuchó un balazo, se volvieron a la entrada, Mendieta con la Beretta Two dispuesta. Aguardaron unos segundos, Blancarte, Adame y Rommel bebían en silencio, cautelosos, soportando la curiosidad. El Zurdo alcanzó la puerta y salió. Susana sufría con una mano apuñada sobre la boca. La Hiena Wong y sus hombres rodeaban un cuerpo que yacía en el suelo. El Piojo. ¿Qué pasó? Buscó con los ojos al joven Long y lo encontró al lado de su jefe, con el arma en la mano, satisfecho. Daut le hizo una seña de que se acercara, aproximó una oreja. Mi Zurdo, no hay pedo, ya me tocaba, me lo dijo el adivino pero me hice pendejo; me chingaron aquí, ni modo, si hubiera sido más tardecito quizá la hubiera librado, lo bueno es que también es México; te encargo que me sepulten en Culichi, con mi jefa, donde nos encontramos la otra vez, ¿te acuerdas? Fue todo. El Zurdo miró a su alrededor, todos calzaban tenis menos la Hiena, que jamás se quitaba sus botas vaqueras color cuero.

El Zurdo y Wong se apartaron. ¿Qué onda, qué no habíamos quedado en que al Piojo se le respetaría? Gato, deja que nosotros arreglemos este asunto, que si lo quieres saber, está muy cabrón; por un lado el morro desobedeció una indicación, y por otro tenía todo el derecho a vengar a su padre. Te recuerdo que el Piojo salvó a la señora. Lo sé, pero no trates de decirme lo que tengo que hacer, ya estoy grandecito. Mirada fanal. Quiero que te quede claro que el bato era buen compa y que me duele. Pues llóralo, Gato, se vale, pero no te metas conmigo. Más claro ni el agua; bueno, puta madre, nos tenemos que mover, no sé dónde pudieran tener a mi hijo, pienso en Tijuana, en Ensenada, o en cualquier lugar de California, ya ves que está completamente poblada. Lástima que no te podamos conseguir el video del paso de aquí para allá; pero si nos necesitas, vamos a quedarnos unas horas por aquí.

Se volvió al cadáver. Pobre Piojo, hasta parecía feliz, y yo que le prometí que nada le pasaría, pero estoy jodido, meando fuera de la olla. Susana, tengo que seguir con lo de Jason,

¿tienes el teléfono de su negocio? Ella se comunicó con la familia, les dio la mala noticia y les informó de la última voluntad del difunto. Lo dejarían en una funeraria.

¿Puedes esperar a que se lleven el cadáver? Vete tranquilo, Gato, que en eso sí te cumplo.

Mientras hacían fila en la frontera, Susana llamó al hotel. No, señora, no le ha llegado ningún sobre, la voy a pasar con la operadora para que le informe si le llamaron. Tenían un telefonema a las once cuarenta y seis de un celular; la chica no podía darles el número. Quizás era de Jeter. O de Jason. Cortaron y de inmediato sonó. Era Gris. Con el jefe Mendieta, por favor. Dime. Jefe, acabo de encontrar a la mamá de Francelia y dice que su hija está bien, que hablan todos los días y que estudia diseño de modas, ahí le va su número de celular.

Pasaron la garita y le marcaron a la chica. Sonó veinte segundos y se cortó. Viajaban en la camioneta de Enrique a quien recogieron en un Starbucks. Se veía nervioso pero sustituyó a Chuck en el volante. ¿Todo bien? Estamos avanzando, respondió el Zurdo y ordenó a Susana. Marca de nuevo. A la tercera llamada descolgaron. Francelia Ugarte, sé dónde vives, quién eres y qué te hice; estoy dispuesto a entregarme y que me mates si lo deseas, pero suelta a mi hijo; entiendo por lo que debes haber pasado y me declaro listo para pagar mi culpa, que es tu deseo. Largo beso tronado. Cortó. Susana sollozaba. Mendieta se quedó tieso. Hija de su pinche madre. ¿Sabes a quién te enfrentas? Enrique quería discernir. A una desquiciada. Dios mío, pobre sobrino.

Cincuenta y ocho minutos después sonó el celular. Era Win Morrison.

Señor Mendieta, ¿dónde se mete? En el culo del mundo, Win, ¿qué pasó? Le pedí que no se moviera del hotel, ¿dónde anda? Salí a comprar chocolates y encontré unas playeras de muerte natural. Bueno, tenemos a su hijo, lo hemos rescatado, estamos conversando con él, se lo dejaremos en el hotel en hora y media. Quiero hablar con los secuestradores. Después de que lo hagan con nosotros estarán a su disposición; son dos, uno de apoyo y la chica pelirroja.

A los pocos minutos de esperar en la entrada del hotel llegó un auto gris del que bajó Jeter. Abrió la puerta posterior y descendió Jason: demacrado, sucio, más delgado y con un dedo cubierto con gasa nueva. Lo primero que Mendieta notó fue su mirada negra y profunda. Se había transformado, nada quedaba de aquel chico soñador y confundido. Se abrazaron. ¿Qué onda, mijo? Jason algo laxo. Gracias, papá, después lo abrazó Susana que ahora sí lloró en serio. Enrique también dejó escapar unas lágrimas. Pinche sobrino. Cindy besó sus labios resecos y Chuck Beck lo palmeó. A tres preguntas de su madre dijo que sí: comer, bañarse y descansar. Mendieta le hizo saber que iba a interrogar a los secuestradores, que si tenía algo en qué orientarlo. ¿Secuestradores? Sólo fue ella, si hubo otros nunca los vi. ¿Ella te mutiló? Afirmó. Es una perra, y qué gacho me engañó. Ese misterio de las pelirrojas, tienes qué revelármelo. ¿Crees que lo pude averiguar? Pues sí, ni modo que qué.

Jeter esperaba. Mendieta le pidió que le diera media hora con su hijo. La señora está impaciente. Llámale, dile que también masturbo, ¿okey?

En la habitación, Susana pidió comida para todos. El Zurdo regresó su arma a Beck. Es una maravilla, cuídala; el joven sonrió, luego llevó a Jason al baño para que le hiciera la narrativa de esos días.

La conocí en el gimnasio, te dije que iba a competir de nuevo, ¿te acuerdas? Una pelirroja haciendo *fitness* atrajo nuestras miradas. Se me acercó y como es tan linda nos fuimos juntos. No es que me haya embelesado, casi siempre las chicas se me resbalan, pero ésta tenía algo, además de ese cuerpo y ese pelo tan llamativos, no sé; no cedió a la primera ni a la segunda; es más, tuvimos sexo hasta que me secuestró, si se puede decir. Me recogió en la escuela, supongo que mamá se llevó mi Camaro a casa; compramos hamburguesas y fuimos directos a Tecate; al principio me extrañó pero no pregunté, pensaba que al fin me la iba a comer y eso podía ocurrir en el mismo infierno. Nunca sentí que me estuviera secuestrando, el plan que me propuso fue un día o dos fuera de casa, yo quería regresar esa misma noche, por eso no llamé a mamá, me cuida demasiado y luego me hace preguntas que no me da la gana contestar, ya sabes: con quién andas, a qué horas vienes, adónde van; en Tecate me dijo que disponía del lugar ideal; llegamos, tenía llaves de ese taller de pintura y entramos. No supe cómo lo consiguió, había muchas cosas de arte, cuando me obligó a escribir el recado me dio un pincel muy fino, qué bueno que entendiste el mensaje. Me parecía muy loco lo que estábamos haciendo, me ató de pies y manos para experimentar sensaciones sexuales extremas, y fue cuando me dijo que estaba sccuestrado, que mi padre era el peor policía de México, que habías detenido a su papá, un hombre a punto de morir de cáncer, y lo entregaste a Samantha Valdés que lo acribilló sin piedad. Ella llegó a la casa justo cuando lo apañaste y que se tuvo que largar porque apareció Samantha, de quien también se estaba vengando. En ese momento todavía pensé que jugaba, que le gustaban las emociones fuertes y despotricar a lo loco; sin embargo, me dio una cachetada tan violenta que me sacó lágrimas, su cara se volvió terrorífica por la furia y comprendí que hablaba en serio y que me había tendido una trampa. Nunca me sentí tan estúpido. Reconozco que es verdad lo que dices: un par de tetas jala más que una carreta, pero es insólito vivirlo de esa manera. Luego me dijo que iba a acabar contigo y que si no morías sería yo el difunto. No, escuché la primera vez que te habló de mi celular, los besos que te lanzó, también lo hizo con mamá. A partir del tercer día me dejaba tiempo solo, hasta cinco horas, iba por comida, espero no comer pizzas el resto de mi vida; traté, pero fue imposible zafarme de las ligaduras. Nunca me amenazó con cortarme una oreja. Nunca le creí que me mutilaría el dedo, pensé que era una bravata, pero no, ni lo dudó; usó un cuchillo de cacería, después me puso una sustancia que impidió la hemorragia, aunque igual hice un manchadero. Ayer me anunció que hoy me liberaría, no le creí porque antier hablaba de matarme, le pregunté si ya había cobrado su venganza, afirmó que estaba en camino, que ibas a pagar todo lo que la habías dañado entregando a su padre. Me dijo que estabas en Los Ángeles, incluso sabía el nombre de este hotel, como ayer tardó en regresar pensé que te había hecho algo, ¿nunca la viste merodeando cerca de ustedes? Quizás aquí le ayudaba alguien. Hoy abandonamos La Panocha como a la una. No escuché que sonara su celular, sí, ahora que lo dices, salió del cuarto donde me tenía atado y cuando regresó me informó que nos íbamos, que de un momento a otro acabarían contigo y que me iba a pasar lo mismo pero en otro lugar; así lo expresó, como si fueran varios, pero como te digo, nunca los vi. Pasamos la frontera sin problemas, al acercarnos a Los Ángeles dos carros grises la obligaron a salir del *freeway*, la bajaron, la esposaron y la subieron en uno y a mí en otro; eran del FBI, ya no la vi, me quitaron las cuerdas, me llevaron a un gabinete donde me curaron, me inyectaron antitetánico, después me interrogó la agente Morrison, que te conoce. Fue una conversación de más o menos cuarenta minutos. Sí, fue sencillo, jamás vi a los otros, sólo a ella, pero sí, alguien debe haberle avisado de tus movimientos antes y después de ir a Tecate. Vas a ser buen policía. No mejor que tú, papá, y disculpa por contarte esto tan resumido, la verdad es que estoy muy apenado y me siento un completo idiota. Se abrazaron. ¿Fue duro el interrogatorio con Morrison? Le conté más o menos lo mismo, la noté bastante moderada, quizá porque te conoce y yo tenía prisa por verlos. Bueno, no hay bronca que no quede atrás, trata de relajarte, te veo al rato, vamos a quedarnos aquí. Voy a bañarme para luego comer y descansar. Bien merecido que lo tienes; oye, eso de volver a correr es buen plan; pero antes consulta un médico y le haces caso.

Llamó Ger, el señor de los informes y el agente Jeter, que tiene diez minutos esperando en el *lobby*, ¿quieres probar este *steak*? Está riquísimo. Anda, consentido, come un poco. Después, márcale a Ger. Zurdo, ¿cómo está? Jodido pero feliz, Jason te manda un abrazo. Dígale que le mando mil; oiga, vino una señora, le trajo un cuadro, dijo que era de Picasso, que usted ya sabía por qué, oiga, qué mujer tan fea, no me diga que ha tenido que ver con ella, además, si quiere quedar bien, escogió mal, le trajo un pinche cuadrito que me lo puedo meter en las verijas. Si retacha se lo regresas, y no tiene nada que ver conmigo, es amiga de Gris; ¿sabes qué? No se lo devuelvas, mejor dónalo al zoológico, diles que es auténtico, que lo vendan para alimentar a los animales; te llamo luego. Cortó, Susana lo abrazó y lo miró a los ojos. Edgar. Pausa. Me gustaría que, en serio, viéramos la posibilidad de estar juntos; el Zurdo se puso pálido. ¿Segura? Segurísima, se besaron cálidamente. A Gordowsky le marcaría después.

El agente lo esperaba junto al elevador, vestido como siempre.

Gracias, Jeter, te debo una hamburguesa. Será un placer comer nuevamente con usted, señor Mendieta, sólo espero que no sea en la madrugada, ¿nos vamos?

Por la 5th, a unos metros de la entrada al hotel se encontraba un auto gris. Tantas atenciones lo ponían nervioso, ¿qué haría, entregaría a Samantha Valdés después de todo su apoyo y prometerle fidelidad? Está cabrón, ¿era un hombre de sangre negra? Quizá no, pero el color de la sangre cambia con los años, la traición aparece hasta en los horóscopos y después a puro valer madre; esos que dicen que la venganza es un plato que se come frío son primos de Al Capone; bueno, debo concentrarme en los secuestradores, sobre todo en la pelirroja, que se siente tan afectada como para chingarse a mi hijo y quererme liquidar. Pinche muchacha, está enferma. Su padre era un asesino y además yo no lo maté, sólo lo encontré y lo entregué. Samantha le dio cran, eran viejos conocidos y había broncas gruesas entre ellos. Atrás del auto gris esperaba uno negro con chofer y fueron hacia él. Usted viajará en ése, precisó el agente. ¿Y tú? En éste, señaló el primero. Siete pasos más y le abrió la puerta. Morrison esperaba. Mendieta tomó asiento a su lado, el auto arrancó, veía el ala del sombrero gris del conductor. Gracias, Win, la madre está muy agradecida y quiere saber adónde te envía un presente. No es necesario, ¿por qué los mexicanos siempre quieren hacer regalos? Lo único que hicimos fue cumplir con nuestro deber. En México si no regalas no existes. Y también nos gusta recibir. Supongo que sí. Win, sé que tengo un trato contigo, sin embargo, después de interrogar a los secuestradores quisiera quedarme unos días con mi hijo, pretendo ayudar a que no se convierta en una piltrafa de sí mismo. De su hijo nos encargaremos nosotros, señor Mendieta, le pondremos un psicólogo o lo que haga falta, usted regresa ahora mismo a su país. ¿Cómo?

Sí, es un vuelo nocturno a la ciudad de México. Habíamos acordado que interrogaría a los secuestradores, pensé que íbamos hacia donde los tienes retenidos. No será necesario, le pasaremos un informe. Claro que es necesario, se metieron con mi hijo para vengarse de mí, me lo dijeron muy claro en las llamadas y luego me mandaban besos tronados; por supuesto que debo saber quiénes son, cómo son y de quién debo cuidarme en el futuro, lo mismo que mi familia. Lo siento, señor Mendieta, pero usted irá directo al aeropuerto para que tome su vuelo al DF y de allí a Culiacán, el agente Jeter se encargará de acompañarlo. Cágame los huevos, murmuró, pero expresó: No puedes hacerme eso. En cuanto localice a Samantha Valdés, nos avisa y le echemos el guante, usted podrá quedarse a vivir en Estados Unidos, si lo desea, pero ahora tiene que volver a Culiacán y cumplir su parte del plan, Jeter le dirá cómo comunicarse con nosotros. Se miraron a los ojos. Totalmente desenamorados. O sea que no puedo quedarme ni un par de horas para estar con Jason. Lo siento. La rabia que se le acumulaba en la cara le retorcía el semblante y el corazón. Estás cabrona, Win Morrison. Nada de eso, señor Mendieta, le estoy ayudando a cumplir su parte del trato, nosotros hicimos la nuestra. No me dejaste despedirme de mi familia. Win hizo una señal al chofer que entró en el estacionamiento de un restaurante japonés donde mejor servían el té que le gustaba. Disculpe, no lo invito porque podría perder su vuelo; tú sales del auto y vigilas, ordenó al chofer, que se volvió: era una chica hermosa de sonrisa muy tierna. Jeter se estacionó al lado. Bajaron los cuatro. En ese momento se desató la balacera. Los proyectiles pegaban en los cuerpos, en los carros o pasaban silbando. El Zurdo se lanzó al piso, advirtió que la chofer caía abatida, se arrastró bajo el auto. A su derecha vio caer a Win Morrison con la cabeza reventada, se volvió al otro carro y ahí estaba el cuerpo desmadejado de Jeter. Mierda.

Pasos. Botas vaqueras, tenis. Veinte segundos son una eternidad.

Por donde yacía el chofer un hombre pateó la carrocería. Gato, sal de ahí, tenemos que largarnos.

44

Mendieta de pie observó el cadáver de la chofer que había perdido su sombrero. Era hermosa, fuerte y con una cabellera rojiza detenida por una malla; la apartó y la cabellera se expandió por el suelo. Ándese paseando, quedó impactado, más que por la lluvia de balas en la que resultó indemne. Es Francelia Ugarte, no puede ser otra, ¿a qué jugaba Win? Gato, muévete, en dos minutos esto será un enjambre de abejas encrespadas. Una camioneta se alejó. Se dejó arrastrar por la Hiena que mantenía su AK-47 a la vista. Echó un vistazo a Morrison muerta, su cara destrozada, con la pistola en la mano. Del restaurante ni una sombra. Subieron a un auto pequeño y se marcharon con toda parsimonia, conducía el joven Long, que de cobarde no tenía un pelo. A tres cuadras de allí, entraron en una casa con estacionamiento cerrado, bajaron. Al lado había dos camionetas usadas.

Adentro los esperaba Gordowsky. Cámbiense que nos vamos rápido. Wong y Long vistieron trajes blancos de chef. Usted póngase esto, Mendieta recibió un overol de jardinero. Se escuchaban numerosas sirenas. Nos vamos, anunció Wong. Ya nos veremos, Gato, y salieron, se oyó el ruido de una de las camionetas. Gordowsky lucía un overol sucio. Dese prisa, señor Mendieta, a usted será al primero que busquen. La caja de la camioneta que abordaron estaba llena de enseres de jardinería, avanzaron sobresaltados por las sirenas de la policía y de las ambulancias que sonaban a todo lo que daban.

¿Por qué no me llamó? El detective observó un momento a su compañero. ¿Me iba a advertir del tiroteo? Le iba a decir que se arrojara al piso y que no se sorprendiera. Estuve en el pavimento pero, ¿cómo no me iba a sorprender? Esta ciudad no es Siria o un lugar de ésos. Bueno, esto todavía no termina, debo sacarlo de Estados Unidos lo más pronto posible. ¿Y mi familia, qué pasará con ellos? La señora Susana Luján no es su esposa, la interrogarán hasta fastidiarse, la tendrán en observación unos meses y ya; la que pudiera perseguirla por años quedó en el restaurante; con su hijo pasará más o menos lo mismo, él será policía y lo tienen catalogado como prospecto para ser del Buró. Pero, ni un abrazo, ni unos chocolates. Mis órdenes son llevarlo a México y eso haré. Pensó en Susana, tendría que valorar su propuesta de estar juntos. Permanecieron en silencio hasta tomar la autopista Diez rumbo a Palm Springs. Mendieta meditó: Esto pudiera ser peor que el caso de aquel agente que mataron en Guadalajara en los ochenta; ojalá y ninguno de los míos tenga problemas, y menos Enrique que se ha integrado tan bien a este país; ¿la pelirroja, realmente era Francelia? Esa chica, la que iba de chofer, ¿fue la que secuestró a mi hijo? La misma, hace seis meses fue enganchada por el FBI, al parecer era su primera misión; sin embargo, será en Culiacán donde le expliquen los pormenores. El detective reflexionó unos momentos. Claro, el objetivo era Samantha, Jason y yo éramos la vía, y aún así le cortó el dedo la cabrona; quizá descubrió que yo encontré a su padre y no pudo resistir la venganza; quizá se lo informó Win para motivarla. ¿Quién les avisó que iba manejando y que nos detendríamos justo allí? Win Morrison iba todos los días a ese restaurante a tomar té, más o menos a la misma hora, era difícil que eligiera otro punto, nuestros hombres sólo la esperaron; nuestra fuente fue el agente Jeter con quien tenemos un arreglo. Pero murió. No, solamente fue herido, espero que no de gravedad; no debía salir ileso. Nunca pensé que tuviera tanta fuerza el cártel del Pacífico. Le juro que yo tampoco.

Noche cerrada. En el estéreo, *Júrame*, con Susana Zavaleta acompañada por Ángel Rodríguez. El detective recordó intensamente a la otra Susana, y reconoció que algo más que un hijo los ataba. Puta vida, chingón el que la entienda.

Samantha Valdés, en ropa de enferma y cómodamente sentada, lo recibió en su mansión de Lomas de San Miguel. Mendieta le agradeció, le preguntó si el atentado se había generado en Los Ángeles. No lo sé, lo único que te puedo decir es que los involucrados pagaron, y en Estados Unidos, más bien me quieren presa, al menos ésa era la obsesión de la agente Morrison y su gente, entre ellos la pelirroja. Que por cierto murió. Al diablo hay que despedazarlo antes de que nos chingue, no creas que es muy piadoso el cabrón; supongo que ahora no tendrás reparos para trabajar con nosotros. Prefiero no dar ese paso. El Zurdo bebía whisky en vez de café, ella no había probado su agua. ¿Quieres pensarlo unos días? Ya lo pensé, ¿hay alguien en el departamento de Mariana? Necesito recoger el Jetta. ¿No te gustó el Volvo? Es el color blanco el que no me va, sonrieron. Lo sabía, ¿algo que pueda hacer por ti? Tengo preguntas. Lo miró a los ojos. Estás vivo, ¿no? Y aunque con un dedo mocho, también tu hijo, el detective asintió. ¿Por qué querías ver a Leopoldo Gámez? ¿Yo?, ¿de dónde sacas eso? Lo miró inexpresiva. Pinches viejas, por Dios que no puedo con ellas, cómo se parecen. Se pusieron de pie. Cuídate, Zurdo Mendieta. También tú.

Encontró un Jetta gris del año con las llaves puestas. Dudó cuatro segundos, tiempo que, según confesiones, duda la gente decente antes de corromperse. Subió y lo encendió.

Era de noche cuando entró en su casa en la Col Pop. Habían pasado dos días desde el escape. Limpia y ordenada. Se sirvió un Macallan y luego dos más. En la mesa de centro había un recado: "Hay carne asada y tortillas en la estufa, estamos en la San Chelín en el velorio de Ignacio". Puso música en el estéreo: *Good Morning Starshine*, con John Denver, y fue como si todo lo vivido cayera sobre su espalda. Pinche poeta, qué razón tenía.

LATEBRA JOYCE, verano de 2015

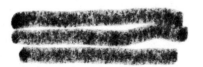

Besar al detective de Élmer Mendoza
se terminó de imprimir en noviembre de 2015
en los talleres de
Litográfica Ingramex, S.A. de C.V.
Centeno 162-1, Col. Granjas Esmeralda, C.P. 09810 México, D.F.